붕어찜 레시피

문학과행동 소설선집-001
붕어찜 레시피

ⓒ문학과행동사 2025

제1판 1쇄 발행 2025년 2월 27일

지은이 이용준
펴낸이 이규배
펴낸곳 문학과행동사
편집책임 최다영
표지그림 최서림
편집디자인 최다영

출판등록 2015년 8월 3일 제 2015-000059호
주소 서울시 강서구 까치산로 22길 29-7 문학과행동사
전화 02-2647-6336
인쇄제본 (주)다온피앤피

ISBN 979-11-956780-4-4

*저자와 협력하에 인지는 생략합니다
*저작권법에 따라 보호받는 저작물이므로 무단전재와 복제를 금합니다

이용준 첫 소설집

붕어찜 레시피

문학과행동

차례

붕어찜 레시피　007
드라이브스루　075
꽃잎, 또 지는데　111
뮤즈의 나날　201
틀니　233
부록/ 교사들의 방학숙제　261

작품 해설　297
작가 후기　309

붕어찜 레시피

1

 추워서 어깨가 절로 들썩였다. 낚싯대를 겨드랑이에 낀 채 발로 바깥문을 밀었다. '세미'라고 페인트로 휘갈겨져 있는 이름에서 ㅁ이 닳아 ㅇ이 되다시피 해서 '세이'처럼 보였다. 들어서자마자 안경에 김이 달려들었다. 안쪽문을 열고 들어서니 투명한 비닐을 뚫고 들어오는 햇살이 담배 연기와 섞여서 시야가 더 흐릿했다. 비닐하우스 낚시터는 오래된 수영장 양쪽에 꾼들이 드문드문 마주 앉아 있는 형상이었다. 평소 발 디딜 틈이 없더니 오늘은 조금 한산했다. 꾼들의 발밑, 시멘트와 물 중간쯤 갈라진 틈으로 두 마리 쥐가 연달아 구르듯 쪼르르 내달렸다. 수면 가까이 떼 지어 다니던 물고기들이 놀라서 흩어졌다. 간간이 들려오는 꾼들의 목소리가 정겹다. 약한 두통이 머리를 갈랐다. 감기 기운이 느껴지자, 진눈깨비를 맞으며 낚시터까지 걸어온 게 후회되었다. 대입 진학 자료로 빵빵해진 가방을 집에 두고 오는 김에 자동차를 주차해 놓느라 그랬으니 어쩔 수 없기는 했지만. 나는 입구에 앉아 바로 대를 폈다. 수심을 체크하고 떡밥을 개는데 좌우, 앞에서 꾼들이 연신 붕어를 낚아 올렸다. 나도 떡밥을 달아 던졌지만 몇 번이고 헛챔질을 했다. 그러나 정작 고기를 잡겠다는 생각이 있는 건 아니어서 마음이 상하지는 않았다.

어디선가 퀴퀴한 냄새가 진동했다. 붕어 몇 마리가 옆으로 누워 떠다니거나, 배를 드러낸 채 아가미를 벌름거렸다. 입이 다 헤져서 먹지 못하거나 상처 때문에 비실대고 있는 녀석들이다.

일주일 만에 찾아왔지만 어수선한 분위기가 오늘따라 거슬렸다. 감기 기운이 있는 데다 아이들과 상담하느라 머리가 지근지근해서 더 그럴 것이다. 수능 성적이 발표되고 나서 벌써 나흘째다. 오늘 상담한 녀석들만 일고여덟은 됐다. 매해 바뀌는 입시며 경쟁률과 군을 이동한 대학과 학과가 어떤 변수로 작용할지는 나부터도 걱정이었다. 무엇보다 이른바 일류대학을 고집하는 학생과 학부모 때문에 속이 상했다. 성적이 모자라는데 상향지원을 하거나 적성이나 재능과는 상관없이 붙고 보자고 몰아부치는 게 못마땅했다. 주머니 속을 더듬어 두통약을 찾았다. 편두통이 시작되면 먹지 않을 재간이 없다.

나기호가 안쪽 구역에서 뜰채로 죽은 붕어를 건져내고 있다. 이쪽까지 훑어 올 모양이다. 나는 손을 든다. 눈이 마주치자 그는 바로 건너왔다. 들고 온 양동이에는 붕어가 몇 마리 담겨 있다. 기호가 턱으로 내 찌를 가리켰다. 찌에서 입질이 보였다. 급히 챘지만 또 허탕이었다. 다시 미끼를 끼워 던지려는데 기호가 바늘에서 떡밥을 덜어냈다. 콩알보다 작아 겨우 바늘만 가릴 정도다. 기호를 한 번 힐끗 쳐다보고는 너무 작지 않아, 하는 눈길을 보냈다. 기호는 멀뚱멀뚱 쳐다보기만 했다. 나는 떡밥을 엄지와 검지 사이에 넣고 살짝 눌러 준 다음에 캐스팅했다. 기호가 빙긋이 웃는가 싶더니 금방 다시 표정이 굳었다. 수염은 덥수룩하고 눈은 퀭했다.

"어이, 이리 와 봐!"

저쪽에서 누군가가 기호를 불렀다. 늙수그레한 꾼이 손끝을 까닥했다. 내가 봐도 목소리며 제스처가 거만하기 이를 데 없었다.

"아, 저 영감탱이 땜에 죽겠네."

나는 기호에게 나지막이 말했다.

"가서 귀에 대고 말해, 물에 처박아 버리겠다고."

"그렇지 않아도 오늘 찜거리로 찍어 놨다."

"오케이. 나기호 파이팅!"

나는 한쪽 주먹을 불끈 쥐어 보였다. 기호가 설핏 웃고는 건너갔다. 기호가 이제 이곳 생활에 어느 정도 적응을 하는 것 같아 마음이 놓였다.

어려서부터 어려움을 모르고 살던 친구였다. 나는 기호와 중학교 때 어두운 물가에 앉아 밤새 밤낚시를 하곤 했다. 기호는 어두워서 볼 수 없는 저편까지 두 손으로 한껏 가리키며 그 일대가 자기 아버지 땅이라고 했다. 그 모습에 나는 왠지 주눅이 들었다. 우리는 밤낚시에 매료돼서 새벽녘에야 귀가했다가 학교에 가기도 했다. 기호는 중학교 3학년 2학기 때 서울로 전학을 가고 나서는 툭하면 나를 찾아와 낚시를 하곤 했다. 우리는 대학교에 진학하면서 본격적으로 다시 만나기 시작했다. 나야 아이들하고 소꿉장난하고 있다지만 이 친구는 돈도 많이 만져 보았다. 제 아버지의 든든한 지원을 받으며 중소기업까지 운영할 때는 갈퀴로 돈을 긁어모았다는 소문이 돌 정도였다. 내가 자리를 잡기 전에 경제적으로 쪼들릴 때마다 기호가 도와주었다. 기호는 내게 백지수표를 준 적도 있었다. 다시 되돌려 주었지만 당시엔 큰 위로가 되었다. 그때 나는 아이처럼 눈물을 글썽이며 맹세했다. 나중에 내게 힘이 생기면 너를 위해 다 내놓으리라. 아쉬운 거 모르고 호령하며 살던 녀석이 이런 후미진 낚시터에서 손님들이 까닥이는 손길에 불려 다니고 있으니, 기가 막힐 노릇이었다. 떡밥통이 더럽다고 내동댕이치거나, 반말에 욕지거리를 예사로 하고, 자장면 시켰는데 늦는다고 재촉 전화를 해 달라며 화풀이하거나, 주문한 담배 늦게 갖다준다고 윽박지르기도 했다.

부도 후, 일회용 종이컵처럼 인생이 구깃구깃해지기 시작한 바로 그날 이후로 기호는 내게서 몇만 원, 또 수십만 원씩 몇 차례고 가져갔다. 나는 그가 뭔가 건져보겠다고 기를 쓰고 있다고 믿었기에 별다른 말을 하지 않았다. 나중에는 가져가는 돈에 대해서 일언반구도 없었다. 고마워하기는커녕, 무력하고 뻔뻔해 보였다. 자기 혼자 부도 맞은 것처럼 구는 게 미웠다. 그래도 겨울이 다가오니 기호가 머물 곳을 마련하는 일이 급했다. 길바닥에서 얼어 죽게 내버려둘 수는 없었다.

"먹고 자고, 돈백은 준단다. 우선 겨울이라도 나야 하지 않겠냐."

"그러지 뭐."

"고맙다."

나는 안전핀에 걸었던 손가락을 뺐다. 몸이 부르르 떨렸다. 뒤늦게 고분고분한 게 영 속상하기도 했지만 기호가 낚시터 총무 자리를 마다하지 않았던 게 눈물겨웠다. 그러던 어느 날인가 기호가 죽었다 깨어난 사람처럼 "넌 참 좋은 직장 다니는 거다." 하고 말했다. 평소 내가 선생 짓거리하는 걸 못마땅하게 여기던 친구였다. 이젠 그 직장도 녀석 덕에 간당간당하고 있다.

기호가 양동이와 뜰채를 챙겨 어슬렁대며 영감에게 걸어갔다. 기호가 머물던 자리에서 비릿하고 부패한 냄새가 흩어졌다. 떡밥과 비린내와 홀아비 냄새 따위가 모두 진하게 결합한 묘한 냄새였다. 겹겹이 옷을 껴입은 꼴하며, 다 헤진 신발이며 낡고 색까지 바랜 추리닝 하의가 너무 남루했다. 발걸음마다 신발과 발목 사이에 드러난 내복이 궁색했다. 구부정한 허리도 불편해 보이기만 했다.

요즘엔 밤늦게 전화를 걸어 술에 전 목소리로 해대던 욕질도 줄어들었다. 얼마 전까지 툭하면 욕지거리를 해대거나 엉엉 울며 죽어버리겠다고, 또 몇몇 새끼는 기필코 손을 봐주겠다고 이름을 나열하기도 했다. 나는 알지 못하는 위인들이었다. 그러더니 그다음부터는 또 살려달라고 애원을 하는데 딱히 전화를 받는 나에게 하는 말이 아닌 듯했다. 누군가 다른 사람 앞에서 무릎이라도 꿇고 비는 것 같았다. 유괴되어 몸이 묶여 있고 겨우 입만 놀려 살아 있음을 증명해야 하는 상황이라고나 할까.

　계속 응대하며 받을 수만은 없었다. 나도 좀 살자고 소리치면서 통화를 끝내기도 했다. 기호는 술에 취해 있어서 그런 소리가 귀에 들어왔을 리가 만무했지만, 기호의 주사가 점차 줄어들었던 것 같기도 했다. 나도 세상살이에 대한 어떤 면역력이 약해진 걸 느끼고 있었다. 인생이 무섭게 느껴질 때 감지되는, 또는 그렇게 느껴지도록 만드는 바이러스 같은 것들이라도 있는 모양이었다. 이 새로운 적을 완전히 퇴치하거나 모른 척하거나 할 수는 없는 일이었다. 그 외에도 내가 상대할 적들은 많았다. 처자식도 없이 지내야 하는 고독, 다시 찾을 가망성이 없이 달아나 버린 젊음, 대신 찾아온 중년의 불안, 노안, 고개를 숙이는 정력, 하루하루 줄어들기만 하는 자신감, 기억력 감퇴, 아, 반 아이들 이름을 기억해 내지 못하거나 혼동해서 벌어진 일들.

　기호와 벌이는 소모전으로부터 벗어난 것만으로도 한결 홀가분했다. 내가 지쳐가는 걸 녀석도 눈치채고 있었으리라.

한편으로는 안심이 되면서도 또 한구석에서는 불안한 마음이 가시질 않았다. 살아 보겠다고 이를 악물었거나 죽을 결심을 했거나. 죽고 싶다는 말을, 또 살고 싶다는 말을 정확히 판독해 내느라 밤잠을 설치곤 했다. 죽어버리고 싶을 리가 있겠는가. 그렇다고 살고 싶어 안달이 날 일이 없어 보이기도 했다.

건너편 구역에서 기호가 손짓을 했다. 자리를 잡아놓았다는 신호다. 나는 주섬주섬 낚시도구를 챙겼다. 가는 길에 영감탱이 엉덩이를 걷어차 주고 싶었다. 가보니 대와 받침대는 이미 장착되어 있어서 떡밥을 달아 던지기만 하면 되었다. 금방 입질이 와서 대를 챘다. 헛챔질이다. 다시 떡밥을 조금 더 크게 꿰서 던졌다. 이번엔 몸까지 앞으로 숙여 자세를 갖췄다. 찌가 1센티미터 가량 쏙, 들어갔지만 너무 빨라 미처 채지 못했다. 손을 떼려 할 때 이번에는 찌가 약간 길게 쑤욱, 대각선을 그으며 내려갔다. 대를 챘다. 걸려들었다. 역시 손맛엔 내림 낚시가 효과 만점이었다. 언제 올지 모르는 고기를 기다리느니 녀석들을 공격해서 낚아 올리는 이 첨단 기법이 각광을 받는 이유를 알 수 있었다. 나는 기분이 좋아서 고개를 끄떡끄떡했다. 기호가 어느새 다가와 말했다.

"어어, 제법인데."

"어어, 땡땡이치던 녀석인가 보지."

나는 뜰채로 붕어를 건졌다. 붕어를 물에 놔준 다음 다시 대를 담갔다. 풀어주고 나서 보니 뭔가 찜찜했다. 비실비실해서 손맛을 손해 본 것 같았다. 중국산 붕어였다. 색깔이며 체구가 토종붕어에 비해 미운 태는 어쩔 수 없다. 스트레스가 한 움큼 달아나다 멈춘 느낌이었다. 허전해서 담배를 찾았지만 없었다. 나는 기호에게 담배를 청했다.

"없어."

기호가 심상하게 말했다.

"끊었어."

나는 조금 놀라서 그를 올려다보았다. 하루 두 갑씩 피워대던 사람이 하루아침에 끊을 수는 없는 일이었다. 기호가 물끄러미 나를 내려다보았다. 나는 입맛을 다셨다. 차에 가서 담배를 가져와야겠다는 생각을 했지만 귀찮기도 했다. 기지개를 펴며 기호 쪽으로 몸을 돌렸다.

2

기호가 어느새 매점 쪽으로 향해 가고 있다. 자리에 앉아서 담배를 즐길 수 있게 되니 마음이 느긋해졌다. 나는 잠시 숨을 돌리며 좀 전에 앉았던 구역 쪽을 바라보았다. 올림 낚시 구역에 미련이 남는 까닭이다. 그 구역에서는 전통적인 낚시 기법으로 고기를 낚는다. 적어도 거긴 여유가 있다. 못 잡으면 못 잡는 대로 바쁜 일상으로부터 벗어나 있다는 편안함을 주는 곳이다. 올림 낚시에서는 찌가 올라가는 것을 지켜보다 채는데 입질을 시작해서 대략 3~5초 정도 시간이 걸린다. 붕어가 이물감을 느끼고 먹이를 뱉어내기 전에 채면 된다. 서두르면 대부분 허사다. 찌 맛을 느긋하게 즐길 수 있는데 그게 올림 낚시의 백미다. 붕어는 바닥에서 자기 키 정도만큼 떠다닌다. 먹이를 보면 밑으로 내려가서 그걸 물고 다시 평형을 찾아 올라올 때 찌도 서서히 올라가는 법이다. 이때 붕어는 추의 무게를 전혀 느끼지 못한다. 찌의 부력이 납의 무게를 제로로 만들어 주기 때문이다. 반면에, 내가 앉은 구역의 내림 낚시에서는 붕어가 먹이를 물면 찌가 순간적으로 아래쪽으로 내려가게 되어 있다. 물속 한중간, 고기가 다니는 깊이에 먹이를 띄우기 때문이다. 바로 그때 대를 채는데, 그게 순간석이다. 눈지틀 재고 내틀 재는데 0.01초 징도나 될까. 먹이에 반응하는 고기들의 반응이 빨라 손맛을 볼 수 있는 확률은 올림에 비해 몇 배나 높다. 찌 맛보다는 손맛을, 느긋함보다는 긴장과 속도를 선호하는 낚시다. 기호는, 두뇌가 들어 올리라고 명령하기 전에 낚싯대를 챘다고 설명한 적이 있었다. 단점도 있다. 이 낚시는 번거로운 일상생활의 연속이다. 계속 찾아오는 붕어의 손맛을 보느라 그 자체로 여전히 바쁘고 허겁지겁할 수밖에 없다.

역시, 뭔가 손해를 보고 있다는 느낌이 다시 고개를 들었다. 기호 말 대로 변덕이 죽 끓듯 했다. 담배를 내미는 기호에게 괜히 비아냥댔다.

"내림은 낚시도 아냐!"

"변덕 좀 그만 부려라, 애도 아니고."

붕어찜 레시피

기호 말을 무시하고 나는 예전에 하던 얘기를 반복했다. 내림은 낚시와 인간성의 타락이라고. 낚시에서까지 일상생활에서처럼 속도에 밀려 사는 꼬락서니가 보기 싫다고도 했다. 기호가 냉큼 나를 구박하고 나섰다. 나더러 올림 낚시만 고집하는 답답한 사람이라고 일갈한 뒤,

"이 친구야, 트렌드는 내림이란 말이야."

했다.

"트렌드는 무슨."

낚시에서 무슨 속도니 성장이니 하고 따지는 게 더 우습다고 비웃었다.

"너는 너무 고지식해. 사람이 변화하면서 살 줄도 알아야지."

"변화도 변화 나름이지."

"암튼 고질병이야. 빠른 시간에 손맛도 보고 얼마나 좋아. 좋으면 좋은 거지, 뭐 그리 일일이 트집이나 잡고 그러는지, 원."

"이젠 인신공격까지?"

"디지털 시대에 아날로그를 고집하는 건 좋아. 디지털을 깔아뭉개지는 말아야지. 좀 좋으냐, 스트레스 싹 날아가잖아."

나는 입을 닫았다. 기호가 덧붙였다.

"선생들은 다 그렇게 고집이 세냐?"

나는 답변이 궁색해졌다. 고지식하고 답답하다는 소리야 귀에 박히도록 들었다. 희멀건 내 얼굴처럼 성격이 우유부

단하다고 주절대는 소리도 마찬가지다. 대개는 내가 접었다. 기호는 다소 내성적이고 숫기가 부족한 내가 상대할 위인은 아니었다. 그렇다고 더 이상 확대되면 나도 가만히 있지 않았다. 예컨대, 그런 사람이 아이들을 가르치고 있으니, 하고 비약하면, 그러니 선생이지, 하고 맞받아치곤 했다.

 오늘은, 이왕 이곳 내림 낚시 구역에 앉았으니 해보는 데까지는 해보자는 생각을 굳혔다. 딱히 손맛을 보겠다고 온 것도 아니고 그저 기호의 성화에 느적느적 여기까지 왔으니 더 그랬다. 내림이라도 하면서 맛을 보다 보면 새로운 입시용 떡밥제조법을 찾아낼 수 있을지도 모르는 일 아닌가. 주의력이 조금 산만해졌다. 나는 낚시를 하는 둥 마는 둥 앉아 있었다.

 어디선가 연필이 종이 위에서 내는, 사각거리는 것 같은 소리가 들렸다. 낙엽 위에 떨어지는 약한 빗소리 같기도 했다. 주변을 둘러보는데 뭔가 어룽거렸다. 흑백사이키라고나 할까, 수백 마리 나비처럼 눈송이가 비닐 천장에 내려앉고 있었다. 나는 의자를 뒤로 뺐다. 끼익, 의자 다리가 시멘트 바닥을 긁었다. 꾼들이 드물어서 소리는 더욱 날카로웠다. 눈치 빠른 꾼들은 조과가 시원치 않은 날이라는 사실을 눈치채고 거의 다 자리를 떴다. 그 공백이 차라리 여유로웠다. 나는 자리에서 일어나 기호를 찾았다. 기호가 수거한 떡밥통을 수돗가에 앉아 씻고 있다. 그를 비추고 있는 전등불은 무대조명 같다. 구부정한 뒷모습이 야생동물이 허겁지겁 뭔가를 먹어치우고 있는 듯했다. 나는 나대로 그런 모습을 보고 있노라니 가슴이 뭉클했다. 지금은 풀이 죽은 게 안타깝고 조금 전처럼 '트렌드' 운운하며 마냥 자신감을 드러내던 시절이 그립다. 그래본 게 너무 오랜 시간이 지나 아득하게만 느껴졌다. 계속 휴대전화에서는 문자 오는 소리가 이어졌다. 폴더를 열어 메시지들을 확인했다. 죄다 아이들이 보내온 문자들이다. 뭐라고 응답해 줘야만 하는 의무감이 앞섰다. 조금만 더 기다려 보자. 아직 결정 내릴 때가 아니다. 담임. 답신을 보내고 전화기를 주머니에 넣었다. 나는 자리에서 일어나 올림 낚시 구역을 힐끔거렸다. 나는 기호의 사업이 내리막을 걷자, 뭔가 예감했던 일이 현실적으로 벌어지고 있다고 믿었다. 그건, 더 많이, 더 빨리 벌고자 하는 욕심에서 무한경쟁이 벌어지고 그 가운데서 살아남자니 그 대가로 자기의 본성을 죽인 것이 아닌가 하고 생각하곤 했다. 그럴 수밖에 없을 것이었다. 나는 부족한 듯한 게 넘치는 것보다는 낫다고 생각하며 살자고 했던 다짐을 떠올렸다. 나는 구역을 바꾸고 싶어 안달이 나기 시작했다.

 입질은 계속 깔짝댔다. 헛챔질이 이어지자 구역을 옮길 때 옮기더라도 손맛을 보고 싶은 마음이 간절해졌다. 바늘을 바꿔야 하지 않을까. 한참을 망설이다가 나는 미늘 있는 바늘로 바꿨다. 미늘 있는 바늘로 바꾸면서, 별 욕심 없이 앉아 붕어를 낚겠다고 벼르는 나 스스로를 보며 실소를 짓지 않을 수가 없었다. 기호가 했던 말이 맞는지도 모른다. 바늘을 교체한다고 마음까지 편한 것도 아니었다. 미늘 달린 바늘을 빼내느라 입에서 붕어 입을 피범벅으로 만든 적이 몇 번 있었다. 너덜너덜해진 입이 징그러워서 얼른 떼어 휴지 버리듯이 물속에 던져버리곤 했다. 그런 녀석들은 물 위로 떠올라 버둥거리며 죽어가게 마련이었다. 미늘 달린 바늘만 보면 기분이 언짢다. 그러면서도 손맛을 고대하면서 대를 던졌다. 붕어들은 여전히 잠잠했다. 저녁이 되면서 수온이 내려가서 더 그럴 것이다.

3

부도나기 전후 기호는 나와 통화할 때마다 되풀이해서 말했다. 다른 사람들 거는 몰라도 네 건 해결해 주고 죽을 테니 너무 걱정하지 마라. 말뿐, 구체적인 조처가 뒤따르지 않는 가운데 내 급여에 차압이 들어왔고 내 집마저 경매에 넘어갔다. 나는 아내에게 사정했다. 아이를 데리고 집을 나가겠다고 선언한 뒤였다. 쪽박 찬 사람들이 한둘이 아니다, 멀쩡하던 사람들도 하우스 푸어로 고통을 받고 있지 않냐, 따져보면 더 힘든 시절도 있었다며 마음을 돌려줄 것을 요청했다.

"적금 깨고 퇴직금 담보로 대출 받아서 일단 급여 차압부터 풀어보자고."

"그 돈은 아이 거잖아요."

"우선 틀어막고 보자고."

"그 담엔 뭘로 막아요."

박봉에 살림살이하느라 아내가 얼마나 절약하고 살았는지, 자식과 나를 위해 얼마나 헌신적이었는지 나는 잘 알고 있었다. 돈은 많이 못 벌지만, 그런대로 안정된 직장과 노후연금이 있으니 그걸 믿고 근근이 살아온 세월이었다. 그런 노력이 한 방에 날아가는 일이니, 아내도 견디기가 어려웠을 것이다. 집 마련하느라 대출받은 돈을 갚아나가느라 벌써 몇 년째 이만저만 고생이 아니었다. 아내가 반대하던 보증을 무리해서 섰으니 벌을 받아야 할 사람은 나였다. 아내는 어린 아이들에게나 할 법한 질문으로 힐난하며 나를 볶았다. 누구하고 더 친한데? 어이없는 표정을 지으며 노려볼 계제가 아니었다. 그냥, 짧게 끊어 말했다.

"제발 진정해."

"이젠 당신에겐 나도 친구도 없는 거예요."

"무슨 소리를 그렇게 해. 내겐 당신이 더 소중하고 말고. 또 현재도 미래도 다 소중해."

아내가 실소를 지었다.

"어쨌거나 미래가 날아갔으니까 현재도 없는 거예요."

아내는 결국 친정으로 가버렸다. 혼자 생활하면서 나는 우왕좌왕했다. 이후로도 장모는 도대체 아무런 조치도 취하지 않고 그렇게 맥없이 앉아 있는 건 무슨 배짱이냐고 내게 핀잔을 주었다. 장모도 집을 마련하는 데 알게 모르게 도움을 주었다. 아내에게 되풀이해서 말했다. 내 건 해준다고 했다, 기다려야지 별수 있느냐, 지금껏 지켜온 우정으로 보건대 그냥 나 몰라라 할 사람이 아니다. 궁색한 얘기도 늘어놓았다. 젊어서 날 끔찍이 아껴주던 친구라는 건 당신도 잘 알지 않냐. 몇 달 후 아내에게서 답답한 사람이라는 냉소와 함께 이혼하자는 최후통첩을 들었다. 아내와 기호 두 사람 모두에게, 애증이 교차했다. 아내에게 기호를 만나봤다고 성의라도 보여야 했다. 해답은 여전히 기호에게 있었다. 나는 단단히 결심했다. 기호의 단골 카페를 다 찾아갔다.

 지난 늦가을, 바람이 몹시 맵던 날 나는 카페 '리화(梨花)'로 향했다. 세 번째 찾아가는 길이었다. 두 번 다녀온 이후로 발길을 끊은 곳이다. 카페 앞 플라타너스 줄기는 거의 비어 있었고 바닥엔 낙엽이 수북했다. 기호는 아직 오지 않으니 혼자 먼저 마시기 시작했다. 카페 사장은 기호의 정인, 이른바 세컨드다. 그녀와의 사이가 어색해할 틈도 없었다. 그녀 역시 얼굴이 파리해지고 말수도 줄었다. 그녀에게서, 기호가 남은 거라도 건져서 내 급여 차압 건이라도 해결해 보려고 애쓰고 있다는 소리를 들었다. 이름은 문다영. 그녀는 내 제자며 나이는 스물여덟이다. 전문대학에 미용 스타일리스트 과로 진학했고, 입학 때부터 머리에 브리지를 넣고 화장을 하는 등 조금 튀기는 했지만 그냥 눈감아 줄만 했다. 하기야 요즘과 비교하면 꾸몄다고 하기도 어려웠다. 매달 중순이면 달거리 통증이 유난히 심해서 하루 이틀은 꼭 조퇴나 결석을 하곤 했다. 이해한다고 여기면서도 평소에도 지각이 많은 게 찾아 먹을 건 다 찾아 먹는다고 혼자 투덜거리곤 했었다. 담임은 지각생을 잡는 척만 하면 된다. 도둑은 쫓아내는 게 최선인 것처럼. 지각은 절대 근절되지 않는다. 아침 잠이 많아서 그러려니 져줄 수밖에 다른 도리가 없었다. 몇 번이고 제대로 학교생활을 못 해나간다고 생활기록부에 쓰려다가 참았던 아이였다. 꾹 참고 창의력과 사리 분별력이 좋다고 썼던 것으로 기억이 난다. 엄연히 내가 1년 동안 뒷바라지하면서 키워낸 제자였다. 성인들의 문제이니 내가 왈가왈부할 문제가 아니어서 모른 척했지만 내게 피해를 준 걸 생각하면 기호에게 또 다른 욕지기를 느꼈다. 그러나 그것 역시 참을 수밖에 별도리가 없었다. 나와 다영이 둘 다 입을 다물고 있으니 기호는 아직 그 사실을 모르고 있다. 또 한 가지, 그 사진에 대해서 나만 입 다물고 있으면 된다. 둘 다, 꿈에도 모를 것이다. 기호의 차에 담배를 가지러 갔다가 조수석 사물함에서 툭, 떨어진 사진을 무심코 주워본 게 죄라면 죄였다. 전라로 누워 있던 남녀 사진 수십여 장이 파노라마처럼 펼쳐졌다. 최고급이라는 벤츠 승용차가 뭐 그리 쉽게 속을 드러냈는지 알다가도 모를 일이었다.

 기호는 밤늦게 들어왔지만 수시로 들락날락했다. 밖으로 나갈 때마다 오랫동안 자리를 비웠다. 자정이 돼서야 기호와 마주하고 앉았지만 그는 이미 술에 취한 데다가 계속 걸려 오는 전화를 받느라 제대로 말을 이을 계제가 아니었다. 빈손으로 돌아가는 게 미웠지만 포기할 수밖에 없었다. 나는 엉덩이를 들썩거렸다. 불안해하는 낌새를 눈치챘는지 다영이 나를 달랬다. 잠시 후에 젊은 여자가 들어왔다. 이름이 쥬리라고 했다. 교복을 입혀 놓으면 그대로 교실에 앉아 공부나 하고 있으면 딱 맞을 여자였다. 그녀와 술을 얼마나 마셨을까, 자리에 돌아온 기호가 담배 한 개비를 입술에 물었다가는 내려놓았다. 중년들이 즐겨 피우는 슬림 형 담배였다. 그러더니 손을 뻗어 내 담뱃갑에서 한 개비를 물었다. 불을 붙이자마자 그는 금방, 뭐 이렇게 독한 담배를 피워?, 하며 캑캑거리다가 제 담배를 피워 물었다. 그만하고 카페를 나서고 싶었다. 뭐라고 둘러대고 나가야 하나 궁리하면서 물끄러미 기호의 얼굴을 쳐다보았다. 총기 있는 눈은 날카로웠고 높은 콧대와 넓은 이마에서 광택이 났다. 아직 탱탱한 피부를 유지한 얼굴은 자신감에 넘쳤다. 곱게 늙었다는 생각이 들었다. 상대방의 얼굴에서 자기 나이를 떠올리면 그들은 이미 중년이다. 그런데 중년도 중년 나름이었다. 나는 그 멋진 중년 앞에서 주눅이 들었다. 아니, 나는 지지 않으려고 버텼다. 한편으로는 그런 생각이 문득 들었다. 어찌 보면 다영이 사람 하나는 잘 골랐는지 모른다. 기호가 붕어 후리듯이 상처만 주고 버리지는 않을 사람이니.

 나는 계속 술을 마셨다. 쥬리도 내 기분을 맞춰주려고 많이 마셨다. 술에 절고 기다림에 지쳐 소파에 몸을 기대고 잠깐 졸았는가 싶은데 누군가 깨웠다. 기호였다. 다영이는 나가고 없었다. 나는 다그쳤다.

"야, 내 돈은 해준다며?"

"업자 나타났을 때 회사라도 빨리 넘기지 못 한 게 한스럽다."

 나는 고문관처럼 기호의 입을 주시했다.

붕어찜 레시피   23

"… 다 날아갔다. 두 눈 똑바로 뜨고 날렸다. 귀신한테 홀린 거처럼."

기호가 잠시 침묵했다. 표정은 일그러질 대로 일그러졌다. 그가 담배 한 개비를 입에 물고 빈정댔다.

"공장은 어때? 출하는 잘하고 있나?"

기호는 내가 그 단어들을 싫어한다는 사실을 잘 알고 있다. 졸업생들을 배출하는 것을 두고 '공장'에서 '출하'하느니 하며 공격이랍시고 해대고 있는 꼴이 어줍잖아 보였다. 나는 깊이 숨을 들이쉬며 마음의 평정을 찾으려 애썼다. 기호는 한 걸음 더 나갔다. 내가 화풀이 대상이 되고 말았다. 고3담임들도 내림 낚시꾼처럼 컨베이어 벨트 앞에 서서 규격화된 상품을 찍어내고 있기는 매한가지라고 빈정거리기까지 했다. 나는 사람을 그렇게 보니까 젊은 여자를 세컨드로 삼았을 것이라고 퍼붓고 싶었지만 말장난으로 내 속을 뒤틀겠다는 의도를 간파해야 했다. 그러나 다음 순간 다영을 방패막이로 공격을 퍼붓자고 작정했다. 나쁜 새끼, 내 젊은, 아니 어린 제자까지 꼬셔서 데리고 다니더니, 하고 욕을 해대고자 했다. 눈을 가린 채 주먹을 휘두르고 있는 모습을 보니 내가 접을 수밖에 없었다. 기호는 그런 사항에 대해서조차 판단력이 흐려 있었다. 나는 뒤집힌 속을 달리 드러냈다.

"근데 내 돈, 어떻게 됐냐니까?"

나는 다시 다그쳤다. 기호는 고개를 숙인 채 술잔만 만지작거렸다. 개새끼, 주식이나 땅 투기를 그렇게 해대더니. 나는 입을 앙다물었다. 그게 직접적인 원인은 아니라는 것을 잘 알고 있었지만, 한 번 일기 시작한 미움의 불길은 사그라질 줄 몰랐다. 역지사지, 보증 문제로 나를 미워하던 아내를 이해할 수 있었다. 그러나, 일방적으로 이혼을 요구하던 얼굴이 떠오르자 다시 야속하고 미운 마음이 솟구쳤다. 문제는 별도리가 없다는 것이었다. 아내를 비롯해 장인 장모에게는 내가 잘못한 것으로 되어 있으니까. 이젠 기호에게 더 어떻게 해볼 수도, 아내를 찾아갈 수도 없었다. 삶이 새삼스럽고, 참 무섭게 느껴졌다. 식구가 없는 집에서 혼자 생활하던 지난 몇 달이 정말 지긋지긋했다. 하루하루 수업을 해나가고 있는 게 천만다행이었다.

누군가 겨드랑이에 양팔을 끼우고 나를 일으켜 세웠다. 쥬리와 다영이가 몇 번이고 깨웠던 것 같기는 했다. 짐결에 "마담, 호텔로 모셔드려." 하는 소리가 들렸다. 나는 정신을 차리려고 애썼다. 심신이 지쳤으므로 그래 주면 고맙겠다는 생각을 하고 있는데 누군가가 나를 일으켜 세웠다. 다영이가 내게 꿀물을 대주었다. 술에 잔뜩 취해 호텔로 갔다. 다영이 데려다주었는데 나중에 보니 쥬리가 호텔에 따라왔다. 기호나 다영이가 그렇게 하라고 지시했을 것이다. 나는 힘겹게 그녀를 돌려보냈다. 그녀를 보내기 전 벌였던 실랑이가 머릿속에 남아 있다. 슈미즈사이에 드러나는 매끈한 허벅지며, 유난히 길고 흰 목덜미, 유방…. 다영이 하나로도 벅찬데 또 다른 처자라니, 나는 고개를 흔들었다. 소리를 질러 방어와 공격을 동시에 진행했다. 아침에 일어나 보니, 새벽에 그녀를 돌려보낸 걸 후회하면서 자위를 한 뒤 닦아낸 휴지 뭉치

붕어찜 레시피

가 흩어져 있는 걸 보고 씁쓸했다. 적어도 다영 때문에 그래서는 안 될 것 같았다. 갔던 일은 뒷전이고, 엉뚱한 사건으로 치도곤을 치른 다음에 허탈한 마음으로 집으로 돌아왔다.

4

기호가 부산하게 왔다 갔다 했다. 새로 물을 대고 터빈을 돌려 고기들을 자극하는 시간대였다. 나는 물끄러미 그의 동작을 지켜보았다. 자기를 향하는 시선을 의식했는지 바로 다가왔다. 내게 저녁을 먹으러 가자고 말했다. 춥기도 하고, 마침 고기들의 입질 패턴도 바뀌고 있으니 잠시 쉬는 것도 좋을 것이다. 반주 생각을 하니 몸과 마음이 다 가벼워졌다. 약해진 눈발은 석양의 붉은 기운에 물든 비닐 천장 위에 점점이 흩날리고 있었다. 두통도 많이 가라앉았다. 대를 들어 빈 바늘을 받침대에 걸어놓고 자리에서 일어나 기호를 따라갔다. 허리가 뜨끔했다. 며칠 전에 넘어져서 삐끗한 곳이었다. 침을 맞고 뜸을 떠서 시퍼렇게 멍 자국이 아직 가시지 않았을 터였다. 고기를 잡겠다고 긴장하며 너무 오랫동안 한 자세로 앉아 있었다. 밖으로 나오자마자 어둠 속으로 걸어 들어가며 기호가 말했다.

"미안했다."

"어이구, 미안해할 줄은 아네."

기호가 뜸을 들이다 다시 입을 열었다.

"수정이, 괜찮은 여자였어."

다시 머리가 아파올 것 같았다. 칙칙한 분위기가 싫었다. 한 여자가 누구에게는 다영이고 누구에게는 수정이인 것도 멍처럼 느껴졌다. 마치 머릿속에서 자동번역기가 잡음을 내며 돌아가고 있는 듯했다. 나는 아무렇지도 않게 받아치려고 애썼다.

"이 친구, 안줏거리를 미리 다 먹어버리네."

맥이 풀렸다. 기호의 등이 어둠과 하나였다. 마주 보면서 하기엔 멋쩍은 얘기라는 소리이리라. 나는 술이 나오기 전에 미리 한 젓가락 먼저 씹어 먹는 콩나물 정도로 여기기로 했다. 그런 비유가 떠오르는 것을 보니 배가 무척 고픈 모양이었다. 식당은 한산했다. 소주부터 시키려고 주인을 찾는데 기호가 냉큼 일어나 냉장고로 가서 직접 두 병을 들고 왔다. 김치도 한 종지 들고 왔다. 밝은 불빛 아래 보아서인지 주름살 사이에 낀 때가 선명했다. 점퍼에는 구멍이 뚫려 있고 때 국물 자국이 자르르했다. 나는 눈을 깔며 젓가락을 꺼냈다. 시무룩한 얼굴로 기호가 입을 열었다.

"수정이가 얘기해서 나중에야 알았다."

"걔는 뭐 그런 얘기를 다 하고 그래."

나는 고개를 끄떡이며 소주잔을 내밀었다. 기호가 병을 가져가더니 맥주잔에 소주를 부어 벌컥벌컥 마셨다. 술꾼이 마시는 주법이었다. 내 잔은 아직 비어 있다. 손가락으로 김치한 조각을 입에 놓고 씹었다. 군내가 나서 그런지 얼굴을 찌푸렸다. 기호가 다시 말을 이었다.

"근데 너무 화가 나."

뭐가, 하고 물으려다가 너무 빤한 질문일 것 같아 그만두었다.

"지나간 일 탓하면 뭐하겠나."

이야기를 건성 들으며 빈 잔을 물끄러미 바라보자 기호가 술 한 잔을 따랐다. 나는 반쯤 마신 뒤 잔을 내려놓았다. 기호가 다시 입을 열었다.

"뚜껑 열어보니까 내가 일회용이더란 말이다."

"사람하고는. 우리가 일회용이 된 게 어제오늘 일이냐?"

"난 창창한 기업인이었고 정부에서 모범기업인으로 표창까지 받은 선구자다."

"얼씨구!"

"가족을 잃고 나니 다 부질없어."

나는 가슴이 아팠다. 쌤통이다. 인석아, 너한테는 다영이 일회용이잖아… 한편으로는 그런 생각을 했지만 입 밖에 내지는 않았다. 나는 남아 있던 술을 마저 털어 넣었다. 그새 기호도 다시 맥주잔을 소주로 채웠다. 갑자기 몇 번씩 찾아가 기호를 다그치고 또 그에게 애걸하던 날들이 떠올랐다. 목소리를 낮추려고 최대한 애를 썼다.

"나 정말 궁금한 게 하나 있다."

"뭔데?"

"나한텐 솔직히 말해줬어야지. 그럼 나도 무슨 준비라도 했을 테고."

"은행 새끼들 그렇게까지 할 줄은 몰랐지."

그 자식들 그동안 내가 얼마나 잘 해줬는데, 하고 말을 흐렸다. 우리에게 모두 쉽게 잊히지 않는 날인 건 분명했다. 두어 잔 들이켰을까, 실내 방송에서 기호를 찾는 목소리가 들렸다. 나는 잔을 마저 비우라고 눈짓했다. 그가 잔을 입에 가져가며 빈정거렸다.

"잠시도 쉴 틈이 없어."

"그러게. 그래 보인다. 이따가 틈나면 제대로 한잔하자."

"내가 너무 비루하게 느껴져서… ."

슬픔을 누르고 있지만 눈물은 이미 그렁그렁했다. 나 역시 울컥, 눈물이 솟구치려 했다. 겨우 맘을 이겼다. 아줌마가 생반에 찬거리를 내왔다. 상 위에 반찬을 배열하는 것을 지켜보더니, 조금 있다 올 테니 가져다 달라고 김치찌개를 주문했다. 아줌마가 고개를 끄떡였다. 기호가 다시 나를 바라보자 내가 말했다.

"여권 챙겨야지."

"다 부질없다."

"……"

"……"

"너 돈 빨리 안 해줬다고 삐쳤구나."

기호가 내게서 담배를 가져다가 입에 물었다. 내가 직접 불을 붙여주고 싶었지만 참았다. 그뿐, 그는 필터만 자근자근 씹다가 조용히 젓가락 옆에 내려놓았다.

"미국 안 가련다."

"이제 며칠만 더 기다리면 돼."

"이유가 사라졌다."

나는 담배가 피우고 싶었지만 한번 참아보기로 했다.

"뭔 소리야. 가서 다시 한번 시작해 본다며. 미국, 미국 노래를 부르더니…."

"아내며 자식이며 모두 아무런 연락도 없는걸."

얼굴은 슬프기보다는 진지했다. 기호에게서는 없던 표정이었다. 내가 물었다.

"담배는?"

"안 피워."

"정말 끊었어?"

"몸과 마음이 망가지는데 담배나 피고 있는 게 객쩍은 짓 같아서."

"선방하고 있는걸. 술은?"

"술이야 한두 잔 하면 좋으니까, 구태여 끊을 거까진 없고."

"술맛은 어때?"

"오묘해. 좋아. 그리고 다시 살고 싶어져."

나는 기분이 좋아졌다. 시도 때도 없이 걸려 오던 전화, 툭하면 돈을 마련해달라고 조르던 일, 죽어버리겠다고 협박하던 상황들조차 별일 아닌 것처럼 느껴졌다. 나는 모처럼 친구로서 역할을 잘해 낸 것 같은 생각이 들었다. 내가 오히려 지나쳤다.

"와. 그럼, 비아그라나 구해다 주마."
"그것도 필요 없다."
"……"
"발기가 안 돼. 처음이야, 이런 상황은."
"욕구까지 없어진 건 아니잖아?"
"헛물켜느니 잊고 사는 게 좋지 싶기도 하다. 담배처럼. 자유로워지는 게 좋다. 후후, 어차피 못 하니까, 느긋해지는 거 있지. 같이 자는 거 말고 그냥 꼭 껴안고 살냄새 맡으면서 사는 애기나 실컷 하면 좋겠어."
"와, 철학자가 따로 없네."
"삶이 나를 철학자로 데뷔시켜 준 거 같아."
"나 너한테 그동안 말 못 한 게 있다."
"해 봐라. 무슨 애기라도 소화할 수 있다."
"와, 땡초가 아니라 내공으로 꽉 찬 도인 같은걸."
"내공이라…."
"좋게 생각하자. 그런 거 아무나 누리는 행운은 아니잖냐?"

방송이 다시 나왔다. 목소리가 앙칼졌다. 기호가 쓴웃음을 지었다.

"이제 재기만 하면 앞으로의 삶은 훨씬 풍요로워지겠는걸."
"고맙다. 이런 애기 주고받을 수 있다는 게 행복일 줄은 미처 몰랐다. 다 네 덕분이다."
"후후. 나도 기분 좋다. 수업료가 비쌌지만."

"조금 덜 벌고 덜 쓰면서 여유롭게 살 수도 있었는데. 가슴은 말라비틀어져만 가는데 기댈 곳 하나 마련해 두지도 못하고 살았어. 너네 반 아이들한테는 나처럼 살지 말라고 전해다오. 좀 더 바른 꿈을 꾸고 느긋하게 살 수 있는 방법이 있다는 걸 강조해서 알려줘."

"하기야 나도 요즘 아이들에게 꿈을 말해주기엔 벅차다. 숨이 차."

"넌 선생 아니냐."

"선생도 아냐. 내 이전 세대엔 선생이 있고 스승이 있었다만 지금은 다 똥이다."

"원, 세상이 다 똥뿐이구먼!"

"힘닿는 대로 애써 보마."

우리는 잠시 별말 없이 앉아 있었다. 조금 서먹서먹했다. 과거와는 아주 다른 분위기에 휩싸여 버린 탓이었다. 마침, 실내 방송에서 다시 기호를 찾는 목소리가 들렸다. 기호가 잔을 비우고 일어나, 나 잠깐 다녀올게, 하며 밖으로 나갔다. 나는 혼자서 홀짝홀짝 나머지 소주를 다 비웠다. 기호에게서 식당으로 다시 못 들어오니 혼자 식사 끝내라는 문자가 오고 나서야 찌개를 시켜 후루룩 밥을 먹었다. 지척에서 받은 문자가 야릇한 감정을 일으켰다. 둘 다 아내와 자식들을 어디 두고… 콧등이 시큰했다. 술이, 아니 술밖에 마땅한 게 없었다. 한 병을 더 마실까 하다가 휴대전화를 꺼냈다. 휴대전화 갤러리를 열어 아내와 아들 녀석 사진을 물끄러미 바라보다가 다영이 전화번호를 눌렀다. 짧게 인사를 끝내고 본론으로 들어가 다영이 보내겠다는 돈에 대해 잠시 대화를 나누었다. 나는 귀가 솔깃했다. 이야기가 길어지자 일단 만나서 얘기하자고 한 뒤 호흡을 가다듬었다. 마침 시간이 있다고 했다. 말을 잇기가 쉽지 않았다.

"낚시터 입구에 매운탕 집 있지? 거기 다 와서 전화하려무나."

나는 전화를 끊고 식당 할머니에게 전화를 걸었다.

"식사 2인분만 준비해 주세요."

"변변한 게 없는디."

"반주 한잔 할 수 있으면 돼요."

"붕어찜 괜찮을라나. 것들은 그래도 아직 성성혀."

"아, 좋아요. 충분해요."

"그랴, 그럼. 양념 찐하게 하면 괜찮아."

전화를 끊고 나서도 상념이 이어졌다. 한잔 더 하고 싶은 유혹을 뿌리치고 자리에서 일어나 밖으로 나왔다. 식당과 낚시터 사이의 어둠이 짙었다. 나는 잠시 어둠 속을 어슬렁댔다. 하우스로 들어와 앉아서도 마음이 편치 않았다. 잠시 후 다시 구미가 당겼다. 저녁을 먹는 동안에 스크루를 돌렸을 테니 이제부터가 손맛을 볼 수 있는 타이밍이었다. 대를 던졌지만 어쩌다 입질이 와도 채는 족족 헛챔질이었다. 은근히 속이 상했다. 다시 대를 던지고 찌를 응시했다. 맞은편에 앉은 꾼 하나가 야광찌를 꺾어 던졌다. 실내가 그리 어둡지 않아 케미는 밝게 빛나지를 않았다. 썰렁해서 그런지 더 춥게 느껴지고 무릎까지 시려왔다. 나는 손을 비비고 발을 동동

붕어찜 레시피

굴렀다. 마침 기호가 작은 손난로와 커피 한 잔을 놓고 갔다. 금방 손발과 속이 뜨뜻해졌다. 나도 케미를 꺾어 던졌다. 왼쪽으로 서너 걸음 떨어진 꾼의 찌가 쏙 들어갔다. 느닷없는 입질이었는지 허둥댔다. 걸려 나오는 고기가 수면 위에서 새가 날아오르듯 푸드득거렸다.

 한참 동안 입질이 없다 보니 속에서 짜증이 솟구쳤다. 기껏 자리까지 옮겨서 이 짓을 왜 하고 있는지 의심스러웠다. 느닷없이 찌가 세 마디쯤 슬며시 올라왔다. 대 손잡이에 손을 가져갔다. 찌가 한껏 몸을 통째로 들어내는가 싶더니 물속으로 곤두박질쳤다. 미처 채지 못했다. 낚시에 대한 의욕과 적의가 번갈아 내 속에서 솟구쳤다.

 나는 자신이 무너지고 있다고 느꼈다. 낚시 때문에 오히려 스트레스가 쌓여가고 있다. 처음 몇 마리 낚으면서 좋아하던 자신이 다 무안하게 느껴졌다. 대를 꺾어버리고 싶은 충동이 일었다. 차라리 낚시 안 하고 말지, 괜히 울화가 치밀었다. 올림 낚시에는 없던 독성바이러스가 몸에 퍼지고 있는 듯했다. 올림에서 간간이 맛볼 수 있는 설렘 따윈 아예 자취도 없었다. 스치는 남녀의 손끝 같더니. 올림은 두 사람이 머뭇머뭇 다가가서 하는 포옹이나 키스라면, 내림은 직접 살 속으로 파고드는 애무다. 내림은 도박과 섹스, 그리고 속도나 도발과 궁합이 맞는다. 지금, 내림이 자신을 낚시 자체에서, 또 자신에게서 소외시키고 있다. 일어나자, 여자를 뿌리치던 그 밤처럼. 나는 일어났다. 낚싯대를 꺾었다. 지직, 두어 번 꺾은 대를 구석에 던져버리자 속이 다 시원해졌다.

하우스에는 몇 사람밖에 남아 있지 않았다. 연말이라 더욱 스산했다. 마음을 비우니 기분이 조금 나아지는 것 같기도 했다. 휴대전화에서 진동음이 여러 차례 울렸다. 문자 메시지를 확인해보았다. 반 아이들한테서 온 이모티콘 섞인 성탄 축하 문자가 여럿 와 있었다. 금융권에서 돈 갖다 쓰라는 메시지가 더러 섞여 있었지만 속이 상해서 모두 삭제를 눌러버렸다. 개새끼들 같으니. 기호를 찾았지만 보이지 않았다. 잠깐 나갔다 올게, 기호에게 문자를 쳤다가 지웠다. 자리에서 일어나 서성대다가 낚시터를 나섰다.

5

식당은 낚시터처럼 썰렁했다. 손님이 없어서인지 하우스와 한 세트 같았다. 탁자는 세 개밖에 없지만 그나마 귀퉁이에 가서 앉았다. 새삼스럽게 여기저기 둘러보았다. 벽 한 귀퉁이에 세로로 '별미 특 붕어찜'이라고 써놓은 종이가 누런 벽지 위에서 유난히 빛났다. 직접 손으로 써놓았는데 서툴기 짝이 없지만 그런대로 고풍스러워 보였다. 식당을 오가는 꾼들 중 누군가가 써다 주었을 것이다. 노파가 냄비를 가져와 가스레인지 위에 올려놓았다. 이미 초벌로 끓여 놓은 모양이었다. 한 뼘이 넘는 붕어와 잔챙이 잡어들 사이에, 된장 두 덩어리와 뻘건 양념장이 고루고루 뿌려져 있다. 맨 위에 보란 듯이 누운 붕어, 눈은 하얗게 백태 같다. 눈꺼풀이 없어 눈을 감을 수 없고, 눈동자도 굴릴 줄도 모르니 새삼스러울 건 없지만 뭔가 허전했다. 바닥엔 시래기가 제법 풍성했다. 묵은지도 몇 조각 보였다. 노파가 뚜껑을 덮고 가스 불을 켰다. 누군가 문을 열고 고개를 들이밀었다. 나는 일어나 다영을 맞았다.

"빨리 왔네."

"네, 잘 지내셨어요?"

다영이가 주춤했다. 얼굴을 보더니 금방 한 말이 실수라는 걸 깨닫는 듯했다. 말로 그걸 메우려 들었다.

"얼굴이 많이 상하셨어요."

"응, 괜찮아."

외투를 받아 의자 위에 놓고 자리를 권했다. 수척해 보여서 그런지 얼굴이 나이가 조금 들어 보였다. 노파가 기다렸다는 듯이 다가와 뚜껑을 열었다. 김이 올랐다. 나는 다영에게 술을 따라주었다. 다영이 입에 잔을 가져간 사이에 내가 국자로 밑에 깔려 있던 무와 시래기를 뒤섞어 한 국자 떠 다영이 앞접시에 담아주었다.

"먹어본 적 있지?"

"한 번이요."

다영이 제가 해야 하는데, 하는 표정을 지었다.

"먹어봐라, 국물은 좀 더 우러나야 할 테니."

다영이 한 젓가락 맛보았다. 나는 눈알을 슬쩍 내 접시에 담았다가 천천히 씹었다. 눈알은 익힌 개구리알처럼 고소했다. 그새 감탄이 터져 나왔다.

"와, 맛있어요."

"천천히 많이 먹어라."

순식간에 주거니 받거니 몇 잔씩 들이켰다. 다영이 얼굴이 금방 빨갛게 달아올랐다.

노파가 미나리를 한 접시 담아와 냄비 위에 얹고 뚜껑을 닫았다. 내가 고마워요, 하는 눈빛으로 바라다보는데 노파의 눈은 정작 다영에게 가 있다. 눈이 아득했다. 당황스러운지, 다영이 입에 손을 가져다 대고 살포시 웃었다. 노파가 투박한 손으로 다영이 손을 한번 쥐었다 놓더니 말없이 주방으로 향했다. 거기서, 깊고 푸르던 시절을 떠올리고 있을 테다. 다영이 물었다.

"이 근처에 사세요?"

"응, 이 식당 뒤에. 급한 대로 컨테이너 박스에."

"불편해서 어떻게 지내세요?"

"그런대로 지낼 만하다."

다영의 눈빛이 하늘거렸다. 입에서 나온 얘기는 눅눅했다.

"죄송해요."

"네가 왜?"

"그냥…."

"우리는 맑은 공기도 마시고 푸른 물속에서 멱도 감고 그래봤으니 괜찮다."

갑자기 말이 끊겼다. 나는 냄비 속을 휘젓고 다영은 휴대전화를 꺼내 만지작거렸다. 노파는 빗자루를 들고 왔다갔다 하고 텔레비전에서는 한 해를 마무리하느라, 연예인들이 법석을 떨어댔다. 별로 보고 싶지 않았다. 노파가 어느새 이리저리 채널을 돌리다가 가요무대 같은 프로그램을 틀었다. 전화가 연결됐는지 다영이 스카프를 목에 두르며 밖으로 나갔다.
 노래가 두 곡 끝났는데도 다영이 들어올 줄 몰랐다. 문을 열고 밖을 내다보는데 다영이 통화를 하고 있다가 멍하니 나를 바라다보았다. 나는 고개를 끄떡이고 자리로 돌아왔다. 텔레비전에서는 연예인들의 억지웃음이 자지러졌지만 연말 분위기는 을씨년스럽기만 했다. 나는 맥없이 술잔만 당겼다.
 다영이 들어오더니 가봐야겠다고 말했다. 내가 고개를 끄떡였다. 다영이 대리기사에게 전화를 걸었다. 위치를 설명하는데 한참이 걸렸다. 전화를 끊고 다영이 느긋해진 목소리로 말했다.
 "돈은 곧 부쳐드릴게요."
 애써 드러내는 발랄함이 그런대로 좋다.
 "그래, 고맙구나."
 "열심히 살 거예요."
 "후후. 그럼 그래야지."
 "말씀드리는 게 좋겠네요."
 다영이가 술을 한 모금 마셨다.
 "아파트 처분했어요. 마음 편히 살려고요."
 "그랬구나."
 다영이 전화를 받았다. 대리기사가 거의 다 온 모양이었다. 나는 말을 잇지 못하고 담뱃갑 옆에 내려놓은 전화기를 물끄러미 바라다보았다. 다영이가 조금만 기다려 달라고 할게요, 하며 전화기 버튼을 누르려 했다. 나는 손짓으로 그만두라고 하면서 일어났다.

다영이 노파에게 공손히 인사하고 밖으로 나갔다. 나는 다영이 어깨에 손을 얹었다. 놀라면 어쩌나 걱정했다. 다영이 고개를 들어 나를 수줍게 바라보았다.

"우리 다영이 한번 안아볼까."

가만히 서 있는 다영을 안았다. 다영도 안겨서 양 겨드랑이 사이로 팔을 뻗어 나를 가볍게 안았다. 내가 양손으로 등을 다독여 주었다. 잠시 그렇게 서 있다가 내가 말했다.

"다영아, 사랑한다."

"저도요."

다영이 손으로 눈가를 훔쳤다. 대리기사가 택시에서 내렸다. 헤드라이트 불빛이 어둠을 파고들어 기다란 구멍을 냈다. 다영이 한 손으로는 눈가를 가리고 다른 손으로 키를 내주자 기사가 곧바로 자동차에 올라탔다.

내가 문을 열어 주자 다영이가 뒷좌석에 앉았다. 다영이 차창을 열고 고개를 내밀었다.

"곧 입금할게요. 또 봬요. 건강하세요."

"고맙다."

자동차가 멀어지는 걸 바라다보다가 몸을 돌리자 시커먼 어둠 속이었다. 식당도 불을 껐다. 나는 담벼락 끝으로 가서 오줌을 누었다. 신발 등만큼 쌓인 눈에 검은 구멍이 생겼다. 컨테이너로 발걸음을 돌리려는데 마음이 괜히 불안으로 요동쳤다. 몸이 부들부들 떨렸다. 무심코 하늘을 올려다보았다. 그저, 별은 몇 개 야광찌보다 희미했다. 눈이라도 더 오면 좋겠다는 생각이 들었다.

 허적허적 걸어 낚시터로 들어갔다. 열기가 얼굴에 느껴졌다. 술기운에 달아오르고 언덕길을 올라오느라 그런지 제법 땀이 솟았다. 텅 빈 무대엔 사회자도 관객도 없다. 물 빠지는 소리가 요란했다. 기호는 땀을 훔치며 하수구 옆에 서 있었다. 나를 보자 웬일이지, 하는 표정을 지었다. 하기야 나도 늦은 밤에 찾아온 건 이번이 처음이다. 나는 관리사무실로 들어갔다. 비릿한 악취와 음식물 쉰내가 진동했다. 나는 급히 돌아섰다. 유리창 너머로 낚시터가 내다보였다. 군데군데 희미하게 가로등과 같은 전등이 켜져 있었다. 나는 창문을 조금 열고 의자에 앉아 담배를 피워 물었다. 무심코 전기 스위치를 내렸다. 비로소 밖이 잘 내다보였다. 컴컴한 수족관 같은 실내에는 커다랗고 검은 물고기 한 마리가 유영하고 있었다.

 의자 깊숙이 엉덩이를 걸치고 잠시 졸았다. 잠에서 깨 책상에 올려놓았던 발을 내렸다. 여전히 정적이 지배했다. 나는 문을 열고 밖으로 나갔다. 기호는 구석 수돗가에서 그릇들을 씻고 있다. 다가가는데 병 하나가 발에 채었다. 나는 무심코 그 병을 발 안쪽으로 밀었다. 병이 딩딩딩, 하며 뱅글뱅글 돌았다. 울림이 컸다. 물끄러미 그 소리를 듣고 있다가 기호를 보았는데, 그가 어느새 입에서 소주병 마개를 뱉어내고 있었다. 내가 급히 그에게 달려갔다. 기호가 소주병으로 나발을 불어 벌컥벌컥 들이켰다. 내가 다가가 병을 달라고 했지만 나를 피해서, 내게 등을 돌리고 계속 마셨다. 옥신각신했다. 나는 기어이 병을 빼앗아 내 옆에 내려놓았다. 기호의 눈길이 병을 따라 내려가더니 물끄러미 바라보기만 했다. 이미 반나마 마신 뒤였다. 나는 조용히 물었다.

"와이프한테서는…?"

"……"

묻는 게 바보 같지만 지금 내 배역은 뭐라도 말을 건네야 하는 입장이었다. 기호가, 너는? 하고 묻듯이 힐끔 쳐다보았다. 바보야 그건, 아까 물어본 거잖아, 하는 듯했다. 기호가 앉은 채로 두어 걸음 수돗가로 다가가 바가지로 물을 떴다. 나는 콧등이 시큰해졌다. 아까, 미안했다고 한 게 자꾸 마음에 걸렸다. 기호가 수주병 있는 곳을 기웃거렸다. 나는 완강히 버티고 섰다. 대신 기호가 담배를 한 개비 물었다. 내가 불을 붙여주었지만 외면했다. 담배 연기를 들이마시는 흉내를 내면서 한숨을 뱉었다. 멍하니 지켜보자니 겸연쩍었다. 마침, 휴대전화가 허벅지를 간질였다. 두 번 몸을 떨고 마는 것으로 보아선 메시지였다. 마치 입질이 허벅지에 느껴지는 것 같았다. 나는 전화기를 꺼내려다 말았다.

기호가 앉은 채 나를 힐끗 쳐다보았다. 눈빛이 초점 없이 멍했다. 진동이 또다시 초록빛으로, 주머니 밖으로 몸을 드러냈다. 나는 돌아서며 전화기를 꺼내 폴더를 열었다. 입금 완료. 다영에게서 온 문자였다. 금액을 확인하는 사이 기호가 병을 가져다 나발을 불었다. 나는 급히 폴더를 닫고 기호를 말렸다. 기호가 구석으로 이미 속을 다 비운 병을 굴렸다.

붕어찜 레시피

병은 데굴데굴, 돌더니 텅, 소리를 내며 멈췄다. 공명이 넓은 홀을 채웠다. 기호가 일어나더니 돌아서서 천천히 매점 쪽으로 향했다. 마치 내가 따라오기를 기다리고 있는 것 같았다. 그가 고개를 돌리며 한 마디 툭, 던졌다.

"나 먼저 들어갈게."

말은 그렇게 해놓고도 기호는 그대로 서 있었다. 나는 무슨 말이라도 건네야 할 것 같았다. 내가 다가가자 그가 탄식하듯 말했다.

"네게 이런 꼴 보여 미안하다."

"이게 사람 사는 일상이다. 그런 거로 미안하다느니 하면 남들이 뭐라고 한다."

"잘 가라."

기호는 사무실 옆, 방으로 통하는 문을 열고 들어갔다. 나는 잠시 멍한 상태에 빠져들었다. 나는 담배를 한 대 피워 물고 벽에 기대어 섰다. 나는 왠지 가로등 불빛이 부담되어 몇 걸음 옮겨보았다. 기호와 다영이 전화 통화는 했을 거란 생각이 뇌리를 스쳤다. 급한 대로 월급 차압 건을 풀 액수는 될 것이다. 다영에게 뭐라고 문자로나마 말을 남겨야 할 것 같아 자판을 찍다가 말았다.

기호가 앉아 있던 앉은뱅이 의자에 엉덩이를 걸쳤다. 차가운 물기가 엉덩이를 적셨다. 담배 한 대를 더 피웠다. 어지러웠다. 집으로 가려고 문을 나서는데 뭔가 이상한 느낌이 뒤로 나를 잡아끌었다. 나는 그 예감을 무시하고 그대로 낚시터를 나섰다. 칼바람이 매서웠다. 눈보라까지 쳤다. 파고드는 냉기가 날카롭기가 바늘 끝이었다. 옷깃을 세우고 몇 걸음 가다가 돌아서 다시 들어왔다. 휴우, 숨을 몰아쉬면서 잠시 벽에 등을 대고 섰다. 담배 한 대만 피고 큰맘 먹고 달려 내려가리라 작정했다. 주머니에서 담뱃갑을 꺼냈다. 빈 갑이었다.

6

 토요일 오후, 벽제 승화원에서 다영이를 만났다. 나는 미리와 부근 납골당 냉동실에 보관 중이던 유골을 차에 실어 놓고 기다리고 있었다. 시절이 좋아 유골을 별도로 보관할 수 있다는 게 새삼스러웠다. 잊고 지내던 죽음이, 그 감정이 다시 살아났다. 다영을 보자 그 느낌은 더욱 짙어졌다. 잡생각이 이어졌다. 그 감정은 얼마나 같고, 얼마만큼 다를까. 봄에, 겨울을 생각하며 잠시 침울했다.
 K시로 가는 동안 다영은 창밖만 내다보고 있어 무슨 말이든지 붙이고 싶었지만 운을 떼기가 힘들었다. 문득 테이프나 틀어볼까 싶어 콘솔박스가 있는 쪽을 보다가 다영이의 무릎에 눈이 갔다. 마침 다영이 치마를 아래로 잡아끌었다. 무릎을 덮는 치마도 앉으면 무릎과 허벅지가 나오게 되어 있다.
 "빌려 입었더니…."

"말 안 해도 알겠다."

뭐라고 말을 건넨다는 게 그게 고작이었다.

"이런 일이 처음이라서."

"편하게 입고 오라고 일러 줄걸 그랬지."

나도 검은 양복이긴 하지만 타이는 매지 않았다. 매고 있다가 풀어서 거실 의자 위에 던져놓고 나왔다. 다영이는 예전에 담임선생님 앞에서처럼 쩔쩔매고 있었다. 분위기를 전환할 필요가 있었다. 10년 전쯤 과거로 돌아갔다.

"너 예전에 학생부에서 너 꺼내올 때 내가 했던 말 기억하나?"

"……"

아직 학생부실에서 나누던 대화에 접속이 안 된 모양이었다.

"야, 좀 걸치고 다녀라, 그랬는데."

"아아, 기억나요!"

다영이 얼굴이 금세 발개졌다. 얼굴이 애 같았다. 아니, 순간적으로 애처럼 변한 것 같았다. 다영이 학생부에 있다고 해서 찾아간 적이 있다. 다영이 다른 아이들과 함께 치마를 입고 '엎드려뻗쳐'를 하고 있었다. 학생부장에게서 인수를 받아 다영이 있는 곳으로 갔는데 팬티가 다 드러나기에, 서둘러 일으켜 세웠다. 치마 길이 자체가 짧았다. 그러나, 민망한 걸 들키면 안 된다. 태연해야 하는 것이다. 야, 인석아, 좀 걸치고 다녀라, 하면서 지청구를 했다. 이게 옷이냐 천 조각이냐? 녀석은, 히히, 웃으며 무릎과 허연 허벅지, 팬티가 드러나게끔 먼지를 털었다. 나는, 얼씨구, 하면서 웃음 반, 질책 반 섞어 알밤을 먹이는 시늉을 했다. 무안했지만, 여자도 아닌 것들이, 하고 덧붙였다. 그 말에 발끈해서 다영이, 저도 여잔데요, 하고 맞받았다. 조금 삐친 듯하니 더 귀여웠다.

다영이 입을 가리고 웃으며 나를 바라보았다. 나는 여고생의 얼굴을 보고 있었다. 나는 씨익, 웃음을 흘렸다.

"나 궁금한 게 있다."

"네?"

"여자들이 미니스커트를 입는 이유가 뭐냐?"

"예쁘잖아요?"

"그렇지? 봐 달라는 거지? 그런데 막상 그런 걸 쳐다보면 바람둥이니 뭐니 놀리잖아. 보이는 걸, 아니 봐달라는 걸 보는데 그게 왜 잘못된 거냐고. 아예 입고 다니질 말든지."

"네?"

"뭐."

"아, 예. 여자들은 그걸 금방 느껴요. 자기가 좋아하는 한두 사람만 봐주면 되는 거지, 떨거지들이 훔쳐보고 침 흘리는 걸 원치는 않지요. 그럴 때는 기분이 나빠져요."

"그러면 가리고 다니다가 애인 앞에서만 드러내든지."

말도 안 되는 소리를 해댄 스스로가 무안했다. 담배 한 대에 불을 붙인 다음 다영에게 주었다. 다영이 의외라는 듯 머뭇머뭇했다.

"성인끼린데 뭐, 그렇게 어려워할 거 없다. 헛소리한 게 미안해서 주는 거다."

붕어찜 레시피

다영이 한 모금 깊게 들이마셨다가 내쉬었다. 주길 잘했다는 생각이 들었다.

"그런데 좀 전에 하던 얘기… 한두 사람의 대상이 있다?"

"사실 저도 잘 모르겠어요. 애인이 없을 때도 그렇게 입어 대니까 말이에요."

"내가 쳐다보면 그건 뭐냐?"

"그건 아무것도 아니죠."

"숨어서 보면 되겠네."

"안 봐도 알죠. 여자는 뒤통수에도 감각이 있어요. 나이 든 아저씨가 침을 흘리네, 아유, 불쌍해라 하는 정도? 그러면서도 그걸 즐기며 걸어가는 거지요. 그게 부수입이라면 부수입이겠지요. 그 추운 겨울에 말이에요."

그게, 나 같은 중년에 해당하는 말 같아 뜨끔했다. 나 같은 아저씨 두고 하는 말이지, 하는 듯이 손가락으로 나를 가리켰다. 다영이 입을 가리고 웃었다. 어쭈, 사람 무시하지 마라, 하는 표정을 지어 보이며 다영에게 주먹을 쥐어 보였다. 다영이 멍하게 다시 웃음을 흘렸다. 나도 따라 웃었다. 수업 중에 분위기가 너무 딱딱해지면 준비해 두었던 우스갯소리로 한바탕 웃은 다음에 수업을 하곤 했는데 지금이 그런 경우였다. 다영이 잠깐 뜸을 들이다가 마침표 찍듯이 말했다.

"선생님 정도면 아직 매력이 많으시니까, 뭐, 쳐다보셔도 돼요."

"아이고, 한 방 먹었네."

"제가 이따가 맛있는 커피로 대신할게요."

"커피, 좋지."

자동차는 유난히 엔진 소음이 심했고 힘든 소리를 냈다. 낚시 다니느라 익숙한 코스였는데 제까짓 게 뭔가 심리적으로 편치 못하기라도 한단 말인가. 자동차는 꾸지람을 들은 듯이 숨을 몰아쉬었다. 그래 마지막 길이다. 그래 언제고 끝이 있겠지, 조급해하거나 서두르며 살지 말자, 그랬는데 이제 정말 끝이다.

무슨 생각을 하는지 다영이 눈을 차창 밖에 주고는 꼼짝도 하지 않았다. 조금 전 박장대소하던 분위기는 어느새 썰렁해졌다. 하기야 별로 우습지도 않은 얘기를 그냥 들어주었나보다 하는 느낌이 절로 들었다. 좀 더 주책을 떨기로 작정했다.

"그건 그렇고 여자가 에쁘게 치려 입었으면 무슨 말이든 하긴 해줘야 하는 거 아니냐? 옷이 잘 어울린다, 섹시하다, 매력 있다고 말하는 건 벌써 이미 모든 사실을 감지한 후잖아. 가슴이며 허벅지며…."

"……"

이왕 내민 걸음이었다.

"눈에 들어오는 걸 다 보고도 못 본 척하고, 그 인지 과정은 다 숨기고 아무렇지도 않은 듯 말하는 거잖아. 머릿속으로 생각하는 거하고 말하는 것하고는 다르거든."

장광설을 늘어놓고 있다는 것을 자각한 동시에 다영이 얼굴에서 미소가 떠올랐다. 다영은 태연하려 애쓰고 있는 게 분명했다. 공부는 다소 뒤졌지만, 눈치 하나는 뛰어난 아이였다. 졸업 전에는 많이 부족해 보였는데 지금 반듯한 모습을 보니, 인생은 학교에서보다 그 이후가 더 넓고, 깊다는 사실이 입증된 듯했다. 다영이 나를 힐끗 쳐다보았다.

"그런 얘기 다 하고는 못 살죠. 좋다 나쁘다, 건전하다, 내숭떤다 하는 것하고는 다른 것 같아요."

"어쨌든 듣고 싶은 소리는 있는 거잖아."

"그렇겠지요? 이왕이면 좋은 소리 듣고 싶겠지요. 그 과정 다 생략하고."

"고맙구나. 난 그게 솔직히 궁금했다."

"선생님은 고운 정이 훨씬 많으신 분이에요."

"다음에 내가 저녁 사마. 방금 지나온 저기 가면 임진강 민물장어 죽인단다."

자칫하면 나기호 얘기를 꺼낼 뻔했다. 꽤 비쌌는데 내가 돈을 낸 적은 한 번도 없었던 것 같다. 하도 맛있게 먹으니까 몇 차례고 기호가 추가로 주문해 주곤 했다. 사람 좋은 얼굴로 지그시 굽어보던 녀석의 표정이 손에 잡힐 듯 떠올랐다.

저수지에 들어가기 전에 가게에 들러 막걸리와 북어포를 샀다. 기호가 즐겨 피우던 슬림 형 담배, 향과 양초도 샀다. 다영이가 먹을 안줏거리로 골뱅이도 한 캔, 곁들여 먹을 양으로 별도로 돈을 주고 부탁한 파무침도 비닐봉지에 넣었다. 사람들이 보는 데서 유골을 뿌리기 뭐하니까 일단 좌대로 들어가자고 말해 두었다. 멍한 표정이었다. 낚시터에서나 몇 차례 낚시해 봤을 테니 좌대가 낯설 법도 했다. 배를 타고 들어가면서 설명해 주리라 마음먹었다. 좌대란 건 물가에 띄어놓은 오두막이란다. 가운데 두 사람 누울 만한 작은 방이 한 칸 있고, 그 방 주변 이를테면 툇마루에서 대를 던지는 거란다. 고기가 노는 앞마당에 대를 던지는 거니까 손맛을 볼 확률이 그만큼 크다고 할 수 있지. 적진 깊숙이 박아놓은 트로이의 목마라고나 할까. 월척을 낚을 가능성도 크고. 물론 편안하게 쉬면서 전투를 치를 수 있으니까 아군에 유리하지. 깨끗한 공기를 음미하고 밤과 적막에 샤워하면서 푹 쉬다 나오면 힐링까지 된다고 할 수 있고. 대어라도 한 마리 낚으면 그야말로 스트레스까지 한 방에 물리쳐 줄 치유제라고나 할까. 조금 있다 들어갈 좌대에서의 가장 큰 기억은 밤새 꼬박 입질 한번 받지 못하다가 철수 직전에, 거의 열다섯 시간 만에 대어를 낚았던 일이란다. 같이 주차장에서 배로 짐을 옮기는데 꾼들이 힐끔힐끔 쳐다보았다. 젊은 여자에 대해 갖는 호기심이 느껴졌다. 하기야 나이 든 아저씨가 젊은 여자 하나 사서 데리고 왔나보다, 망할 녀석 낚시터를 오염시키네, 하고 속으로 생각하고들 있을 게 분명했다.

 다영이의 검정색 투피스가 썰렁해 보였다. 배낭에서 파카를 꺼내 주었다. 다영이는 별다른 반응 없이 내가 거들어 주는 대로 선선히 옷을 걸쳤다. 일단 버릇처럼 낚시 장비를 배에 실었다. 언제나 트렁크에 싣고 다니는 것이니 가지고 들어가는 게 이상할 것도 없었지만, 속으로는 뜨끔했다. 낚시하고 싶어 하는 마음이 앞서고 있기 때문이다. 하기야 낚싯대도 없이 좌대를 타는 것도 좀 뭐하기는 했다. 여의찮으면 사정이 생겨 낚시를 못하게 됐다고 둘러대고 다시 나오면 그만이었다. 문제는 다영이었다. 낚시할 의사가 있는지, 밤에 카페에 나가지 않아도 되겠는지, 씻기도 불편하고 화장실 냄새가 진동할 텐데. 게다가 하룻밤을 같이 보내야 하는데 괜찮을지. 다영이는 아무 말 없이 앉아 있었다. 이 상황에서도 낚싯대를 싣는 나와는 비교조차 할 수 없는 무연한 표정이 사뭇 엄숙하기까지 했다.

다영이와 둘이만 있는 게 불편할 수밖에 없었다. 총무가 선착장으로 다가오자 나는 큰소리로 누군가에게 전화를 거는 척했다. 총무 들으라는 듯 꽤 큰 목소리로, 늦더라도 여하튼 좌대로 들어오라고 해두었다. 혹시 밤늦게라도 들어올 때를 대비해서 배 좀 띄워달라고 총무에게 일러둔 셈이 되었다. 다영이를 힐끔거리고 있는 녀석의 눈초리도 어느 정도 둔해질 것이었다.

배를 타고 나니 마음이 조금 편해졌다. 이미 내친걸음이 되어 버린 것이다. 물과 산, 하늘이 한눈에 펼쳐졌다. 물은 이미 꽤 푸르게 물들기 시작했다. 저 앞에 이는 물결이 꽤 묵직해 보였다. 수면 바로 밑에서 큰 고기들이 헤엄치며 물길을 가르고 있는 듯했다. 이제 해가 서산을 넘고 있으니 야행성인 녀석들이 기지개를 켜고 나그네가 되어 먹이를 찾기 시작할 것이다. 녀석들의 본능은 아쉬워하는 선에서 그칠 줄 안다. 없으면 없는 대로, 부족하면 부족한 대로, 모두 순리대로 가라앉을 줄 안다.

이렇게 한갓진 산속에서 낚시해 보는 게 다영에게는 좋은 추억거리가 될 수도 있으리라. 그러길 바랄 수밖에. 욕망 대신에, 오히려 어두워서 상상력이 춤추는 이런 밤도 있다는 것을 보여주는 것만으로도 좋을 것이다. 인공 불빛 아래서 웃음을 웃으며 뭇 사내들과 술을 마시는 것과는 다른 밤이 되기를 바랐다. 그래서 어둠이 산과 물을 밝혀주는 역설이 존재했다.

7

촛불은 꺼질 듯 꺼질 듯했지만 바람 부는 대로 몸을 눕혀가며 안간힘을 썼다. 다영이가 옷을 갈아입고 방에서 나왔다. 나는 닭볶음탕과 소주 두 병을 전화로 주문하고 고즈넉한 물 위를 이리저리 둘러보았다. 해는 서산으로 꼴깍 넘어갔다. 왕잠자리가 부산히 오가며 잠잘 곳을 찾고 있었고, 해오라기 두 마리가 서로 앞서거니 뒤서거니 날아가다가 갑자기 까악 하며 제각기 방향을 달리해 날았다. 땅거미에 대조되어 흰색이 제법 도드라졌다. 꿩꿩, 대던 꿩도 조용했다. 바람 역시 해가 지자 잦아들었다. 옆 좌대에도 손님이 들지 않아 아주 고즈넉하니 좋은 저녁이었다. 물속에선 제법 큰 녀석들이 슬슬 배회를 시작하고 있을 것 같은 예감이 들었다. 휴대전화 벨 소리가 너무 이물스러웠다.

"선생님, 붕어찜으로 드시지요."

"왜요? 닭볶음탕 달라니까. 찜에 물려서."

"냉동 닭밖에 없어 놔서."

"그래요. 잠깐만요."

나는 다영이에게 물었다. 다영이 아까, 학생부 에피소드에 대해 반응할 때처럼 얼굴이 발개져서 고개를 끄덕였다.

"알았으니 맛있게 해다 줘요."

네, 물 좋은 붕어로… 하는 소리를 들으며 전화를 끊었다. 나는 다시 한번, 희지도 검지도 않은 석양의 여운 속에서 10년 전의 다영이 얼굴을 보고 있다고 믿었다. 특히, 좀 걸쳐라, 하던 에피소드를 공유하는 순간부터 천생 어린 여자애였다.

저 멀리 보이는 마을의 집과 정자, 나무와 담, 가로등과 막 그 옆을 지나오는 배까지 한 가지 단색으로 젖어드는 모습을 지켜보느라 나는 한참을 멍하니 앉아 있었다. 다영도 이리저리 거닐며 내가 보는 방향을 보기도 하고, 또 숲과 하늘과 물가를 보기도 하고, 또 고개를 빼 멀리 마을 있는 쪽을 바라보며 시간을 보냈다. 우리는 자연체험학습을 나온 선생과 아이들 같았다.

옆 좌대에 들어오는 사람들의 소음이 예사롭지가 않다. 웅성웅성, 번쩍번쩍, 불빛과 소음이 어둠을 갈랐다. 나이 지긋한 남자의 목소리와 젊은 여자의 목소리가 섞였다. 말끝마다 아빠, 아빠 하기에 처음엔 딸이 따라왔는가 싶었는데 분명 부녀 관계는 아니었다. 기분이 상했는데, 그게 다가 아니었다. 좌대를 때려 부수려고 작정을 하고 들어 온 사람들처럼 시끄러웠다. 아무리 육성이어도 밤에는, 마이크를 사용하는 것만큼 크다. 밖에 나왔으니 흥에 겨워할 만도 하지만 낚시와 밤에는 결례가 아닐 수 없었다. 낚시에 집중하려 했지만 케미가 흠칫흠칫 놀란다. 나는 투덜대며 소음을 버텼다. 견딜 수 없을 정도로 하도 시끄럽게 굴기에 총무에게 전화를 걸어 한마디 해주라고 요청했다. 마침 지나던 길에 총무가 옆 좌대로 갔다. 그러나 큰 소리는 여전했다. 이 노인네 대단했다.

"내가 누군 줄 알고 간섭이야 간섭이, 앙!"
"아니, 왜 소리부팀 지르고 그러세요!"

주눅이 들었지만 총무가 나름 말대꾸했다. 이런 데까지 와서 저렇게 거드름이나 피우는 사람들과 상종하느라 총무가 머리 아플 만도 했다. 아까 주차장에 있던 볼보의 주인인 듯싶었다. 개고기를 가마솥에 삶아 먹어가며 밤새 술 마시고 떠드는 사람들처럼 미웠다. 좌대 바깥벽에 걸어놓은 야외용 랜턴은 도시에서 훔쳐 온 장물임에 틀림없다. 그 빛에 그 소리였다. 도시의 구더기들이 여기까지 기어들어와 밤을 깨울 준비를 하고 있는 것이었다.

 할 수 없다. 고기가 안 잡히겠지만 반대편으로 돌아앉는 수밖에. 예전에 이미 실험을 거친 곳이었다. 고기 기피 지역이 분명했다. 고기들의 회유도 없다. 간간이 돌아다니는 비행기 숫자보다 더 적을 것이다. 어쨌거나 불빛과 소음이라도 없어야 하리라. 짐을 구석으로 옮겼다. 음식이 오는 대로 간략하게나마 제를 올리리라 마음먹었다. 옆 좌대에서 적진을 점령한 군인들이 질러대는 함성, 고기가 안 잡힌다는 욕지거리와 투덜거림, 여자가 틀어놓았을 음악, 핸드폰 통화하는 소리가 끊이질 않았다. 내가 투덜거렸다.

"철없는 것들 하고는 원!"
"저런 사람들 술집에서도 거드름 피워요."
"여기가 룸인지 알고 있는 거지."

아차 싶었다. 다영이 별 반응 없이 옆에 와서 앉았다. 그저 담배 한 대를 내밀어 주었다. 노인네나 나나 한심하기는 매한가지라는 생각이 들었다. 다영이 뱉어내는 연기가 살아 움직이듯이 말로 되살아났다. 다영이 화제를 틀었다.

"나 사장님은 모든 사람에게 공손하고 친절했어요. 나중에는 선생님하고 친구 사이라는 걸 알고 나서 비슷한 사람끼리 모인다는 말을 절감했지요."

계산 빠른 녀석 같으니. 순진한 여자를 잘도 후려 놨구나.

시끄러운 소리가 나서 모퉁이를 돌아 나가 보았다. 혹시?, 하는 반가움이 예감처럼 번뜩였다. 옆 좌대에서 두 사람이 철수하려는 것 같았다. 총무도 제법 한가락 해 낸 것이다. 다른 좌대에서도 항의 전화가 오고 그랬을 테니 결국은 좌대에서 나가는 것으로 끝이 난 모양이었다. 흔히 있는 일은 아니었다. 그 노인네는 퇴장하면서도 큰 소리를 질러댔다. 이젠 더 들어올 사람도 없을 테고, 더없이 좋았다.

"그런데 좀 전에 하던 얘긴데. 날 어떻게 알게 됐냐?"
"우연히 무슨 얘기 하다가 P시에서 교사하는 친구가 있다는 얘기를 하셨어요. 처음엔 제가 거기서 학교를 다녔으니까 겁부터 났죠."

나는 입이 궁금해서 일어나 막걸리 통을 가져왔다. 먼저 통째로 물 위에 몇 번 뿌려주고 다영에게 잔을 내밀었다. 다영이 술통을 가져가며, 먼저 받으세요, 하는 눈짓을 했다. 나는 두 손으로 공손히 술을 받고 두 손으로 술을 따라주었다. 건배를 하고는 내가 두어 모금 들이마시는 것을 기다렸다가, 한 모금 마신 뒤 잔을 내려놓고 다영이 말했다.
"저 선생님에 대한 거 많이 알고 있어요."
"엉, 뭔데? 아이고 오늘 큰일 났네. 술 한 잔 더 줄까?"
"다음에요. 여기서 말고요. 나중에 제가 한잔 올릴게요."
"아니 무슨 얘긴데 장소를 가리고 그러시나."
"아니, 별 얘기는 아니고요."
다영이 머뭇거리고 있을 때 사진이 문득 떠올랐다. 나는 그 사진 돌려줄 테니 너도 털어놔 봐라, 하려다 말았다. 큰 실수할 뻔했다는 생각이 들었다.
"어쭈, 비싸게 군다 이거지."
"아니에요. 선생님 좋은 분 소개해 드릴까 해서요."
나는 멍하니 다영을 바라다보았다. 다영이 씩, 웃으며 일어나 비닐봉지를 내왔다. 하는 짓이 이렇게 예쁜걸, 하고 생각했다. 나기호, 이 녀석 별소리를 다 털어놓았나 보다 싶어 속으로 뜨끔했다. 혼자 산다는 걸 남이 아는 게 나는 아직 쑥스러웠다. 선생 입장이다 보니 그랬을까, 나는 다영이에게 부끄럽기조차 했다.
"저 공부 못했잖아요."
"그까짓 공부는 무슨."

"기억나세요? 성적표 받아 들고 시무룩해 있는데, 지금처럼 그러셨어요. 저를 툭, 치면서. 야, 공부 좀 못해도 괜찮아. 그게 그냥 하시는 말인 줄 알았는데 살다 보니 딴은 일리가 있다 싶기도 해요. 더 두고 봐야겠지만."

"그런 적이 있었냐? 기억은 안 난다만, 더 두고 볼 것도 없다, 까짓거."

"좋아요, 까짓거. 전 쌤만 믿을 거예요."

음식이 왔다. 나는 바닥에 신문지를 깔고 주섬주섬 제사 준비를 했다. 의자로 상을 대신했다. 볼 사람도 없지만 다른 곳에서 보이지 않게 산 쪽으로 상을 차렸다. 냄비를 한가운데 올려놓고 보니 탕보다는 붕어찜이 더 어울려 보였다. 상 앞에 보조 의자로 단을 만들었다. 케미를 꺾는 마음으로 촛불을 하나 더 켜고 향을 피웠다. 다영이 물끄러미 향 연기가 그리는 궤적을 바라보았다. 자던 바람이 가끔 일어나, 곧추세워 놓은 붕어의 등 같은 곡선을 연출하며 연기를 피워 올렸다.

"자, 시작할까?"

"네, 잠깐만요."

잠시 기다렸다. 다영이가 옆에 와서 섰다. 내가 먼저, 다영이 따라준 술잔을 세 번 향 주위에 돌린 다음 여기저기에 술을 조금씩 붓고 나서 두 번 절했다.

"자네 고향일세. 잘 가시게."

다영이 향에 불을 붙이면서 장난스럽게 말했다.

"물신님, 산신님…."

"자, 너도 한 잔 올리려무나."

다영이도 내가 따라준 술잔을 올렸다. 잠시 뒤 돌아섰다. 푸르러지는 숲이 새삼스러웠다. 푹 자렴. 네가 누운 곳이 네 고향이고 낚시터니. 낚시 올 때마다 성묘 오는 게 됐으니 너는 좋겠구나. 한겨울만 빼면 수시로 찾아오마. 뭐, 겨울이라도 얼음 지치며 오마. 모르지, 빙어 낚시나 하면서 핑계 삼아 또 오게 될지도. 다영이가 나를 힐끗 보았다. 장난꾸러기 짓궂은 얼굴이었다. 내 표정이 진지해 보이기라도 했을까, 호기심이 발동한 모양이었다. 화장기 없는 자글자글한 얼굴이 예뻤다. 상 위에 있던 술을 한 그릇에 담았다. 나는 음복했다. 술을 받은 다영이가 반 모금 입을 축일 정도로만 홀짝거렸다. 포를 뜯으며 멍하니 물과 산을 바라다보았다. 다영이는 한참 동안 물끄러미 먼 산을 바라다보았다. 흐느끼다가 멈춘 잔음이 움찔움찔 어깨에 드러났다. 옆모습을 보고 있자니 여지없이 여고생 때 그 아이였다. 젖은 음성으로 보아 눈물짓고 있는 얼굴이 훤히 들여다보이는 듯했다. 다영이 엉거주춤한 동작으로 절을 한 뒤 함께 음복했다.

나기호가 하던 말이 떠올랐다.

"이제 나랑 골프나 치러 다니자고. 낚시는 너무 구질구질해. 내가 골프채 마련해 주고 연습장 비용 대줄 테니까. 근데 빨리 시작해야 해. 더 늦으면 하고 싶어도 못해. 너는 운동 감각도 있고 그러니까 금방 쫓아갈 거다. 풍광 좋은 잔디 위를 걷다 보면 인생은 새로워져."

그러면서 흘기던 눈 하며… 눈물이 났다. 난데없이 왜 그

생각이 난 걸까. 아마도 풍광 좋은 데 뿌리고 나니 그런 모양이었다.

  나는 소주를 마시고 포를 씹으며 앉아 있었다. 다영이가 술잔을 집더니 다시 돌아서 홀짝였다. 눈물을 머금은 소리였다. 나는 돌아앉아 물과 산, 하늘을 바라다보았다. 세상은 완전히 어둠으로 옷을 갈아입었다. 다영이는 잠시 누워 있겠다고 방으로 들어갔다. 같이 말동무라도 하고 싶었지만 그냥 버려두는 게 좋을 성싶었다. 내가 제일 좋아하는, 아주 짧은 순간이 어느새 지나가고 있었다. 나는 적요 속에 웅크리고 앉아 자작했다.

8

  붕어찜이 맛있다며 다영이 밥을 많이 먹었다. 의외였다. 주거니 받거니 막걸리 한 병을 더 비웠다. 한 병 더 가져오기를 정말 잘했다는 생각이 들었다. 랜턴을 포대기며 배낭을 포개 놓은 데다 올려놓았으니 밝을 리 없었다. 어둠은 산 자와 죽은 자가 같이 음식을 먹기에 적합했다. 대충 치운 다음에 밖으로 나와 대를 점검했다. 다영이가 종이컵에 커피를 내왔다.

  "불량식품 한 잔 드세요."

"불량하긴 한가 봐. 많이 마시면 배가 아파."
"반만 드세요."
"그래. 나머진 뒀다 이따가 마시마."
"식으면 맛없어요. 글구 다시 끓이면 되지, 그까짓 거…."
"예전엔 한 컵 타 놓고 밤새 마셨다. 심심하면 한 모금씩 마시면서."
"아, 커피를 그렇게 드시는구나."

화장실에서 풍기는 냄새가 솔솔 이쪽으로 다가왔다. 밖에 앉아 있기엔 불편했다. 다영이 웅크리고 앉았다가 일어났다. 다시 가서 잔다고 할까 봐 걱정이었다. 잠자기엔 아까운 시각이었다. 다영이 보조의자를 가져다 옆에 앉았다. 속으로 반가웠다. 나는 고맙다고 하는 대신 담배 한 대에 불을 붙여 내밀었다. 다영이 더 가까이 다가앉았다. 샴푸니 로션이니, 그런 냄새가 은은히 풍겼다. 반갑다기보다는 조금 당황스러웠다.

"선생님은 안 피우세요?"
"난 끊었다."
아까 피우셨잖아요? 하는 표정이었다.
"안 핀 지 한참 됐어."
"그러셨구나. 담배 끊기가 쉽지 않다고 하던데."
"후후, 나이 들면 쉬워지는 게 있단다."
"저도 나이 먹으면 될까요?"
"그럼, 몸이 가르쳐 주는 거니까. 그때까진 특별한 일 없으면 그냥 즐기도록 하고."

담배 냄새가 구수하니 좋았다. 담배는 끊는 게 아니라고 했다. 그저, 꾸준히 참는 것일 뿐. 그러다 보면 조금씩 멀어지지만 한순간에 다시 원위치할 수 있다. 나도 시행착오를 겪었다. 몇 주, 몇 달 안 피우면 되려니 했지만 욕구는 쉽게 사라지지 않았다. 매 순간을 잘 넘어서면서 견뎌야 했다. 외로움이나 기본적인 본능을 다스리듯이 무연해야 했다. 결정적인 계기가 되었던 건 지난겨울 나기호의 자살이었다. 담배에 휘둘리는 게 싫었다. 담배를 끊는 과정도 그 못지않게 처절했지만 하루하루 버티면서 금연이 주는 장점이 크다는 것을 깨달아 가면서 조금씩 견딜만한 상황으로 나아가게 됐다. 아내 없이, 과거의 건강하고 활달하던 나 없이, 고독과 싸워가고 있는 나 자신과 더불어.
"참, 대 하나 주랴?"
"그냥 옆에 앉아 있는 것만으로도 좋은걸요."
"그래 이런 기회가 흔치 않지."
"해도 조금 있다가 할래요. 올림으로요."
"하긴 내림 대는 여기 안 어울리지."
"저도 올림 낚시가 좋아요."
"올림 낚시 해봤어?"
"그럼요. 내림 낚시는 너무 번잡해요. 쉬러 나왔다가 괜히 바빠지게 만들더라고요. 한참 하고 나면 멍해져서 일상에서 조금도 벗어나질 못하고 있는 거 있죠."
"그래도 손맛 한번 못 보고 앉아 있는 거보다는?"
"밖에 나와서 또 중노동 하는 건 아무래도 아닌 거 같아요.

그냥 고즈넉이 게으름 피면서 앉아 있는 게 더 좋아요. 오늘 콘셉도 그냥 조용히 숨만 쉬는 거예요. 이 자체만으로도 너무 좋은걸요."

"난 네가 그 두 가지를 구분하고 있다고는 미처 생각 못 하고 있었다."

"자세히는 몰라요."

"낸들 다 알겠냐."

"또 어떤 게 있어요?"

"이를테면 올림은 여백이지."

"맞아요. 제 생각도 그래요. 선생님이 그렇게 말씀하시니까 제 속에 있던 게 뭔가 술술 풀려나오는 거 같아요."

다영이 종이컵에 담배를 던졌다. 지직, 하며 꺼졌다. 잠시 말이 끊겼다.

"나도 그런걸. 아참 하나 더 있다. 일종의 소요지."

"소요?"

"후후, 예전에 노장 사상가들이 좋아하던 개념이지. 쉽게 봐서 산보라고 치면 될 게다. 소요 끝에 도가 있지."

"네, 뭔지 알겠어요."

"속도에 대한 반감이고, 밤에 대한 찬미라고나 할까."

"오히려 아무것도 안 하고 있으니까 좋아요. 오늘은 별도 많은데요."

"그렇지?"

나도 하늘을 올려다보았다. 이리저리 둘러보았다. 다영이도 여기저기 고개를 돌렸다. 샴푸 냄새가 고여 있다. 마치 볼 순 없지만 그래서 더 만질 수 있고 빨려 들어갈 것만 같았다. 나는 담배 한 대를 입에 물고 필터를 질끈질끈 씹었다. 예전에 나기호가 그랬던 것처럼.

"그런데 별은 밤에만 볼 수 있지. 내림하는 사람들은 밤엔 자. 그래야 한다고 생각하지. 낮에 너무 일해서 그럴 수밖에 없지. 또 다음날 일해야 하거든. 낮에 보는 손맛만으로 충분하니까 구태여 밤새우면서까지 낚시를 할 필요가 없거든. 올림 낚시 하는 사람들은 보통 밤에 깨 있지. 밤의 켜를 보려고 체력을 아껴. 저 형광 찌 보는 맛에. 저게 사람을 끝없는 사색으로 이끌어. 삶을 반추하게 해주지. 일상 속에서는 그럴 틈이 별로 없잖아."

나는 다영이 쪽으로 고개를 돌렸다. 다영이가 고개를 내렸다. 다영이 뒤, 저편에서 별빛 같은 빛들이 집과 가로등에서 나와 길을 잃고 여기저기 어둠 속에서 흔들리고 있었다. 다영이 얼굴을 보는데 사실, 바로 앞도 어둠이었다. 내 앞에 있던 어둠이 뭐라고 말을 건넸다.

"숨 크게 쉬면 안 되죠?"
"까짓것, 안 될 거 있겠냐?"
"호오."
"후우."
"히히."
"허허."

다영이 새로 담배를 피워 물었다. 찌는 꼼짝도 하지 않은 채 두 사람의 말을 듣고 있었다. 빨간 담뱃불이 개똥벌레처럼 두어 번 방긋했다. 연기가 코끝을 스치며 냄새를 풍겼다. 조용히 심호흡하면서 연기를 들이마셨다.

이제 하나의 사건이 일단락되고 있었다. 밤이 증인이다. 다영이와 이렇게 앉아 있는 게 생각보다 좋았다. 다영이도 그럴까, 하는 문제는 별도였다. 밝은 곳에서 마주 보고 있다면 하지 못할 얘기들도 술술 다 나올 기세였다. 지난번 세미에서 다영을 보낼 때 했던 포옹이 새록새록 생각났다.

"다영아 부탁이 있다. 술 먹고 얘기하면 좀 그렇고. 맨정신일 때 말해 두는 게…."
"네, 말씀하세요."
"아, 아니다."
"아이고 선생님, 그 틈에 담배 한 대 더 피워야셌는데요."
"그래, 한 대 더 피우렴."
"와, 이것도 민폔데요. 선생님 담배까지 제가 피우는 거네요."
"그러게 말이다. 본의 아니게."
"그리고요."

밝은 곳, 정면이 아닌 게 다행이었다. 나는 얼굴이 달아올랐다.

"있잖냐, 나중에……."
"네."
"나중에 말이다. 내가 안아달라고 하면 세 번만 안아다오."
"네. 저야 좋죠. 근데 지난번 거는 뺄게요."

목소리가 맑아 다행이었다. 다영의 순발력이 고마웠다. 다영이 말을 이었다.
"그 대신….."
"그 대신?"
"저는 평생이에요. 안아달라고 할 때마다 안아 주실 거죠?"
"그래, 그때마다 술도 마시자꾸나."
"네. 선생님 덕분에 힘이 생기는 거 같아요."
"후후, 정말?"
"기분이 좋아지는걸요."
 말이 끊겼다. 안아달라고 했을 때 당황한 기색을 보이지 않으려고 급히 대답한 후유증일 것이었다. 나도 찌에서 눈을 떼고 고개를 들어 하늘을 올려다보았다. 달이 남쪽으로 이울고 있었다. 반대편 하늘에서는 별들이 더 밝게 모습을 드러냈다. 나는 목을 다듬었다.
"이제부턴 그 반대로 진행시켜 보자. 살면서 제일 큰 바람이 뭐냐? 같이 기원해 주마."
"히, 솔직히 말씀드려도 돼요?"
"그럼, 그럼. 내 말 끝나기가 무섭게 말하는 걸 보니까 맘속에 있던 게로구나? "
"네, 선생님이 먼저 물어봐 주셔서 감사해요."
"말해 보렴."
"사랑하는 사람과 연애하고 싶어요."
"그럼, 그래야지. 인생에서 제일 중요한 게 그거 아니겠냐?"

"정말요? 선생님, 그러면 나중에 주례 서주세요."
"인석이 뜬금없이. 나 아직 젊어."
"몇 년은 지나야겠지요."
"글쎄다, 그건 고민 좀 해봐야겠는걸."
"그럼, 연애 안 할 거예요."
"야야, 그러지 마라. 식은땀 난다."
"그렇게 믿고 열심히 연애할게요. "
"후우."
"저는 이제 소기의 목적을 달성했으므로 잠나라로 가렵니다. 월척하세요."
"그래, 난 조금 더 앉아 있으련다."

9

 어디선가 쿵덕쿵덕 하는 음악 소리가 들렸다. 진원지는 저수지 맞은편에 세워놓은 텐트였다. 소리와 불빛이 함께 밤을 찢고 있었다. 소리만이라도 줄여주면 고즈넉하니 보기에도 나쁘지 않았을 풍경이었다. 이러려면 굳이 돈까지 더 들여가면서 좌대까지 탈 이유가 없었다. 의자에 앉은 채 잠이 든 새 밤늦게들 모여든 모양이었다. 저 정도면 낚시하기는 애당초 글러 먹었다. 자던 잠이나 더 잘까 했지만 자리가 불편해서 그런지 그것도 쉽지 않았다. 허리도 아프고 어깨도 결렸다. 안으로 들어가 눕고 싶었지만 이미 다영이가 잠을 자고 있었다. 방안을 들여다보았다. 어둠 속에서도 어렴풋하게나마 사람과 짐을 구분할 수 있었다. 빈자리가 없을 리 없었다. 설사 틈이 없다 해도, 아무렇지도 않게 툭, 옆으로 밀어놓고 잘 수 있으면 좋으련만. 다시 의자에 몸을 깊이 박았지만 몸과 마음이 방으로 들어가라고 완강히 고집을 피웠다. 지금 상태라면 눕기 무섭게 그대로 잠이 들 수 있을 텐데. 예상보다, 진퇴양난이었다. 마루에라도 누워야 몸이 펴질 것 같았다. 옷을 더 껴입고 누우려면 배낭을 들고 나와야 했다. 막상 그러기도 뭐해서 조금 더 망설였다. 물통에서 물을 따라 세수도 하고, 떡밥을 새로 개면서 시간을 보냈다.

마음은 여전히 편치 못했다. 눕지도 못 하고 멍하니 앉아 있자니 부아가 치밀어 올랐다. 이렇게 안절부절못하고 있는 상황이 우스웠다. 정신을 딴 데 집중해보려고 하다가 고개를 돌리니 찌 두 개가 어둠의 눈처럼 반짝이고 있었다. 내림으로 바꿔 손맛을 더 보면 정신을 딴 데 팔 수 있지 않을까 했지만 그러기는 싫었다. 다영이에게도 내림에 어울리지 않는 곳이라고 해놓고 내가 그렇게 하는 것도 마뜩잖았다. 찌에 집중하기로 했다. 자세히 보면 찌는 가만히 있지 않았다. 바람이나 물결에 미동하며 마치 숨을 쉬고 있는 것 같기도 했다. 서서히 올라오는 찌를 볼 수만 있다면 온갖 시름을 잊을 수 있을 터였다. 중력을 거스르며 오르는 유일한 게 나무라지만 우리는 그 성장을 볼 수가 없다. 초고속 카메라 없이도 그 상황을 유추할 수 있는 게 찌의 상승이다. 찌는 부드럽게 중력을 이기고 올라온다. 어둠에 중력까지도 묻혀버리게 만든다. 찌를 바라다보다가 문득 고개를 조금 더 들어보니 저편으로 빈 좌대가 눈에 들어왔다. 산만함이 자꾸 집중력을 흔들어 놓았다. 하늘빛에 반사되어 하얗게 칠해 놓은 외벽이 제법 허여스름해서 나름 빛을 내고 있었다. 그것 역시 또 다른 찌며 이정표였다. 집중하지 못하고 있는 자신을 탓하고 있는데, 머릿속에서 반짝 아이디어가 떠올랐다. 저 이정표를 과녁으로 삼아 헤엄쳐 갈 수도 있겠다는 생각이 들었다. 20미터쯤 되니까 그리 무리는 아니리라. 거기까지 차 있는 물을 바라다봤다. 시커멨다. 소름이 끼쳤다. 검은 물속으로 들어갈 용기가 나실 않았나. 노나시 원위치, 아이디어는 무슨… 쥬리와 치도곤을 치르던 밤 같았다. 입이 찢어진 붕어를 외면하듯이 그녀를 뿌리치고는 눈을 부릅떴다. 술이 확 깨는 듯했다. 별 이상한 아저씨 다 보네, 성격 하나 더럽다며 빨리 뛰쳐나가게 했다. 그녀가 성난 얼굴을 하고 일어나 너무나 쉽게, 휑하니 사라져 버렸다. 지금은, 그때보다 더 진퇴양난이었다.

아, 나는 무엇인가에 홀린 것 같았다. 머리를 흔들어 잡념을 떨궜다. 여전히 부글대는 속을 가라앉히려 멍하니 찌를 바라보고 있는데 느닷없이 찌가 세 마디쯤 슬며시 올라왔다. 대에 손을 가져갔다. 찌가 한껏 몸을 통째로 들어내는가 싶더니 물속으로 곤두박질쳤다. 미처 채지 못했다. 아니 챌 의사가 없었다. 의욕은 딴생각에 시달려 어디론가 증발해 버린 게 분명했다. 그 빈자리를 다시 화를 내는 자신이 채웠다.

 아, 내가 미웠다. 못난 내가 믿고 담배 한 모금 피고 싶어서 안달할 때처럼 스스로가 처절하게 느껴졌다. 무연히 찌를 바라다보았다. 하염없이 들여다보고 있는데, 앞 좌대까지 직접 수영을 하지 않아도 좋을 방법이 머릿속을 스쳤다. 일단 내 좌대 옆의 물가로 가서 숲에 들어갔다가 저쪽 좌대가 있는 곳까지 가서 거기서 좌대까지 들어가는 묘안이었다. 나는 허겁지겁 담배를 찾았다. 손에 잡히는 대로 피워 물었다. 세 모금쯤 빨자 어지러웠다. 금연 맹세가 무색했지만 다소 안정감을 회복했다. 천천히, 필터에 뜨거운 기운이 느껴질 때까지 다 피웠다. 괜찮다, 까짓거, 또 끊으면 되지. 중요한 건 현재를 무사히 건너는 거다. 좌대에서 뭍까지의 거리, 저쪽 땅에서 저 좌대까지의 거리. 그 정도 물을 건너는 일은 괜찮겠다 싶었다.

 일단 마음먹은 대로 결행하기로 했다. 나는 일단 팬티만 빼고 옷을 다 벗었다. 막상 들어가자니 무서웠지만 좌대까지 직접 헤엄쳐 가는 것보다 수월하다는 사실을 위로 삼았다. 대를 들어 올려 수심을 재 보았다. 1,5미터 가량 되었다. 바닥에 발바닥이 닿아도 목 하나는 물 밖으로 나올 터였다. 깊이는 걱정할 게 없었다. 다시 한번 시커먼 물속으로 들어가면 나오는 것은 불가능할 것처럼 느껴졌다. 헤엄치거나 발버둥 치는 것조차 허락될 것 같지 않았다. 설사 발걸음을 뗀다고 해도 늪에서처럼 빨려 들어가고야 말 일이었다. 문득 죽을 곳을 찾아온 것은 아닌가 하는 생각이 들었다. 이건, 스스로 귀신이 되자고 자처하고 있는 꼴이었다. 기호가 동행하자고 재촉하고 있는 거나 아닌지 모르겠다. 마루에 엉덩이를 대고 걸터앉아 우선 천천히 발목부터 물에 담갔다. 물은 생각보다 차가웠다. 발로 종아리와 허벅지 여기저기에 물을 발랐다. 두 팔을 뒤쪽으로 해서 상체를 지탱하고 물속으로 하체를 들이밀었다. 팔 관절 윗부분에 전기가 흐르듯 찌릿찌릿했다. 몸을 틀어 두 팔로 좌대를 잡고 상체까지 넣었다 뺐다, 몇 차례 반복했다. 쑤욱 몸을 내려 두 발로 땅을 디뎠다. 미끌미끌한 진흙이었다. 돌아서서 몇 걸음 더 내디뎠다. 조금씩 모래와 고운 흙으로 이루어진 바닥이 이어졌다. 열 걸음쯤 가니 뭍이었다. 안도의 숨을 내쉬면서도 혼란은 여전했다. 물리적인 장애를 극복하고 나서도 심리적인 혼돈은 여전했다. 이게 뭐 하는 짓인가, 꼭 이래야 하는가. 차라리 쥬리를 보내고 그랬던 거처럼 자위라도 하는 게 더 낫지 않았을까, 서글픈 생각이 꼬리를 물었다. 편치 않은 마음으로 숲길을 걸었다. 길이 있을 리 없었다. 종아리며 허벅지가 풀이나 나뭇가지에 베여 쓰라리고 맨발이 뭔가에 찔려 아팠다. 작은 신음 소리를 내며 욕을 뱉었다. 숲은 숲대로 놀라 진저리를 쳤고 나는 나대로 소름이 돋았다. 숲에 갇혀 방향을 잡기 위해 몇 차례고 고개를 들어야 했다. 겉보기와는 달리 숲을 헤집고 나가기가 쉽지만은 않았다. 10분 이상이 걸렸다. 군대에서 야간침투훈련을 하던 상황과 똑같았다. 차라리 그때처럼 완전무장이 나았다. 팬티 한 장 달랑 걸치고 가는 내 꼴이 다시 한번 진저리쳐졌다. 겨우 물가에 도달했다. 다영이가 있을 좌대를 보니 그 좌대가 조금은 덜 무섭게 느껴졌다. 좌대로 가기 위해 다시 물을 건너야 했다. 당연한 일인데도, 이번에도 들어가기가 무서웠다. 처음에는 멋모르고 저질렀지만 이번엔 알고 하는 짓이라서 더 그랬다. 나는 죽음을 연습하고 있었다. 다른 도리가 없었다. 물속에 몸을 맡겼다. 뭔가가 우당탕 소리를 내며 좌대에서 돌아다녔다. 다시 소름이 돋았다. 찍찍대는 소리를 내는 걸 보니 쥐가 분명했다.

겨우 올라가 마루 위에 누워 가쁜 숨을 몰아 쉰 다음에 방으로 들어갔다. 스토브를 켜니 금세 따뜻한 기운이 퍼졌다. 잠이 쏟아졌다. 어느새 잠이 들었는지 너무 덥게 느껴져 일어나 스토브를 껐다. 잠을 잔 것 같지 않은데 잠깐 자기는 했나 보았다. 남아 있던 잠의 온기 속으로 다시 들어가려 눈을 감았다. 선잠이나마 들었나 싶었는데 이번엔 갑자기 누군가 부르는 소리가 들렸다. 연상은 뒤죽박죽이었다. 나는 머릿속이 복잡해서 그 시간의 결을 가만히 들여다보았다. 아니, 어느새 나는 낚시터에 앉아 있는 나를 들여다보고 있었다. 아니, 그 옆으로 어떤 녀석이 다가오고 있었다. 나는 지레 소리를 질렀다. 소리를 내는 건 소리를 지르고 있는 내가 아니고 좌대에 앉아 있는 나였다.

"야, 넌 뭐냐?"

녀석이 대답했다.

"날 불렀잖아!"

"개수작 부리지 마라."

녀석이 다시 사라졌다. 투덜대는 소리만 여운처럼 남았다.

귀신은 내가 아니고 너지 인마. 나기호가 멀쩡한 모습으로 다시 나타났다. 아무런 일도 없었다는 듯이.

"꼴좋다."

"보고 있었냐."

 무척 무안했다.

 누군가 또 부르는 소리가 들렸다. 조금 전에 듣던 음성보다 더 생생했다. 귀신이 또 염불하는가 보다고 자면서 생각했다. 소리가 이어졌지만 이제 그까짓 거 무섭지도 않았다. 나는 모른 척하며 다시 잠을 청했다. 소리는 잦아들었다가는 커지기를 반복했다. 분명 사람이 내는 소리였다. 아, 다영이 목소리가 분명했다. 깨어났다면 그럴 수도 있겠거니 하는 생각도 들었다. 나는 상체를 일으켜 밖으로 고개를 내밀고 좌대 쪽으로 얼굴을 돌렸다. 여명이 이제 막 기척을 시작했다. 어둠에 흰색이 침투하면서 밖은 생각보다 푸르스름했다.

 다영이 랜턴을 들고 밖에서 서성거렸다. 입 속은 냉동실에 오래 두었던 고기를 구워 먹을 때처럼 텁텁했다. 다영은 여기저기 둘러보더니 뒤편으로 갔다가 돌아왔다. 화장실 문을 두드려 보았을 것이다. 확인할 곳은 거기밖에 없을 테니. 발을 동동 구르더니 방 안에서 휴대전화를 들고나왔다. 벽면에 적힌 식당과 주인의 전화번호를 입력하는가 싶더니 다시 덮고 전화기를 두 손으로 감싸며 또 발을 동동 굴렸다. 발치께에 내가 벗어 놓은 옷을 발견한 것처럼 보였다. 이것저것 짐이 많아 옷이라는 걸 알아차리기도 쉽지 않을 터였다. 나는 손을 흔들며 소리를 질러주려다 멈칫거렸다. 다영이 산 쪽으로 고개를 돌렸다. 무슨 인기척이라도 있었나 보았다. 갑자기 커엉, 커엉, 둔탁하면서도 날카롭게 비명 소리를 내며 퍼덕거리는 꿩의 울음소리가 들리더니 다시 잠잠해졌다. 이쪽을 쳐다보는 것 같았다. 나는 슬쩍 방안으로 얼굴을 당겼다.

다 벗고 있으니 나서기도 좀 그랬다. 고개만 내밀고 간신히 들릴 만큼 소리를 키웠다. 더 크게 말했다가는 다른 좌대에서 영락없이 불한당 취급을 받을 일이었다. 심심해서 수영 좀 했으며 조금 있다가 가겠다고 둘러댔지만 잘 전달됐으리라고는 생각지 않았다. 다영이 이쪽을 확인하고는 한참을 서 있었다. 다영이 피우는 담배가 부러웠다. 냄새가 여기까지 건너왔다.

나는 왔던 길을 그대로 되짚어 곧 좌대로 돌아갔다. 잠시였으나 많이 놀란 것 같았다. 옷을 입고 나서 나는 무안해하면서 중얼거리듯 말했다.

"잠깐 물에 들어갔다 나온다는 게."

"거기 처녀귀신 있지요?"

"만나기로 했는데 바람 맞았어."

"밝으면 얘기해주세요. 전 한잠 더 잘래요."

"충분히 환하구먼."

"아직 선생님이 맞는지 확신할 수가 없어요. 그러기엔 너무 어두운걸요."

나는 씩, 허탈하게 웃었다. 다영이 방으로 들어갔다. 순간 공허감이 밀려왔다. 나는 다시 대를 던지고 싶었다. 그 충동을, 나는 내가 원하는 대로 들어주고 이해해 주리라 마음먹었다. 입맛을 다셨다. 텁텁했다. 스스로도 참 멋쩍었다. 내 심리를 드러내듯, 벌써 물안개가 자욱이 몰려다녔다.

10

 눈을 떴지만 손발이 저려 꼼짝할 수가 없어 그대로 가만히 누워 있었다. 팔다리가 다시 온전히 정상으로 돌아오면서 마음도 한결 개운했다. 낚시하다가 자리에 앉은 채 이렇게 오랫동안 자보기도 오랜만이었다. 이미 햇살이 꽤 따스했다. 주변은 조용했다. 다영이는 잠을 자고 있는 모양이었다.
 새벽에 낚았던 대물이 눈앞에 삼삼했다. 자다가 얼핏 잠이 깼는데 갑자기 찌가 비스듬히 물에 잠기며 사선을 그었다. 대물의 입질이 분명했다. 정신이 바짝 들었다. 잉어라도 반가웠다. 힘껏 대를 챘다. 도저히 통제할 수 없는 엄청난 힘이었다. 녀석이 자기 앞마당인 양 온통 휘젓고 다녀 팔이 다 아팠다. 잘못하면 내가 끌려 들어갈 판이었다. 대를 세우는 데는 성공했지만 있는 힘을 다해 간신히 버텼다. 내 일은 버티는 것이었다. 버티면, 녀석이 먼저 지칠 테니 내가 이기게 되어 있다. 건져 올릴 때가 되자 땀이 날 정도였고 숨이 차서 한참 헐떡거렸다. 끌어올리는데 너무 커서 뜰채가 휘어지는 통에 애를 먹었다. 마루 위에 올려놓고 나니 괴물 같았다. 칠십 센티는 넘는 데다 황금빛으로 반짝였고 체격도 좋았다. 체념한 듯한 눈이 슬펐다. 몇 번 뒤척이면서 허연 액체를 찔끔찔끔 쏟아냈다. 녀석을 들여다보면서 한참을 앉아 있었다. 가끔씩 자두 하나는 들어갈 만큼 큰 입을 뻐끔거리며 좌대를 부수겠다는 듯이 퍼덕거렸다. 방 쪽을 봤지만 다영이 일어나는 기색은 없었다. 들어가지 않겠다고 꾹꾹, 대는 녀석을 망에 넣고 나니 기진맥진해서 의자에 누웠다가 곧 잠이 들었다. 잉어여서, 바라던 붕어 월척이 아닌 게 아쉬웠지만 나는 그게 망자의 인사법이라고 믿었다.

 다시 담배가 당겼지만, 물 한 모금을 시원하게 마시고 아쉬움을 달랬다. 담배를 잊으려면 뭔가를 해야 했다. 망을 꺼내 녀석을 두 팔에 안았다가 몸을 숙여 물에 살며시 놓아주었다. 텀벙, 올 때 떨었던 부산스러움을 물속으로 가져가며 사라졌다.

 물 저편에 엷은 안개 사이로 빛을 내고 있는 모닥불이 제법 그림 같았다. 텐트도 휴일 아침 흐드러지게 늦잠을 자고 있을 사람들 표정처럼 귀여웠다. 이제 잠시 후면 부스스하게 일어나는 다영의 예쁜 얼굴을 마주할 것이다. 맛있는 모닝커피를 끓여 주리라 생각하며 떡밥을 달아 다시 대를 던졌다.

■

드라이브스루

용주골 삼거리. 내가 서둘러 버스에서 내렸을 때는 11시가 다 되었다. 6월의 이른 더위 아래, 길거리는 한산하고 푸석푸석했다. 나는 횡단보도 앞에 섰다. 빨간 불이어서 좌우를 둘러보는데 이정표가 눈에 들어왔다. 왼쪽은 동두천, 오른쪽은 금촌이다. 녹색불이 들어오자 길 건너로 100미터쯤 더 직진, DMZ 다리 위에 섰다. 개울은 이끼와 수풀, 쓰레기로 어수선하고 지저분했지만 졸졸 흐르는 물은 맑았다. 집창촌은 6, 70년대를 재현해 놓은 것 같아, 영화세트장이라고 여길 만했다. 사람들의 웅성거림이 스테레오로 들려왔다.

오전 11시 10분, 각각 4, 50명쯤 되는 두 무리가 펼침

막을 앞세우고 DMZ 양쪽에서 움직이기 시작했다. 한 무리가 집창촌을 향해 나아갔다. 극장에 모여 결의를 다지고 막 거리로 나온 이들이었다. '성매매는 범죄다', '교육환경 지켜내자', '가정을 지키자', '아파트값 사수하자'. 그들 목소리는 '인권 사수', '생존권 보장', '강제 폐쇄 반대'라는 현수막 앞에서 더욱 높아갔다. 그 구절들을 외치며, 또 한 무리, 집창촌 여성들이 다리를 건너와 시장으로 왔다. 그들의 목소리와 움직임이 더 절실했다. 양 진영 사람들이 시차를 두고 엇갈리게 다리를 건너 제자리로 돌아가자 세트장은 텅 비어버린 듯했다.

나는 집창촌에서 나와 슈퍼에서 빵과 두유로 점심을 때운 뒤, 용주골 시내로 가 도시재생사업으로 말끔하게 정리된 사진관과 음식점, 화실, 공방 등을 둘러보았다. 개중에는 아직 실내 공사 중인 곳도 몇 군데 있었다. 그곳 사장들은 대개 집창촌에 대해 부정적이었고, 일부만이 두둔했는데, 그들은 대안도 없이 집창촌을 없애버리려는 정책에 대해 날 선 비판을 쏟아냈다. 미군 부대에서 가져온 물건을 파는 가게에 들러 구경했는데, 가게 안은 꿉꿉한 냄새로 가득했다.

저녁때가 다 돼서 삼거리에 서서 쉬면서 요기할 곳을 찾았다. 카페나 맥줏집을 몇 군데 들러봤으나 주인들이 지역 현안을 알 정도의 연배는 아닌 것 같아 돌아 나와, 선술집으로 갔다. 그곳은 지난주에 함께 막걸리를 마시던 여주인에게서 이곳 사람들의 삶의 애환을 들었던 곳이었다.

 들어가다가 막 문을 나오는 노인과 스쳤다. 입성은 괜찮았으나 묘한 수심이 얼굴에 가득했다. 그는 오른편 DMZ 쪽으로 발걸음을 향했다. 그 인상을 찬찬히 떠올리며 담배 한 대를 피우고 안으로 들어갔다. 빈속이 아렸다. 김치찌개를 시켜놓고, 먼저 막걸리를 마시며 틈만 나면 여주인에게 말을 건넬 기회를 노렸다. 그녀는 내 의중을 알아채고 있는 듯, 일을 하면서 내 쪽을 흘끔거렸다. 잠시 후, 그녀는 가지무침 한 접시를 가져다주고는, 바로 잔을 들고 내게로 왔다. 내가 잔을 채워주자, 입을 축인 뒤 선 채로 대뜸 입을 떼었다.

 ─작기님이라고?
 ─네.
 ─뭐 쓸 거나 있으려나….
 ─새로운 얘기 좀 담아보고 싶어서요.

 눈이 마주치자 그녀가 시선을 돌렸다. 예순다섯 남짓, 흰머리만 군데군데 나 있을 뿐 피부도 좋고 당당했다. 나는 아까 오전의 광경에 대해 말을 건네려다 말았다. 그녀가 다시 나를 바라봤다.

 ─근데, 오십은 넘어 보이는데, 얼굴이 곱상해서 이 험한 데서 써볼 거 찾을 수 있으려나?
 ─어떡하든 찾아봐야죠….

 그녀는 고개를 끄떡이더니 자기 잔을 들고 주방으로 향했다. 손님 자리와 주방을 제대로 구분할 것도 없는,

탁자 세 개밖에 없는 협소한 곳이었다. 막걸리로 반주하며 천천히 반 공기 정도 밥을 먹은 뒤 밖에 나와서 담배를 꺼냈다. 어둠이 내려 네온이 켜진 삼거리에는 다국적 노동자들이 서성대고 있었다.

  나는 용주골에서 새로운 소재로 어렵지 않게 단편소설을 구상할 수 있으리라 여겼지만, 생각보다 쉽지 않았다. 원래는 동두천을 소재로 단편을 하나 써낼 생각이었다. 살고 있는 안양에서 동두천까지 편도 세 시간이나 걸리는 거리를 예닐곱 번이나 답사하면서 단편소설의 얼개를 완성해 놓고 있었는데, 출판이 취소될 분위기였다. 그때 동행했던 출판사 대표가 내게 용주골을 소재로 소설을 써보면 어떻겠느냐고 제안했다. 한 달 후 원고를 제출하기로 한 일정이 좀 빠듯했지만 나는 그 청탁을 받아들였다. 금촌 태생인 나는 그곳의 집창촌이 사라지게 된 상황이 궁금했는데, 마침 이곳 용주골에서 집창촌을 두고 찬반이 맞서고 있다기에 관심을 기울이게 된 것이었다. 어차피 동두천 다음은 용주골이었지만, 갑작스러워서인지 내 감각과 감정은 부동에 가까웠다. 사실 몇 달 전부터 동두천에 정신이 팔려있었던 데다, 그전에는 번역일을 하느라 소설에 대한 감각이 많이 떨어져 있었기에, 생각과는 달리 구상이 잘 잡히질 않았다. 동두천과 비슷하게 왕복 대여섯 시간이나 걸리는 거리를 오가면서 인물과 구성, 배경의 윤곽을 잡아보려고 무진 애를 썼다. 그러면서도 소설을 쓰겠다고 작정한 것을 몇 번씩 후회하다가 불안과 초조에 휘둘리기 시작했는데, 그건 나의 천적이었다. 불안, 초조로 시작해서 변덕, 공포, 판단력 상실을 동반하는 우울증이 시작되면 앞에 놓인 문제가 순식간에 전체적인 부정으로 치달았다. 해결해 낼 수 있는 문제와 그럴 능력 밖의 문제를 분리해 침착하게 대처해 나가지 못하고 패닉상태에 빠져버리곤 했다.

다시 식당으로 들어가 믹스커피를 한 잔 타서 자리로 되돌아갔다. 내 자리에 기름에 볶은 김치를 놓아주고 있던 여주인과 눈이 마주쳤다. 내가 물었다.

—저쪽 동네요…

—다리 너머? 거기하고는 왕래가 없어. 끊긴 지 오래 됐지.

—아, 그렇군요.

—가뭄에 콩 나듯이 들러, 들.

—아, 의외네요.

손님 없는 홀은 썰렁했다. 잔을 가져오라고 해서 막걸리를 채워주니 한 모금 들이켜더니 그녀는 잠시 생각에 잠기는 듯했다. 교류 없이 지냈다는 사실이 새삼스럽게 자각되었다는 듯 입을 뗐다.

—요즘 분위기가 살벌혀.

—그렇죠?

—뭘 보고 싶으면 주말에 와. 주말엔 제법 북적거려.

—…주말이요?

—밤늦게 자동차를 몰고 와서 다 싣고 나가. 더러 외

제 차도 제법 돼. 애들 얻어놓은 방으로 가는 거 같아.

―아, 그렇군요.

―낮 거리는 별로야. 무주공산이지.

내 마음이 그랬다. 뭔가 쑤욱, 빠져나간 듯했다.

―근데, 좀 전에 여기서 나간 노인 어른 여기 분 아니죠?

―그런가벼. 벌써 몇 차례 와서 밥을 먹고 가곤 했는데.

누굴… 찾으러 온 거겠네요. 하고 내가 중얼거렸는데 그녀가 알아차렸다.

―확실히 모르겠어. 딸을 찾겠다는 건지, 딸 같은 여자를 찾고 싶다는 건지.

―네?

아이로니컬한 상황이었다. 노인에 대한 여주인의 말을 어떻게 받아들여야 하나, 머릿속이 얽혔다. 순간 조금 어지러워졌고 갑자기 심장박동이 빨라졌다. 이어 안절부절못하기 시작했다. 주머니 속의 안정제를 쥐어보았다. 언제든 손에 닿을 수 있어야 했다. 술이 도움이 될까마는, 막걸리 한 잔을 한 번에 들이마셨다. 소설에 대한 강박이 수시로 몸과 마음에 쌓여 가는 중이었다.

그때 두 사내가 구시렁대면서 들어왔다. 자리에 앉자마자 오십 대 후반쯤 된, 점잖아 보이는 사내와 달리, 두어 살 더 먹어 보이는 형님이라는 사내가 거품을 물었다. 입구에서 택시를 내려 바로 집창촌에 들어갔는데,

가는 곳마다 퇴짜를 당했다고 한다. 오는 손님을 내치기도 한다는 것에 나도 좀 놀랐다. 선배라는 위인은 빈정대면서, 횡설수설 한 얘기를 또 해가며 연거푸 술을 마셨다. 내게도 반말에, 같은 걸 자꾸 물었다. 거친 말본새와 시비조의 말이 거슬렸지만, 술에 취한 위인에게 일일이 응수할 수는 없는 일이었다. 퇴짜 맞은 상황이 이해되었다. 일어나야겠다고 생각하면서도 나는 여주인이 끼어드는 낌새를 살피며 잠시 더 앉아 있기로 했다. 그녀가 능청스럽게 말했다.

　-요즘 애들 눈이 높아. 웬만해서는 아예 받지도 않아.

　-아니, 내가 어때서. 사장님도… 지금 시샘히는 거야?

　상대를 제대로 만난 듯했다. 나에게는 어제 많이 마셔서 오늘은 안 마시겠다던 여주인이 본격적으로 동참하기 시작하게 된 게 반가웠다.

　-지랄은… 저 동네 만만히 보면 안 된다니까, 잉!

　-제길, 그래 봐야 제까짓 것들 창녀지. 거기 정육점에 걸어놓은 고깃덩어리들은…

　-끔찍혀? 빙신도 아닌 게 빙신이구만. 그러면서 그걸 못 따 먹어 안달인 주제에.

　-아니, 이 할망구가!

　내가 얼른 술을 따라주면서 그녀에게 눈을 찡끗했다. 그녀는 물러서지 않았다.

―…입에 지퍼 채우고 내 말 좀 들어 봐, 빙신 안 되려면. 저그가 그래도 팬데믹 때 호황을 누렸어. 그 애들 나름 잘 살아. 사치하며 사는 애들이 뭐가 아쉬워서 아무나 받겠어.
　―그래서, 누님, 어떻게 하라고?
　사내의 태도가 조금 누그러졌다.
　―얘기하고 있잖여. 끝까지 들어 봐, 남의 말 끊지 말고. 지금껏 지 혼자 다 지껄여 놓고.
　그녀는 슬림 한 개비를 물었다. 내가 얼른 불을 붙여주자, 엄지를 추켜올리며 말을 이어갔다.
　―거기 나와 있는 애들 다 초짜야.
　―그럼, 잘 모셔야지.
　―그러고 싶은데 무서우니까 뒷걸음치는 거지.
　―배가 불러 터졌구먼.
　그녀가 나를 힐끔 보았다. 더 쏘아붙이려다 누그러뜨리려 애쓰는 눈치가 역력했다.
　―더럽게 재수 없다고 여기거나.
　―…….
　―…글구, 쟤들 고객과 카톡으로 미리 예약해. 많은 애들이 출퇴근해. 근처에도 살지만, 대개는 주변 수십 리 떨어진 곳에 살아. 그중에 애를 키우는 여자들도 있어.
　―프리랜서네요.
　내가 말했다.

─그려. 애들은 예전처럼 포주에 묶여 살지 않아. 이제 갸들이 포주 멕여 살리는 걸로 바뀌었어. 돈도 많이 벌겠다, 훗날을 기약해서 알뜰히 돈을 모으는 애들, 조그만 가게라도 얻어서 독립할 준비를 하는 애들도 천지 삐까리야.

말하는 동안 사내는 짓궂게 추근댔지만 여주인은 아무렇지도 않게 받아넘겼다. 중간에 나는 버스 시간을 핑계로 그곳을 빠져나왔다. 저만치 보이는 DMZ는 안개에 쌓인 듯 어둠 속에 가물가물했다. 막상 다리까지 와서 돌아보니 삼거리 쪽이 희붐했다. 몇 안 되는 불빛이 어둠을 몰아낼 수는 있으려나. 다리쯤에서, 아까 본 노인이 떠올랐다. 문뜩문뜩 내 의지와는 상관없이 마음속에 부유하는 것들이 무서웠다. 그러면서도 그 사내들이 부러웠다. 비아그라라도 지참하고 왔겠지. 비아그라… 나는 그것조차 포기한 지 오래됐다. 발기부전 치료는 차일피일 미루기만 했다. 항우울제와 수면유도제 없이는 잠들지 못했다. 서너 명 외국인 노동자들이 환영처럼 지나쳤다. 아프리카와 동남아에서 온 이들이다. 희망을 품고 왔을 유목민들이 유적지 같은 이 땅을 메워가고 있었다. 낮에 안 보이던 사람들과 밤이 DMZ의 경계를 허물어버렸다. 개중에는 퇴근하고 나와 편안히 산책하고 있는 것처럼 보이기도 했다.

삼 일이 지났다. 오후 늦게 일어나 아무것도 하지 못하고 있다가 나도 모르게 발걸음이 용주골로 향했다. 머릿속에 부유하기 시작한 소설의 소재와 주제가 외길처럼 나를 몰아간 데다, 제대로 원고 마감을 하지 못하면 어쩌나 하는 불안감도 한몫했으리라.

도착하자마자 집창촌 여성들이 산다는 원룸, 새로 지은 아파트를 기웃거렸다. 여기저기 물어봐도 쉬쉬했다. 무슨 말이냐, 아파트에 왜 그 애들이 살겠냐며 펄쩍 뛰었다. 집값 떨어뜨리는 소리를 하고 다니는 내게 대응해 줄 리가 만무했다. 집창촌 철거를 담당할 시공사 사무실 외벽에는 '파주 OO구역 주택재개발 정비 사업', '정상화 추진 위원회' 펼침막이 크게 펼쳐져 있었다. 3층인데 올라가 문을 두드렸으나 아무도 없었다. 그곳에서 내려와 집창촌 골목을 두루 살펴보며 사진을 찍었다. 이십 분쯤 지났을까, 몇몇 사내가 나를 둘러싸더니 험악한 분위기로 몰고 가며 취조하다시피 했다. 나는 금촌 출신의 작가이며 취재차 둘러보고 있다고, 다소 당황해서 둘러대자, 그들은 내게 어이없어하다가 한마디씩 했다. 대개 사, 오십 대 중년층이었다.

―허락도 안 받고 다녀여?

존댓말도 아니고 반말도 아닌, 하대하는 말투에 가까웠다.

―무단으로 사진도 찍었다며여.

―그러다가 봉변당해도 우린 책임지지 않수다.

―빨리 나가는 게 상책이니, 저쪽 길로 빠져 나가슈.

―나갈 때 여자들과 눈 마주치지 않도록 조심해 나가셔어.

 손님이 아닌 방문자는 쓰레기였다. 나도 그들의 대응을 그냥 무시해 버리면 그만이었다. 그러나 며칠 전 보았던 대치 국면을 이해하면 속상할 것도 없었다. 곡예하듯 해야 소설에도 그게 반영되어 현실감을 자아내는 것이니 눈앞에서 소설 속 갈등이 스스로 몸을 키워가고 있다고 여겼다.

 사나흘쯤 지났다. 명함을 주었으니 포주 쪽에서 연락이 오면 좋겠다 싶었지만, 그쪽은 쓰레기에게 관심을 돌릴 틈이 없을 것이었다. 내가 자신감을 찾으려 부심하며 메모한 것들로 플롯을 짜고 있을 때, 시청에서 근무하는 후배에게서 전화가 왔다. 반가웠다. 미처 생각하지 못하고 있던 인물이었다. 고등학교만 졸업하고 공무원 시험에 합격해서 멋지게 공무원이 되어 주변 사람들을 놀라게 했었다. 그와는 한 해 한두 번 동문 체육대회나 연말 모임에서 속에 있는 얘기를 하며 선후배의 정을 나누기도 했었다. 전화기 너머 목소리에 기운이 넘쳤다. 몇 마디 인사를 주고받다가 용주골 얘기가 나오자 그가 중얼거리듯 말했다.

―역시 선배가 맞았구나.

 나는 좀 움찔했다. 잠시 침묵이 흐른 뒤, 나는 지난번에 집창촌 갔을 때의 분위기를 전했다. 그가 기다렸다는 듯이 응답했다.

─요즘 그래, 분위기가.

─거기 드나드는데 언제부터 허락까지 받아야 하게 됐지?

나는 이미 용주골에서 일어나고 있는 일들에 대해 그의 입을 통해 재확인하고 싶었다.

─말하자면 길어.

─그래, 한번 만나자. 근데 요점만 말해주라.

─똑같아. 개발하자는 시청 쪽과 그곳을 사수하겠다는 집창촌 사람들의 긴장이 한껏 고조되어 있거든.

우리는 20분쯤 대화를 나눴다.

─아, 잘 알겠다. 이해가 간다. 고맙다.

─응, 반가웠어. 무슨 일 생기면 바로 연락 줘.

전화를 끊고 오간 대화를 되뇌어 보았다. 그는 중립적인 듯했지만 보수 쪽에 가까운 듯했다.

포주들은 내 연령대까지 제대로 짚어냈다고 했다. 소설가라는 사람이 집창촌을 기웃거린다는데 혹시 아느냐 물으며, 어떤 경향의 사람인지, 이쪽에 해가 될 인물은 아닌지 경계하기에, 후배는 금촌 태생의 작가인데, 그럴 사람이 아니라고 그들에게 말했다고 했다. 포주와 시청 직원들이 정보를 주고받고 있는 게 분명했다.

며칠 후 용주골과 관련이 있는 인물을 몇 명 찾아달라고 전화하자, 후배는 대뜸 장석우라는 친구를 소개해 주고 연락처도 알려주었다. 중학교 때 공부도 잘해 선생들의 칭찬을 독차지해서 나와는 다른 별천지에 살았던 인물이었다. 나는 공부 잘하는 친구들을 멀리하고 지냈다. 놀 줄도 모르고 책만 보는 그들이 모자라 보였다. 이기적이고 지혜롭지 못하다고 생각한 탓도 있었다. 그중 하나가 장석우였다. 그는 이른바 명문대학교를 나오고 성공을 거듭해서 서울에서 제법 큰 사업체를 운영하고 있다고 소문이 자자했다.

―야, 너 유명한 작가 됐다며?

기다리고 있었다는 투에 나는 조금 당황했다.

―유명하긴 뭐.

―뭘, 동문들 사이에서 너 유명하던데.

―그냥들, 좋게 말해주려는 거야.

그는 자기 근황에 대해 장황하게 풀어놓았다. 근래 소유하고 있던 땅을 거의 다 파주시에 넘기고, 나머지 마무리 작업만 남겨 놓았는데, 그 일마저 처리하면 오래 가지고 있던 땅에 대한 부담을 털고 사업에만 전념할 수 있게 되었다고 했다. 한참 그의 얘기를 듣고 나서 내가 말했다.

―그전에 혼자 용주골에 갔다가 봉변만 당할 뻔했어.

―그러게, 거길 다녀왔다고?

―어, 취재차.

―더 큰 일 안 당하고 나온 것만도 다행이다. 요즘 거기가 보통 예민하지 않거든.

―그래, 좀 그렇더라.

―그건 그렇고, 이리 한번 와라. 내가 메시지 보낼게.

―어, 그럴까.

그가 호기롭게 강남으로 오라고 했다. 부러웠다, 성공한 사람의 자신감과 어조가. 내 얘기를 알고 있는 듯했다. 내 정보가 어떻게 전달되었으며, 그가 먼저 감지했을 것인지, 누가 그에게 정보를 건네 알게 되었을지 궁금했다.

사흘 뒤 장석우를 찾아갔다. 며칠이 몇 시간처럼 빠르게 흘렀다. 주소대로 찾아간 곳은 사무실이 아닌, 이른바 룸사롱이었다. 스물다섯 살쯤 되는 건장한 젊은이가 안내하는 대로 로비에서 엘리베이터를 타고 지하 2층으로 내려갔다. 룸에서 돈가스와 맥주로 간단하게 배를 채우고 나서 담배를 몇 대 피우고 있자니 그가 들어왔다. 짧은 머리에 말끔한 면도, 탄력 있는 피부가 강인한 인상을 주었다. 우리는 악수하고 마주 앉았다. 그가 대뜸 지난번 하던 얘기를 꺼냈다.

―우리 동문에는 작가가 없었잖아.

―밟히는 게 석박사고, 널린 게 작가며 시인이다.

의외였다. 나는 대충 대답하고 입을 다물었다. 자기가 잘 모르는 분야에 대해 계속 물어보는 게 쉽지 않은 법이다. 그건 사람이 넓다는 증거였다. 나는 왠지 위축되어 관심 가져준 것에 대해 고맙다는 말도 하지 못했다. 그가 한숨을 쉬며 말했다.

―난 사업한답시고 맨날 술이다.

―아, 술 좋지, 뭘 그래.

─사는 게 지옥이다.
─천국 속에 살고 있는 거 같은데.
 곧 아가씨 둘이 들어왔는데, 연예인 뺨칠 정도로 예뻤다. 한 명은 미니스커트를 입고 가슴 윗부분은 거의 다 드러내놓고 있었다. 얼굴은 손바닥만 해서 그 안에 눈과 코, 입이 다 들어 있다는 게 신기했다. 또 한 명은 긴 치마를 입었는데 팬티가 있는 곳까지 터져 있었다. 이미 삼십 세가 다 된 듯 보였고, 몸은 비교적 살집이 있는 편이었다. 자리가 정해져 있었다는 듯 들어오자마자 장석우와 내 옆에 자리를 잡았다. 나는 맞은 편에 앉은 아가씨보다는 이 여자가 나대지 않고 편안하게 대해줄 거 같아서 좋았다. 탁자 위엔 어느 틈에 술과 안주가 푸짐했다. 둘 사이에 급하게 서너 잔 오갔고 아가씨들이 친절하게 시중을 들었다. 술잔이 오가고 있을 때, 그가 예고했던 대로 낯선 사내가 동석했다. 그는 석우와 내게 정중하게 인사한 뒤 석우 옆에 자리를 잡았다. 어디선가 본 얼굴이었고, 좋은 기억 또한 아니었던 것 같았다. 두 사람 사이에는 상하가 확실했다. 나중에 가서야 용주골 집창촌에 찾아갔을 때 만난 포주 중 한 사람이었다는 것을 알았다. 그 사내도 오십 대 초반 정도 됐는데 깔끔하게 생겼다. 의혹을 품고 있던 커넥션의 실마리가 잡히는 듯했다. 석우는 중심 역할을 하는 게 분명했다. 이 친구, 마주 앉은 나를 알아봤을 텐데, 모른척했다. 새로 아가씨 하나가 더 합류했다. 그 아가씨를 핑계로, 그 친구와 나는 구면임을 깡그리 무시하는 술잔을 높이 들어 건배했다. 하기야, 익명이 편할 때가 더 많다. 그러면서도 말을 붙여볼까, 망설이다가 말았다. 나를 알면서 모르는 척하는 거라고 여기며. 나는 그가 내 소설의 취재원 중의 하나가 되어주리라는 바람을 버리기로 했다. 장석우와 잠깐 이야기를 나누던 그가 옆에 앉은 아가씨를 향했다.

ㅡ이리 와라.

그가 아가씨를 번쩍 들어 올려 자기 무릎에 앉히고 뒤에서 안았다. 순식간이었다. 두 손은 벌써 가슴에 가 있었다.

ㅡ어머머, 이 오빠가 벌써부터.

ㅡ조금 있으면 좋아질 거야.

ㅡ어머, 오빠 프론가 봐. 아유, 겁나라.

ㅡ재밌게 놀자고, 응.

정신없이 술잔이 오갔다. 곧이어 밴드가 들어왔고, 바로 노래방 분위기로 전환됐다. 이런 세상이 있는가 싶어, 사실 겁이 나기도 했다. 두 쌍은 노래 부르고, 춤도 추고, 부둥켜안고 난리가 났다. 석우가 내게 몇 번 나오라고 했지만 나는 주저했다. 어색해하는 나를 보더니,

ㅡ야, 너희들, 오늘은 특별 보너스 받기 다 틀렸다.

하면서 지갑을 열었다 닫아 보였다.

ㅡ사장니ㅡ임, 그러시면 아니 되어ㅡ용.

내 파트너가 내게 몸을 기대왔다. 마치 예전부터 알고

있었던 것처럼 자연스럽게 손을 가져다가 자기 무릎 위로 올려놓았다. 이미 맨살이었다. 아가씨의 접근에 내 몸은 반응했지만 내 신경은 다른 곳에 가 있었다. 잘 살펴보고 기억해 두고 싶었다. 나는 그녀의 목과 입에 살짝 키스하고, 가슴을 슬쩍 쳐다보기도 하고, 러브샷을 몇 번 했다. 그다음엔 그냥 몸을 맡겼다. 그렇게 한 시간쯤 흘렀다. 석우가 내 파트너에게 오만 원짜리 몇 장을 탁자에 떨어뜨려 주었다. 그녀는 가슴에 지폐를 마술처럼 감쪽같이 집어넣었다. 그는 마담을 부르게 하더니 잠깐 작은 소리로 대화를 나눴다.

—벌써? 조금 더 있다가. 아직 초저녁이잖아. 더 팔아 줘야지.

—너무 욕심부리는 거 아냐?

그러면서도 석우가 고개를 끄떡끄떡했다. 술자리는 점점 더 뜨거워졌다. 한참을 더 주거니 받거니 많이들 마셨다. 속도를 늦추고 잠깐 쉬고 있는데, 석우가 내 파트너에게 눈짓했다. 아가씨가 내게 나가자고 했고, 나는 어정쩡하게 굴다가,

—다음에 또 보자.

라는 석우의 작별 인사를 받고,

—어, 그래.

라고 말을 흘리며 그녀의 손에 이끌렸다. 수동적 상황에서도 그만 술자리에서 벗어난다는 게 좋았다.

웨이터의 안내를 받아 그녀와 함께 엘리베이터를 타고

올라갔다. 부축해 준다며 내 왼팔을 잡고 있는데, 그녀의 한쪽 가슴의 감촉이 나를 자극했다. 코 밑에서 올라오는 향수와 밀착해 오는 맨살이 나를 자극했다. 7층에 내려보니 양탄자가 길게 깔린 호텔 복도였다. 룸살롱 복도와 판박이지만 조용했다.

 방에 들어서 탁자에 맥주를 두 병 꺼내 놓고, 어색하게 아가씨와 행성의 멋진 야경을 번갈아 보았다. 3, 4분쯤 지났을까, 우리는 맞선 보는 남녀처럼 수줍게 건배했다. 그녀가 옅은 미소로 한 모금 마시고 컵을 내려놓았다. 그런대로 익숙한데, 여전히 타인이었다. 어색하게 앉아 있다가 그녀가 천천히 자리에서 일어났다.

 ─저부터 샤워할게요.
 ─아, 네.

 샤워라는 말에, 잠시 후 유리문에서 비치는 그녀의 실루엣과 물소리에 나는 또다시 자극받았다. 나는 창가로 눈을 돌렸다. 멀리 롯데타워가 큼직하게 보였다. 무척 낯설었다. 룸은 우주정거장이었다. 로비에서 중간 기착지인 룸을 지나 엘리베이터를 타고 다른 세상에 오는 데 불과 2, 3분도 안 걸렸으니, 무슨 웜홀이라도 탄 듯했다.

 그녀가 수건으로 몸을 두른 채 나와 가운으로 갈아입었다. 사전에서 사라져 버린 살색이 눈앞에서 매혹적이었다. 나도 샤워 후에 가운을 입고 그녀와 마주 앉았다. 원래는 조금 더 얘기를 나누다가 수면유도제를 먹을 생각이었다. 발기도 안 되는데 괜히 집적대 봤자 얻을 게 없었다. 편안하게 잠들고 싶었다. 여자를 안아보고 싶기도 했다. 젊은 여자와 하면 발기가 되지 않을까. 그러는 와중에 게임을 하나 생각해 냈다. 러시안룰렛이랄까. 무작위로 잔에 유도제를 넣는 거였다. 내가 마시면 그녀가 편해지는 거고, 그녀가 마시면 새로운 행성에서 그녀의 벗은 모습이나 감상하다가 잠에 빠져들 요량이었다. 항우울제와 수면유도제가 든 약봉지는 언제나 가지고 다니는 휴대품이었다. 수면유도제는 수면제와는 달라, 먹는다고 바로 잠이 들지는 않는다. 먹고 나서 잠들 때까지 한 시간 이상 걸리는 경우도 있었다. 보던 영화의 마지막 장면을 보고 싶어 졸음을 이겨내려고 힌다거나, 급한 일을 앞두고 있을 때는 더 지연되기도 했다. 둘 다 비즈니스를 끝냈으니 피곤한 상태에서 생각보다 빨리 잠이 들 수도 있었다. 그녀가 통화를 하겠다고 창가로 간 사이 나는 약을 넣고 뒤섞어 자리에 놓았다.

그녀가 내 옆으로 와 앉았다. 나는 소파 위 등받이에 내 오른팔을 올려 그녀의 머리를 감싸 안았다. 아까보다 풋풋한 살냄새가 올라왔다. 몇 번 그녀와 건배했다. 몸과 마음이 동요했지만 섹스할 정도는 아니라는 걸 나는 알아챘다. 한참을 말이 없다가 그녀가 나를 보면서 말했다.

—저도 작가가 되고 싶었는데···

—어, 그래요?

이야기가 시작돼 다행이었다. 나는 잔을 탁자에 내려놓고 조금 더 떨어져 앉으며 그녀의 애기를 들을 준비를 끝냈다. 그녀가 나를 물끄러미 바라보다가 다시 말을 이었다.

—샤워를 하는데 문득 생각이 나네요. 이런 경우는 없었는데.

나는 그녀를 빤히 바라다보았다. 알아차렸으리라. 내가 얼마나 그녀의 말에 집중하고 있는지를. 작가라는 단어가 소통을 이루는 다리를 놓아주자, 새로 빨려 들어간 영역에서 여자가 예뻐 보이기 시작했다.

—샤워하면서, 빨리 상대해 주고 룸을 나가는 생각을 하겠군요?

—솔직히 그래요. 특히 술 취한 진상도 많거든요.

상대가 원하지도 않는 섹스, 나도 구태여 하고 싶지 않았다. 마음이 편해진 내가
말을 이었다..

—글이 별건가요? 열심히 사는 게 답이죠.

—와, 작가님은 솔직하시네요.

—네?

—대개 어려운 말만 하시는데.

—무슨 글을?

—시나 소설이요, 단편 몇 개는 써보고 싶었어요.

이 여자, 혼자 문학 주변에서 아직도 배회하고 있는 게 분명했다.

─이제부터 하시면 되지요.

─……

─아직 내려놓으신 게 아니니 놓지만 않고 있으면.

─……

명함이라도 한 장 줄까, 아니지 그건 너무 나대는 거지, 망설이고 있는데 졸음이 퍼져왔다. 익숙한 노곤함, 내가 약이 든 술을 마셨다는 증거였다. 성급하게 게임을 벌인 게 후회로 밀려왔다. 그냥, 이렇게 더 얘기하다가, 나 너무 피곤하니 그냥 잡시다, 했어도 될 일이었다. 미리 서둘러 더 좋은 취재 기회를 놓치고 있다는 게 아쉬웠다. 조금만 더 버텨보기로 했다. 그녀는 잠시 내가 흘렸을 미소를 놓치지 않고 있었다. 그녀에게서 내가 좀더 말해주기를 기다리고 있다는 인상을 받았다.

─작가들도 온갖 아르바이트 다 해요.

─네, 그런다고 들었어요.

─그러니까요.

─그래도 저는…

말 줄임 안에는, 재능도 없고요, 어떻게 시작해야 할지도 모르고요, 차일피일 미루기만 하고 있고요 등등이 들어 있으리라.

─또 글이라는 게 책상에 달라붙어 앉아 있는다고 다가 아니잖아요.

나는 내 얘기를 하고 있었다. 그녀에게 조금 힘이 돼주고 싶은 마음이 발동했다.

─네, 오늘 말씀 새겨놓겠습니다. 작가분과 이렇게 이야기 나누는 게 처음이어서 설렜어요.

─아이고, 별말씀을요.

내가 자리에서 일어나니 그녀가 따라 일어났다. 침대 앞에 가서 서니 그녀가 내 가운을 벗겼다. 섹스하자는 신호로 받아들였겠구나, 하는 생각이 스쳤다.

─그냥 안고만 자고 싶은데…

─정말요?

고개를 끄떡이며 자리에 누웠다. 그녀가 내게 안겨 왔다. 그녀의 맨살이 내게 고압전류를 흘려보냈지만 내 몸은 미지근하게 반응했다. 몸의 상태에 대한 자각과 한 사람의 작가로서만 남고 싶은 마음을 잘 배합하며 나는 편히 눈을 감았다.

다음 날 눈을 뜨고 이곳이 어딘지 감지하는데 수십 초가 지나갔다. 여기서부터가 소설의 중간쯤 될 것 같다는 생각이 들었다. 그러다가 대뜸, 그녀가 약을 탄 사실을 알았더라면 어떤 일이 벌어졌을까? 용서될 일은 아니었을 것이다. 불현듯 소름이 돋았다. 그녀에게 미안하고 고마웠다.

호텔에서 바로 집에 돌아와 한잠 더 잔 다음 책상 앞에 앉았다. 글을 쓰고 있자니 마음이 편해졌다. 이제 글을 써 내려갈 본격적인 단계에 접어든 듯했다. 우선 머릿속에 그려지는 상황을 직접 서술해 놓고 보자고 마음먹었다. 강남 룸살롱은 집창촌과 얼마나 다른가. 강남 룸살롱보다는 힘없는 이들 집창촌 사람들에게만 뭇매를 때린다… 그때 시청 후배로부터 전화가 왔다. 후배는 지역사회에서 나에 대해 의심의 눈초리를 보내고 있다고 전해왔다. 그동안 내가 너무 설치고 다닌 게 후회스럽지만 그러지 않을 수도 없었다. 취재 대상인 그들에게 나도 틈틈이 입을 열 수밖에 없었고, 눈치먹고 사는 사람들은 그 속내를 기가 막히게 낚아챘다. 취재는 나만 하고 있었던 게 아니었다. 그들도 나를 지켜보고 있었다. 장석우도 내가 포주 쪽에 기울어 쓰고 있다는 정보를 보고받았는지 불쾌해했다고 한다. 나는 불쾌보다는 불안 속으로 더 빠져들었다.

 그들은 글의 성격을 수정하라고 압력을 넣었다. 그들의 협박과 회유는 노골화되어 갔다. 결국 장석우는 룸살롱 건으로 내 목덜미를 잡았다. 지난번 룸에서 내가 어떻게 놀았는지, 게다가 2차까지 갔다는 사실을 폭로하겠다고 으름장을 놓았다. 장난치고는 좀 심하다 싶었다. 그렇지만 장석우는 앞에 나서 동창을 칠 만큼 어리석지 않았다. 그는 뒷배로 앉아 포주들을 조종했다. 원통하고 억울했지만 나는 분명 불법 성매매를 했다. 바로 연락을 취했지만, 석우는 나와의 통화를 피했다. 시청에도 내게 하듯 뒤에서 조종하고 있을 터였다. 버티는 건 어리석어 보였다. 소설만 포기하면 된다, 문제는 간단하다. 지금껏 살면서 내가 물러날 수밖에 없는 상황을 무수히 지나오지 않았던가. 사실 또 물러난다고 해도 뭐 그리 대수롭겠는가. 약을 타 먹이려고 했던 녀석이 성매매로 엮으려는 놈을 원망하는 것도 내 이기심일 뿐이지 않은가.

 눈을 떴는데 머리가 지끈거렸다. 오래 비워둔 방에서 나는, 게다가 습기로 가득 찬 냄새가 자각되자 토할 것만 같았다. 일어나려다 다시 누웠다. 여기가 어딘가. 둘러보니 소주 두 병과 맥주 두 병이 눈에 들어왔다. 담배꽁초도 몇 개 흩어져 있었다. 심신이 너무 피곤해, 안양에 있는 집에 돌아갈 기운도 없었던 게 기억났다. 어젯밤엔 다음날 다시 올 건데 하는 마음으로 이리 들어온 것이었다. 모텔에 들어와서 병나발을 불다가 옷도 다 벗지 못하고 잠이 들었다. 오늘은 벼르던 그날, 금요일이었다. 집에 갔으면 다시 올 엄두를 내지 못했을 터였다. 늦게까지 잠을 잤으니 피곤이 풀릴 만도 한데, 잡생각과 불안에 시달리기 시작했고, 급기야 장석우 건으로 강박이 심해졌다. 곧바로 우울증이 찾아와 나를 지배하기 시작했다. 그다음부터는 그게 내 주인인 양 나를 지배하게 되어 있다.
 잠에서 깨어난 게 야속했다. 약부터 챙겨 먹으려다, 우선 속을 채우기로 했다. 대충 세수만 하고 문을 나섰다. 지저분한 복도. 노인이 내 쪽으로 다가왔다. 매일 DMZ 너머를 들락거렸을 그의 표정은 울먹이고 있었다. 거리는 여전히 피폐하고 쓸쓸했다. 나는 선술집으로 향했다.

문득, 그날 퇴짜를 맞은 사내의 소식이 궁금하기도 했고, 말문을 열 겸 여주인에게 슬그머니 물었다. 여사장의 말이 2차에서 한참 지랄들 떨다가 결국 다리 건너로 다시 들어가서 '긴밤'을 자고 나왔더라고, 놓고 간 휴대전화를 찾으러 온 후배가 말했더란다. 그녀가 내게 씩, 미소를 던지더니 주방으로 들어갔다. 귀찮다는 의사 표현이리라. 들떠서 푸석푸석한 낯선 얼굴이 지난밤 폭주한 모양이었다. 별맛을 느끼지 못하면서 청국장에 밥을 말아 대충 반 공기 가량을 비웠다. 강박과 각성이 쉽게 가라앉지 않을 것 같았다. 결국 비상시에 먹는 항우울제 한 알을 꺼내서 반으로 쪼개 침과 함께 삼켰다. 삼십 분가량 지나면 온전한 상태에서 판단할 수 있을 것이었다. 그 판단과 확신이 초조를 가라앉히고, 침착하게 대응해 나갈 마음을 다지게 해주리라. 그러나 두통과 불안 때문에, 금요일 밤의 집창촌 상황을 지켜보지 못하고 그냥 집으로 돌아왔다. 버스 안에서 한잠 푹 자고 났더니 컨디션이 좋아져서, 다시 돌아갈까 했지만, 다음 기회를 기다려 보기로 했다.

7월에 들어서자 6월의 더위는 맛보기에 불과했다. 더위에 지친 나는 용주골행을 차일피일 미루고만 있었다. 아직 자신감이 확실하게 자리 잡지 못하고 있는 것도 한 몫했으리라. 7월로 바뀐 이튿날, 전화기에 모르는 번호가 떴다. 포주나 시청 측의 전화일까 두려웠다. 그냥 무시하고 지냈더니 며칠 뒤 문자 한 통이 왔다. 지난번 룸에서 만났던 여자였다. 금촌역 앞의 한 카페에서 그녀와 재회했다. 예전에 집창촌이 있던 자리였다. 길고 높은 상가 건물 3층에서 철로가 내려다보였다. 대화가 진행될수록, 그녀에게서 호의가 느껴졌다. 부드럽게 여러 이야기를 주고받다가 그녀가 말했다.

—저, 지난번 호텔에서 고마웠어요.

—네?

—저, 한 가지만 더 부탁드려도 될까요?

—아, 예.

그녀는 석우에게 우리가 잠을 같이 잤다고 말해주기를 바랐다. 자기 몫으로 건네진 돈을 되돌려주고 싶지 않은 것이다. 성관계를 가진 게 아니면 2차 비용을 제외하고 화대를 받는다고 했다. 나는 그냥 고개를 끄떡여 주었다. 약을 가지고 장난친 미안했던 마음도 한몫했다. 순서대로라면 나도 그 점에 대해 사과해야 했지만 모른척하기로 했다. 자기 말을 더 하려고 내가 말할 틈을 주지 않아 다행이었다. 자기는 마지막 밤이고 해서 2차를 자원했는데 편안한 손님을 만나 함께 있게 돼서 좋았다고 했다. 그녀는 다른 곳으로 갈 준비를 하고 있었다. 아이를 키우고 있는데, 그날은 이사 갈 집에 이모가 미리 와서 같이 자게 했다고 한다. 나는 다시 고개를 끄떡였다.

나는 몇 마디 다른 건에 대해 물었다. 그러나 그녀는 간단하게 내게 답하고는 자기 말을 계속 이어갔다. 내게 불리할 건 없었다. 그것들만이라도 내겐 훌륭한 취재였다. 그녀가 서서히 대화의 간격을 보이자 내가 물었다.

―장석우는 어떤 사람이에요?
―두 분이 친한 사이가 아니었다는 건 나중에야 알았어요.
―……
―근데, 대표님이 못살게 굴지 않아요?
나는 정신이 바짝 들었다.
―그걸, 어떻게?
―손쉽게 드나드는 술집이 아니잖아요. 월급쟁이 한 달 월급도 넘는 돈을 하룻밤에 뿌리자면, 오기 전부터 계산이 서 있는 거 아니겠어요?
―그러네요.
―가게에 오는 손님들은 웃어도 웃는 게 아니지요. 서로 친한 척 술잔을 주고받아도 셈법은 다르지요. 그게 그분 버릇인데요, 작가님에게 그 피해가 돌아가지 않게 돕고 싶어요.
―고맙긴 합니다만, 도울 수 있을 것 같지 않은데요.
―혹시 성매매한 걸 폭로하겠다고 협박이나 회유 비슷한 건 없었나요?
―……
―저를 그 룸에 집어넣은 것도 다 그분 작전이었던 거고요.
―……

사실 나는 장석우를 만나기 전까지 그가 나에 대해 모르고 있는 것 같다고 여겼다. 나 역시 마찬가지여서 좀 답답했는데, 장석우와 나를 아는 이 여자가 새삼스러웠다. 나는 조금 놀란 표정을 그려 보였다.

―주변 사람들 불러 술 먹여놓고 꼭 그런 식이었거든요.

―다들 석우의 허수아비군요.

―그렇죠.

―그런 메커니즘도 모르고….

―뭐랄까, 우린 성관계를 맺지 않았으니까, 피해 갈 방법이 있지 싶어요.

애써 확인까지 해놓았던 접대비를 받지 못하더라도 돕겠다고 나서자, 좋았지만 의외였고, 바로 의심이 찾아왔다. 그러면서도 이 여자는 괜찮은 심성의 소유자였으며, 그때도 지금도 호의적이고 진지했었다는 데 생각이 미쳤다. 나 같은 경우는 처음 본다고 했다. 그러니까, 순전히 자신을 위해서 함께 호텔로 올라가 주신 게 아니냐, 그러니 미력하나마 도움을 주고 싶다 등등을 재차 언급했다. 내 눈치를 살피며 나를 배려하고 있는 기미도 감지됐다. 내가 약을 먹고 잠든 게 천만다행이었다. 그녀가 다소 굳은 표정으로 말했다.

―한 말씀 드릴게요. 그날 장 대표도 이차 나갔어요.

―아, 예.

나는 연락처에 저장하겠다며 그녀의 이름을 물었다.

손미애. 내 다짐은 소설을 세상에 내보내고 말겠다는 쪽으로 재차 기울었다. 석우의 요구를 들어주고 소설을 폐기할 것인지, 적당히 소설을 고치는 선에서 마무리할지, 하는 고민은 이제 결단코 없으리라. 이제 문제는 마감일이었다. 글을 몇 쪽 더 쓰지도 못한 채 일주일이 지나갔다. 머지않아 출판사에서 원고 마감을 재촉하기 시작할 것이다. 원고를 보내지 못하는 일은 없어야 했다. 그녀를 믿기로 했다. 지금 그녀는 내겐 얼마나 귀한 사람인가 말이다. 주머니 속의 비상약을 손끝으로 확인했다. 이런저런 얘기를 더 나누면서 삼십 분쯤 지났을까, 그녀는 아이를 데리러 가야 한다며 자리에서 일어났다. 내가 잰걸음으로 찻값을 계산했다. 그녀가 고맙다며 미소를 보냈다. 웃음이, 어디 숨었다가 나오는데 저렇게 담백할까. 우리는 출구에서 바로 헤어졌다. 그녀는 바삐 걷기 시작했다. 내 몸과 마음은 건조한 상태여서 좋았다. 불안이 안정으로 바뀌면서, 그녀가 보이지 않을 때쯤 돼서, 그녀를 한번 안아보고 싶다는 욕구가 스멀스멀 피어오르고 있다고 느꼈다.

 삼 일 내내 생각이 들끓었다. 그동안 석우와 포주의 도움을 받았을 터, 그녀가 내게 도움이 되라고 손을 내민 게 아니라면? 예컨대, 그녀가 한 말이 사실이 아니라고 뒤집기라도 하면? 증거 위조를 시도하려고 했다고 뒤집어씌우면? 아, 이렇게 휘둘리는 내가 미웠다. 이래서야 글의 마침표나 제대로 찍을 수 있을는지. 그러고 나서 막연한 의심보다는 뭔가 대비책을 세워놓는 게 좋으리라. 내게 미적댈 틈을 주지 않았다. 결국 흥신소에 그녀의 뒷조사를 의뢰했다. 받기로 한 원고료의 몇 배에 해당하는 금액을 선수금으로 보냈다. 나는 스스로 잘했다고 칭찬해 주었다.

나이 서른. 큰애는 일곱 살, 작은 애는 여섯 살로 장애아다. 그녀가 출근하고 나면 함께 사는 여자가 아이들을 맡아서 돌본다. 드물지 않게 밤에 일을 하기도 하는데, 그런 날은 바로 집으로 돌아와 가족과 함께 지낸다. 일주일에 한두 번씩 네일아트를 공부하러 다니고, 틈틈이 임대 처를 찾아다닌다. 나중에 네일숍을 열고자 하는 것 같다. 소형이지만 아파트를 사서 들어갔고, 자동차도 중형인데 구입한 지 얼마 안 된다. 작은 애는 장애인 센터에 나가 정기적인 교육을 받기도 하고, 장애인 센터 교사가 집으로 찾아오기도 하는데, 애한테 지극정성이다.

내가 그녀에게 다시 연락했다. 금촌의 그 카페에서. 나는 미리 나가 건물을 한 바퀴 돌며 여기저기를 살펴보았다. 시간이 다 돼 따듯한 물을 달라고 해 마시며 자리로 가 앉았다. 역에서는 사람들이 전철에서 내리고 있었다. 조금 늦게 들어온 그녀는 처음엔 좀 파리하더니 얘기를 해나가면서 다소 혈색을 찾았다. 수수한 옷차림 덕분에 오히려 그녀를 분위기 있는 여자로 돋보이게 했다. 이곳으로 이사 온 게 좋았는지, 지난번 숨어 있던 미소를 드러냈던 것 이상으로 새록새록 청순한 면모를 더 풍기고 있는 듯했다. 예전보다 편안하다 싶었는데, 나중에는 소소한 주변 이야기를 하던 그녀의 목소리가 자조적으로 변했다.

─제가 좀 그래요.

─네?

─서울에서 내려왔는데, 여기가 또 폐쇄된다고 하네요. 지금껏 치열하게 살아왔는데, 꼭 결정적인 순간에는 내몰리고 마네요.

─……

─거리의 여자들이 살아보겠다고 발버둥 치는 게 그렇게 잘못인가요? 우리도 좋은 일 하면서 살아요.

나는 지난번 만났을 때의 미소를 다시 보고 싶었다. 그런 표정을 되살려 내게 하는 게 내 역할인 것처럼 여겨졌다. 아, 그런 배역은 나와는 거리가 멀지. 이젠 흥신소의 힘까지 빌렸으니. 나는 조금 부드럽게 물었다.

─네, 그러시겠죠. 근데 무슨 좋은 일인지 물어봐도 될까요?

─우리 없으면 장애인들이나 노인들은 어떻게 살아요.

─죄송합니다만, 그들도 제 돈을 내나요?

─그냥, 재능기부 수준이죠.

─네. 또 노인분들은?

─그냥 꼭 안아드리면 주무시다 가요.

─네.

드라이브 스루

—대신, 돈을 엄청나게 많이 주는 노인들이 가끔 계세요.

 나는 고개를 끄떡였다. 먹먹했다. 당신들의 삶이 그릇된 건 아니라고 말해주고 싶었지만, 입으로는 아무 말도 하지 못했다. 그녀의 생활에 대해 많은 것을 더 들었다. 누군가에게 털어놓고 싶었던 이야기였다는 생각이 들었다. 피해를 당한 내용들이 대부분이었지만, 삶이 그러려니 여겨서 그런지 표정과 말은 담담했다. 나는, 또 내 소설은 그들을 변호하는 쪽으로 굳어갔다.

 두 시간쯤 지나자 대화가 끊겼고, 그만 자리를 마무리할 때가 됐다고 느꼈을 때, 그 사이 그녀가 다시 나지막이 말했다.

 —제가 좀 그래요.

 그녀가 삶에 제대로 대응하지 못하고 어눌하게 쫓겨만 다녔다는 것을 그렇게 요약해서 말했다. 돌아오는 길 내내 그녀의 말이 머릿속에 맴돌았다.

 일주일 후, 나는 그녀의 아파트를 방문했다. 글도 제대로 쓰지 못하고 용주골행에도 지쳐있었는데, 그녀가 제안했다. 예상했던 대로, 이사 간 지 얼마 안 돼서 그랬을 테지만 아직 정리가 안 된 소박한 집이었다. 뭔가, 색다를 게 있을까? 그녀의 아이들, 돌보미, 그리고 소박한 살림살이들. 나중에는 또 다른 놀라운 사실을 알게 되면서 나는 오히려 숙연해지기까지 했다. 둘째 아이는 룸살롱에서 오래 알고 지냈던, 죽은 언니의 딸이라고 했다.

언니의 동생, 말하자면 아이의 이모는 이들과 함께 살아가며 언니의 아이를 알뜰하게 보살피고 있었다. 이곳이 창녀가 사는 집이란 말인가. 몸 파는 여자들이 낳은 자식들이, 창녀가 아닌 보호자랑 한데 어울려 살아가는 집이라고 해서 별반 다를 게 없었다. 후후, 다를 게 있을 리 없었다는 사실을 확인한 내가 우스웠다..다를 게 없었다.

  금요일 밤 10시. 차량 행렬이 갑작스럽게 늘어났다. 밤이 깊어지고 집창촌 일대가 어둠에 잠들었나 싶었는데, 과연 밀려 들어온 차량들로 살아나는 듯했다. 성매매 감시 인력이 철수하거나 느슨해진 틈을 타서, 차량들은 질서정연한 작전 같이 움직였다. 한 바퀴 트랙 같은 거리는 1킬로미터는 되리라. 그들은 마치 신호나 과속 위반 CCTV를 피하려는 듯 어둠과 빛 사이를 교차하면서 야생동물들처럼 잠행하거나 기어다녔다. 어떤 이들은 밝은 곳으로 들어가 어둠 속으로 나왔고, 또 다른 이들은 그 반대였다. 신호등이라도 달아놓아야 하지 않을까 싶었다. 꼬리를 무는 행렬을 따라 나도 천천히 집창촌을 자동차로 두 바퀴 돌았다. 아예 자동차를 주차하고 어둠을 방패 삼아 물색 중인 사람들도 보였고, 개중에는 외국인도 섞여 있었다.
  내가 잠시 정차한 가로등 밑에서 갑자기 높은 언성이 들려왔다. 경찰 두 명과 뭇 사내 둘이었다.

―자, 가자니까요. 성매매 현장에서….
　―아따, 이 양반들 참. 구경도 못 해요?
　―저기서 나오는 걸 우리가 분명히 지켜봤는데, 딴소리 마시고요.
　잠시 후 경관 한 명이 그들에게 합세했다. 두 사내는 기가 죽지 않은 목소리였다.
　―자, 저그 가면 많으니 우리 못살게 굴지 마시고.
　남자 둘은 서둘러 발걸음을 뗐다. 자세히 보니 이쪽도 경찰은 아니었다. 그들이 서 있던 뒤쪽, 컨테이너 문짝에 커다랗게 '성매매 단속 중'이라는 글귀가 들어왔다. 저것들 다 형식적으로 서 있는 거여, 하는 사내들의 뒷말이 선연하게 들려왔다. 지들이 무슨, 시에서 자율 방범하라고 시켰겠지. 자식들, 하는 척하면 됐지. 사람을 붙잡고 난리야.
　밝은 곳과 어두운 곳이 극명하게 교차했다. 어둠 속에서 밝은 쪽을 응시하는 무리, 메뉴판에서 음식을 고르듯 꿍꿍이를 하는 건 손님들이고, 다른 한쪽은 만약의 사태에 대비하기 위해 모여 있는 포주이거나 삐끼들이었다. 여성들에게 그들은 보호자이자 전화 한 방으로 달려 올 수 있는 아군이었다. 예약하지 않은 자들은 몇 차례씩 반복해서 돌며 맛집을 찾듯 드라이브 중이었다. 못 보던 디자인의 외제 차도 꽤 눈에 띄었다. 더러는 여자들을 데리고 나오는 광경도 보였고, 차에 태우는 모습도 보였다. 어떤 차는 카톡으로 주문해 놓은 여자를 태우고 액

셀러레이터를 세게 밟으며 어둠 속을 힘차게 달려 나갔다.

골목 입구에 그 노인이 어정쩡하게 서 있었다. 며칠째 계속 눈에 밟히더니 잔상 같았다. 밤늦은 시간에 이곳을 배회하고 있는 게 영 낯설 수밖에 없었다. 나는 차에서 내려 그에게 다가가려다 말고 주춤했다. 잠시 후 펜스 난간에 몸을 기댔다. 나는 망설이다가 그 노인을 태우고 천천히 다시 다리 쪽에서 집창촌 안으로 미끄러져 들어갔다. 그를 뒷자리에 앉히고 어린이 보호 구역보다 훨씬 더 천천히 운행했다. 괜히 태웠다 싶기도 했다. 감상에 젖어 일을 망치기도 하는 나를 자책했다. 밀려드는 차량 사이에 끼어 운행해야 했기에 정신을 차려야 했다.

─제가 좀 그래요.

난데없이 그녀의 말이 떠올라 피식 웃었다. 노인이 앉은 자리에서는 정육점처럼 조명을 밝힌 유리창 안이 훤히 들여다보이리라. 차 안은 어둡지만, 바깥은 너무 밝았다. 나는 그저 천천히, 노인을 힐끔힐끔 바라다보았을 뿐, 다른 방법은 떠올리지 못하고 있었다. 같은 곳으로 들어가 다시 두 바퀴를 돌았다. 아무 일도 벌어지지 않았다. 드라이브스루가 통하지 않을 저 깊은 곳으로 더 들어가야 하나, 안쪽 골목골목까지 다니고 싶은 여력은 없었다. 그때 노인이 중얼거렸다.

─저기, 이쁜 아줌마가 있네.

잠기고 쉰 목소리였다. 바로 뒤에서 속삭이듯 하는 소

리지만 귀에 꽂히다시피 했다.
 ―네?
 노인에게 대답을 기대한 건 아니었다. 그건, 스스로에 던진 질문이자 대답이었다. 나는 손미애에게 전화를 걸었다. 마침 퇴근하려던 그녀는 반색하며 나를 기다리마고 했다. 차량들의 진행이 더 더뎌졌다. ■

꽃잎, 또 지는데

1

 용일이가 배 안에 있는 사람들을 쭉 둘러봤다. 어둠과 침묵. 다들 아무 말이 없자 용일이가 말했다.
 "저기 보이는 것도 같아요, 어어, 또 안 보이네, 이쪽이요 이쪽. 어, 저쪽 배가 방금 여기 있었는데. 엔진소리는 들리죠?"
 "에라, 시팔!"
 느닷없는 욕설이 대답을 대신했다. 털보의 목소리였다. 동시에 쿵, 쿵, 쿵 소리와 함께 배가 흔들렸다. 둔탁했다. 사람들은 모두 처음엔 그게 연안의 바위라고 여겼다.
 "어이쿠, 결국 부딪히고 말았네!"

"어, 그럼 이제 산 거네!"
"어, 바위가 아닌데, 근데 저게 뭐야?"
다시 충격파와 함께 시퍼런 불꽃이 일었다.
"아니, 저쪽 배 아냐?"
민대머리의 배가 뭔가를 들이받은 게 아니었다. 들이받친 것이었다. 연속적으로 털보의 욕설과 고함이 이어졌다. 몇 차례 강펀치를 맞은 이쪽에서도 맞고함을 치면서 목소리가 섞였다. 용일이가 내동댕이쳐졌다.
"아악, 아파, 아빠! 아아악…"
"어어, 용일아! 꽉 잡아라."
용일이가 아빠를 불렀다. 아빠의 목소리는 어둠 저편 멀리 있었다. 박윤수가 냉큼 귀퉁이로 달려가려 했지만 급히 달려갈 수도 없었다. 움직이면 배가 더 기울 수도 있을 것이라는 두려움, 배 밖으로 튕겨 나가지 않은 데 대한 우선적인 안도감이 동시에 일고 있었다. 순간 온몸으로 땀이 흘렀다. 다른 사람들도 몸을 추스르느라 정신이 없기는 매한가지였다. 박윤수가 조심조심 포복하듯이 한 손으로 용일이를 잡고, 다른 손으로 뱃전을 움켜쥐었다. 뾰족한 못 같은 것이 손바닥 안으로 쑤욱, 파고들었다. 통증이 손바닥 전체를 갈랐다. 박윤수가 비명을 질렀다. 오른쪽 손바닥이 끊어질 듯 아팠다. 비린내가 날름거렸다.
"야아… 이! 이 시팔 새끼들아, 처먹어라! 어느 자식이 나한테 술 먹인 거야. 야, 이 우럭매운탕아!"

욕설이 먼저였고 동시에 저쪽 배가 이쪽을 쿵, 다시 들이받았다. 순간 불꽃이 몇 차례 더 튀었다.

"어, 이게 뭐야, 저 새끼가 어떡하려고 그래!"

바위와 충돌한 게 아니었다는 절망감에 사로잡혀, 결국 물에 빠져 죽을 거라는 생각을 한 걸까, 용일이가 기함을 토했다.

"아하앙! 아빠아…."

최상현이 용일이에게 손을 뻗었다. 배는 여전히 뒤뚱거렸다. 최상현이 용일이를 잡은 손에 힘을 주었다. 용일이가 아빠 품 대신 최상현의 가슴을 파고들었다.

"아아악."

이번에는 교감의 목소리였다. 교감이 미끄러져 머리와 팔만 배 위에 올려놓은 채 허덕였다. 박윤수가 용일이를 잡았다가 놓은 왼손으로 바로 교감의 목덜미를 꽉 움켜쥐었다. 오른손 통증이 팔과 어깨까지 마비시키는 듯했다. 자칫하면 자신도 교감과 한 몸뚱이가 되어 물속으로 빨려 들어갈 것 같다는 생각을 했다. 순간 박윤수는 손을 놓아버려야겠다고 생각했다. 기회가 찾아왔다. 이 사람만 없어지면! 이 사람이 없어져 주길 바라고 바라지 않았던가. 그렇지 않은가. 놓지 않을 이유가 없기도 했다. 그러면서도 그는 차마 손을 놓지 못했다. '아, 놔도 되는데. 놓기만 하면 되는데.' 박윤수가 교감이 있는 쪽으로 조금씩 끌려갔다. 순간 유진만이 골키퍼처럼 슬라이딩하면서 박윤수와 교감에게 손을 뻗었다. 겨우 두 사람의 옷을 움켜쥐었다. 유진만이 한 걸음쯤 교감에게 더 딸려 갔다. 유진만은 양쪽 팔이 일직선으로 벌어진 채 어깨가 빠질 듯했지만, 어느 것 하나 놓을 수가 없었다. 힘도 주지 못하고 놓지도 못한 채 두 사람 사이에 엎어져 있는데 어느 틈에 달려온 용일이가 양팔로 박윤수와 교감의 팔을 동시에 붙잡았다. 유진만도 용일이 밑에 깔려버렸다. 유진만은 용일이의 두 무릎이 덮쳐오던 순간의 충격과 짓눌림으로 허리가 끊어질 듯 아팠다. 용일이의 발이 또 얼굴을 짓이겼다. 코가 감각을 잃었다고 느끼는 순간 코피가 쏟아져 얼굴 위에 퍼졌는지 눈을 뜰 수가 없었다. 박윤수는 자기를 맨 밑에 깔고 짓이기는 두 사람이 악마 같았다.

모두들 한쪽으로 몰린 탓에 배가 또 기우뚱했다. 그 순간 유진만도 교감을 제거할 수 있는 기회가 찾아왔다고 느꼈다. 예감 같은 것이었다. 유진만의 마음에도 파문이 일었다. 배가 또 용트림하면서 용일이가 잠시 교감을 잡고 있던 손을 놓쳤다. 선명해 보였다. 신기한 일이었다. 이제 두 사람은 헐겁게 잡고 있으니 자기 손만 놓으면 되는 일이었다. 자동으로 물속으로 떨어질 것이다. 그러나 마음과 달리 차마 손을 뿌리치지 못하고 있었다. 용일이가 다시 손을 뻗으며 그 광경을 빤히 지켜보고 있었다. 유진만이 거친 숨을 새근거리며 얼핏 고개를 돌렸는데 용일이의 얼굴이 바로 코앞이었다. 녀석의 눈빛이 벌겋게 빛났다. 용일이가 엉거주춤 일어나며 교감의 겨드랑이와 목덜미를 움켜쥔 손에 힘을 주었다. 교감은 힘겹게 배 위로 올려졌다. 그는 배에 누워 식식거리는 소리만 내뱉을 뿐 미동도 하지 않았다.

 잠시 사라졌다 싶었던 저쪽 털보의 배가 갑자기 다시 나타나면서 두 배가 또 충돌했다. 아니 들이받혔다.
 "야아아, 이 개새끼들아…."
 "아아악… 아빠아."
 욕설과 용일이의 외마디 소리가 동시에 튀어나왔다.
 "어떡하…어떡하라고… 씨…."
 용일이가 투덜댔다. 민대머리가 뱃머리를 틀었다. 배가 기우뚱하는데 이쪽저쪽에서 동물들이 내뱉는 듯한 욕설이 또 난무했다. 옆 사람을 간신히 식별할 만큼의 어둠 속에서 확인할 수 있는 것은 사람 목소리뿐이었다. 한 번 더, 배가 갑자기 한편으로 기울었다.
 "아이쿠, 이런, 이건 또 뭐야!"
 교감이 나가떨어지면서 내는 절규였다. 정신을 잃고 있다가 대책 없이 내동댕이쳐진 탓이리라. 비명과 고함이 형체도 없이 어둠 속을 갈랐다. 이쪽 배를 조각내서 바다에 가라앉히려는 의도가 분명했다. 배가 부서졌으리라, 저렇게 세게 처박았으니. 망망대해에서 어떡하란 말인가. 그 순간 시커먼 망토 같은 물체, 털보의 배가, 통째로 민대머리의 배에 올라탔다. 다음 순간, 털보의 뱃머리가 박윤수의 머리를 때렸다. 손바닥에서 느꼈던 아픔이 이제 머리에서도 일었다. 머리가 깨졌나 싶어서 뒤통수를 만지는데 통증과 함께 뜨거운 피가 손과 팔을 타고 흘러내렸다. 구역질이 났다. 박윤수는 정신을 잃었다.

 털보와 김경호는 튕겨 나가지 않으려고 배의 난간에 매달려 말문조차 잃어버렸다. 멀지 않은 곳에서 용일이가 엉엉, 목소리를 키워 한껏 울고 있었다. 김경호는 잡고 있던 손으로, 한 손으로는 용일이의 목소리가 나는 쪽으로 뻗었고, 또 한 손으로는 귀를 막았다. 박동훈은 아직 취기가 남아 있어 현재 상황을 정확하게 분석하지 못했다. 시간의 선후가 뒤죽박죽, 마치 꿈속 같았다. 잠시 전 충돌할 때 배의 경사가 급히 기울었던 것을 떠올리고 본능적으로 균형을 잡으려고 애썼다. 김경호가 정적을 깼다. 휴대 전화로 조난 사실을 알렸다. 끊어졌다 이어졌다 해서 전달되었는지는 분명치 않았다. 기지국이 없어 연결이 쉽지 않을 것이었다. 국화도, 입하도, 풍도, 육도 등 모든 섬 이름이 나열되었다. 연결이 된다 한들, 안개 속에 보이질 않으니 속수무책이라는 생각이 뒤따랐다. 휴대 전화를 바닥에 놓았다.

2

 방파제 너머로 푸른 하늘, 푸르고 넓은 바다가 신기루처럼 펼쳐졌다. 바람은 파도를 일게 하고 밧줄에 묶여 있는 배들을 흔들어 그 구체적인 모습을 드러냈다. 갈매기들도 바다 위에서 바람을 맞아 멈칫멈칫 뒤뚱거렸다. 해안의 식당 유리창에 빨간 글씨로 크게 쓰여 있는 '회'라는 단어는 그것과는 대조적으로 동중정이었다. 유진만은 수평선에 시선을 고정하려다 모자와 선글라스를 벗었다. 뭔가, 은밀하게 움직이고 있는데 잘 읽어낼 수가 없어서, 좀 더 자세히 들여다보고자 했다. 뭐란까? 그건 수평선 위로 천천히 옅게 피어나고 있는 뭉게구름처럼 서두름 따윈 아랑곳하지 않았다. 불과 두 시간 전만 해도 도심 속에서 북적이던 학교와 적막한 바다 사이, 그 어딘가에 다른 세상의 입구가 놓여 있는지 찾아보라는 몸짓 같기도 했다.
 금요일 정오쯤, 방학식이 끝나자마자 유진만 일행은 대부도로 향했다. 모두들 이곳에서 김경호 일행과 배를 타고 근처의 섬으로 가서, 그곳에서 푹 쉬다 오기로 되어 있었다. 김경호가 학부모로서 교사들을 대접하겠다면서 현재 용일이의 3학년 담임인 김기현과 지난해 2학년 담임이었던 유진만을 초대했다. 유진만은 현재 3학년 부장을 맡고 있다. 마침 1학년 때 담임인 최상현에게도 연락했더니 흔쾌히 동참 의사를 밝혔다. 용일이 담임 세 명이 한자리에 모이는 진풍경이 벌어질 터였다. 용일이가 그동안 무던히 담임들 속을 썩인 일은 학교가 다 아는 일이었다. 가출, 무단결석, 왕따, 수업 일수 부족 등등. 김경호는 그저 용일이가 졸업만 해주기를, 또 지방대학이라도 진학할 수 있다면 더 바랄 게 없다고 했다. 다음 주 월요일부터 여름 보충수업이 시작되기는 하지만 방학은 이미 시작된 것이었다. 벌써부터 기다리던 방학의 해방감을 맛보기 위해 학교에서 직접 바다로 직행했다. 선생들만이 누릴 수 있는 방학, 그 해방감의 바다가 마음을 설레게 하고 있었다. 교감과 박동훈이 예상보다 좋아했다. 교감은 자기 혼자만 유진만 들과 동행하는 게 머쓱했는지 자기와 한 라인인 박동훈을 얼러서 데려왔다. 그러자 유진만은 아이디어맨인 3학년 기획 박윤수를 슬쩍 끼워 넣었다. 교감, 박동훈과 박윤수는 서로 눈엣가시였다.

유진만 일행은 부두에서 갖가지 먹을 것과 술, 안주, 생수 등을 배에 옮겨 싣고 있는 김경호 일행과 만났다. 오십 중반이 다 된 김경호의 얼굴은 더욱 검게 그을려 있었고 검은 얼굴에서 풍기는 눈매는 여전히 매서웠지만 표정은 다소 안정되어 보였다. 유진만이 먼저 김경호에게 인사말을 했다.

"안녕하셨어요? 전보다 얼굴이 좋아지셨는데요?"
"네, 며칠 쉬었더니……."

김경호는 지역 유지였고, 용일이 어머니가 학부모회 임원이었다. 두 사람이 학교 일에 열성적이라는 사실은 교감도 알고 있었다. 김경호는 교감과 직접 대면해서 이야기를 나누거나 한 적은 없었다. 그는 1년에 한두 번 담임이나, 그 담임이 동행한 선생들과 함께 식사를 하곤 했다. 그런 자리에서 유진만이나 최상현, 김기현을 통해 교감의 비행에 대해 익히 들어 알고 있어 속으로는 반감을 품고 있었다. 유진만은 김경호를 교감과 인사시켰다.
"안녕하셨습니까, 반갑습니다."
"감사합니다. 이런 자리에 초대해주셔서."
김경호가 교감과 악수를 나눴다. 김경호가 교감 보다 몇 살 위였다. 그리고 나서 김경호는 박동훈과 박유수, 최상현과도 인사를 나누었다. 김경호가 교감을 보면서 말을 걸었다.
"아이들 때문에 힘드시죠?"
"네, 그래도 용일이 어머님 같은 분들이 계셔서 힘이 납니다."
"수고 많으셨는데, 학교 일 다 잊으시고 푹 쉬다 가십시오."
"네, 막상 오니까, 공기도 좋고 아주 상쾌합니다."
"네, 불편한 거 있으시면 바로바로 알려주시고요."
교감이 동행하도록 중간에 다리를 놓았던 김기현 본인은 정작 갑자기 급한 일이 생겨 여행을 포기해야 했다. 오늘은 여기까지 배웅하는 것으로 만족했다. 그 대

꽃잎, 또 지는데

신 유진만은 아이디어맨인 박윤수를 집어넣은 것인데, 그러자마자 교감으로부터 바로 연구부장 박동훈을 명단에 추가하라고 지시를 받은 것이다. 유진만은 거북했지만 어쩔 수 없었다. 교감도 그 선에서 만족한 듯했다. 양쪽을 이간질하는 박동훈을 조심해야 했다. 유진만 앞에서는 고개를 끄떡여 놓고는 교감 앞에 가면 다른 얘기를 하는 위인이었다. 교감으로부터 박동훈을 통해 오는 메시지도 걸러 들어야 했다. 그는 비록 허접스러웠지만 박윤수에게는 없는 노련함을 지니고 있었다. 박동훈과 박윤수가 끼어들면서 오히려 두 진영 간의 암영이 더 도드라져 보였다. 그리고 뒤늦게 용일이가 동참하게 됐다.

이들 앞에는 두 개의 문이 기다리고 있었다. 첫 번째 문은 평일인데도 여행을 떠날 수 있다는 기쁨, 방학을 맞은 안도감, 갇혀 있던 도심과 직장을 떠난 지 한 시간 만에 바닷가로, 또 거기서 배를 타고 한적한 섬으로 향하는 피서로 열려 있었다. 배를 타고 가면서 조개 등을 잡아다가 삶아 먹기도 할 거라고 했다. 그동안 용일이를 위해 애쓴 선생님들을 위한 보답, 또 용일이의 진학 상담이 여행의 이유였다. 더 안으로 파고들어 가면 두 번째 문이 있었다. 교사들과 교감 사이에 놓여 있던 갈등과 앙금을 해소하기 위한 자리를 마련하는 것이었는데, 마침 교감은 노는 데는 일가견이 있었다. 업무에서 오는 스트레스를 풀어줄 줄도 알고 같이 흥겹게 놀면서 친화력을 발휘하기도 했다. 문제는 그 유흥 자금의 출처였지만. 그 문 깊숙한 곳에 내밀한 움직임이 있었다. 유진만은 불시에, 그동안 교감이 쥐고 있던 칼자루를 빼앗아 올 계획을 세웠다. 마침 좋은 건수가 있어, 그것으로 칼자루를 회수할 기회로 삼기로 작정했다. 김기현이 교감을 동행하도록 한 이유를 알 것 같았다. 교감이 기간제 여선생을 성추행한 사건은 날 선 칼날이었다. 교감이 교육청에서 나온 장학사와 가진 술자리에서 동행한 윤 선생에게 성추행을 했다고 했다. 교감이 아닌 장학사가 일을 벌인 건지는 더 알아봐야 했다. 눈치 빠른 김기현이 그 먹잇감을 유진만에게 물어다 주었다. 없었던 일로 덮으려던 윤 선생이 마음을 돌려 교감을 밀어붙이는 일에 동참하겠다고 나서자 사태는 급물살을 타기 시작했다. 유진만 등은 지난 두 달여 윤 선생 설득하는 일에 무진 애를 썼다. 교감에게 일선 업무에서 손을 떼라고 들이댈 것이다. 다른 사람의 불행을 빌미로 전환점을 만들어 보고자 하는 시도가 석연치 않은 면도 있었지만, 꼭 그렇게 생각할 일만은 아니었다. 이 사건은 학부모에게서 불법적으로 받은 찬조금, 관리자들과 학교 재단이 물밑에서 벌이는 비자금 조성 등등을 빌미로 내세워 교감의 입지를 축소하는 결정적인 기회로 작용할 것이다. 교감은 유진만 일행이 그 사건을 계기로 단단히 벼르고 있다는 것을 모르고 있는 듯했다. 더구나 그는 에고이스트여서 자신이 잘못한 것을 인정하려 하지 않는 인물이었다. 박동훈 등의 칭찬이 교감을 그런 사람으로 굳히는 데 한몫했다. 일을 치르고 나면 교감이 이를 갈 테지만 달리 어쩔 수 없을 것이다. 지난번, 말하자면 중앙집권체제에서 학년체제로 전환하는 것에 부분적으로 결재할 때부터 교감의 힘은 서서히 침몰하는 배와 같았다. 교사들이 모두 한 교무실에 모여 있을 때는 교감이 교사들을 통제하기가 쉬웠다. 그러나 교무실이 학년별로 나뉘자 학년의 담임들이 서서히 교감의 통제권에서 벗어났다. 중앙 교무실의 한 가운데서 지시하던 것이 일일이 교무실마다 쫓아다니며 애걸하는 모습으로 바뀌어 간 것이다. 그 학년체제의 돛을 위해 몇 년 동안 유진만 일행은 관리자들과 하루가 멀다 하고 충돌을 거듭했다. 오늘 여행은 거의 1년 반년 전에, 학년체제의 배가 뱃고동을 울리며 출항하던 날을 기념하는 세리머니가 될 것이다. 아직은 '교감호'가 수장될 것까지는 바라지 않았다. 교장도 더 이상 교감을 두둔하지 못할 것이다. 하기야 교장도 교감이 힘을 잃으면 누구보다도 좋아할 입장이었다. 교감은 교사들에게 자기에게 복종할 것을 강요했지만 정작 자신의 상사인 교장에게는 함부로 대했다. 교장은 교감에게서 발을 뺄 수도 박을 수도 없었다. 선생들이 다 같이 있을 때는 다른 사람들의 이목을 의식해서 교장이 수장이었지만, 두 사람만 있을 때 교장은 분명 그의 수하였다.

탁 트인 바다와 시원한 바닷바람을 누리면서도, 유진만의 마음속에서는 걱정거리가 불쑥불쑥 고개를 들었다. 그것은 이 여행의 설렘을 가로막는 미몽 같은 거였다. 우선 교감과의 타협이 불가능할지도 모른다는 생각이 끊이지 않았다. 한 가지가 더 있었다. 박윤수를 동참시키자고 작정한 게 경솔한 판단은 아니었는지 께름칙했다. 최상현에게 그의 곁에 꼭 붙어 있어 달라고 부탁을 해 놓은 터였다. 자칫하면 교감과의 협상이 진행되기도 전에 산통이 깨질 수도 있었다. 그러겠다고 대답은 했지만 최상현 역시 박윤수가 걱정되었다. 그는 비상하고 독창적인 인물이었지만 성격이 불같아서 일을 그르칠 때가 있었다. 당사자인 박윤수도 마음이 편치 않았다. 자기가 그렇게 행동하는 게 편할 리는 없었다. 못마땅한 일을 못 본 척하고 대충 넘기지 않겠다고 다짐하면 할수록 외로웠다. 그러니 날이 갈수록 학교에 정나미가 떨어졌다. 말리는 유진만이나 최상현이 밉기도 했다. 교감과 함께 여행을 가기로 했다는 전갈을 받고 당황스러웠다. 그동안 교감과 서먹서먹했던 감정을 풀고 학교 일에 대해 터놓고 상의한다는 게 말처럼 쉬운 일이 아닐 터였다. 마음을 단단히 먹어야 할 일이었다.

며칠 전, 늘 모이던 멤버들 사이에서 과격한 언행들이 오갔다. 의견들이 달라 부장과 교사들이 적과 아군으로 나뉘어 싸움을 벌일 뻔했다. 골자는 학기 초에 교감이 업무 분장을 자기 마음대로 하지 못하도록 노력했는데도 크게 달라지지 않았다는 점이었다. 교감이 쥐고 있는 독소 조항이 남아 있는 데다 교감이나 부장들이 제대로 일을 하지 않아, 2학기에도 별다른 희망이 보이지 않는다는 것이었다. 올 학교 농사는 보나마나 흉작이었다. 박윤수는 내년 새로운 업무분장을 짜기까지는 너무 많은 시간이 남아 있어 답답하다고 했고, 학생들 얘기를 하면서 눈물을 보이기도 했다. 나머지 멤버들은 조금씩 달라지고 있으니 기운을 내자고 박윤수를 진정시켰다. 그는 교감에게 하지 못했던 이야기를 토해냈다. 우리는 아이들을 조직적으로 망치고 있다, 아이들을 가두고 기계로 만들고 있다, 학생들이 보충수업과 야자를 완전 자율적으로 하도록 해야 한다 등등, 박윤수는 거품을 물었다. 실제로 박윤수는 그 이후로 보충이나 야자 없이 반 아이들을 하교시키기도 했다. 그렇다고 그걸 잘못했다고 닦달하거나 책임을 물을 수도 없는 일이었다. 원래 눈 가리고 아웅 하는 식으로 동의서를 받고 하는 일이기 때문이다. 학교는 교육부와 교육청의 하청을 받고 아이들에게 거짓과 사기를 가르치고 있다. 관리자는 그들을 위해 존재했다. 이의 제기는 전교조와 빨갱이들이나 하는 짓거리로 몰아갔다. 계속해서 불을 뿜는 박윤수를 말리고 달래느라 유진만, 최상현은 진땀을 흘렸다. 박윤수가 먼저 자리를 박차며 나갔고, 몇몇이 한둘씩 자리를 뜨고 나서도 유진만과 최상현은 한참 더 술을 마시면서 이야기를 나누었다. 섬 여행에 박윤수를 동행시키느냐 말 것이냐의 문제에 대해 상의하고, 또 실제로 무슨 일을 벌이지는 않을 것이라는 결론에 이르렀을 때는 이미 밤이 깊었다.
 뒤늦게 술자리에 합류한 박동훈이 화제를 바꿨다. 유진만은 박동훈이 서두르는 걸 보니 교감이 보낸 게 분명하다고 판단했다. 나머지 사람들도 곧 있을 여행에 대해 이러저러한 얘기들을 이어갔다. 박동훈이 자기를 빤히 바라보는 유진만을 보고 작은 목소리로 물었다.
 "근데, 이번 여행, 괜찮겠지?"
 "괜찮지, 그럼?"
 "교감님이 하도 걱정해대서."
 유진만 역시 그렇지 않아도 그 문제가 신경 쓰였다. 유진만은 김기현에게 양해를 얻은 다음 김경호에게 직접 전화를 걸어 스피커폰으로 전환했다. 몇 가지 질문에 대해 그는 시원하게 응답했다.
 "돈 들어갈 일이 없는데, 그 무슨 걱정을 하십니까? 그냥 모르는 척하고 오시면 됩니다. 이 얘기 나온 것도 지난해이고."
 "조심스러워서요."
 "글쎄 우리 같은 사람들에게는 적용될 게 없지요. 같이 밥 한번 먹겠다는데."
 "네, 그렇게 알고 있겠습니다."
 김경호가 기분이 좋았는지 한 마디 더했다.
 "친구한테 빌린 배로 우리가 직접 몰 거고, 먹을 거야 배 타고 가면서 바다에서 건지면 되고…."
 박동훈의 표정이 눈에 띄게 편안해졌다. 그러면서 이

꽃잎, 또 지는데

모임에 불을 질렀다. 느닷없이 교감을 두둔했다.

"교감님은 그걸, 그 엇박자를 좀 조정해 보자고 중간에서 애쓰고 있잖아. 아니 막아보자고 끙끙대는데… 교감 혼자 애쓰는 게 안쓰러워. 선생들이 뒤에서 거꾸로 잡아끌지만 않아도 좋겠는데."

다들 아무 말 없었다. 할 말이 남은 것 같으니 기다려주는 게 옳으리라. 박동훈은 하던 말을 계속했다.

"그게 다가 아니지. 교육청과 아이들 사이에서 교감님이 애쓰는 거 보면 가슴이 아파. 혼자 다 이고 가느라고…"

유진만의 표정이 변하자 박동훈이 눈치를 채고 입을 다물었다. 잠시 침묵이 흘렀다. 유진만이 박동훈에게 말했다.

"교감님에게 걱정하시지 말라고 전해주셔요."

"괜찮겠지?"

"그럼, 괜찮고 말고."

박동훈도 곧 자리를 떴다. 교감은 이런 자잘한 것을 빌미로 자신의 약점이 노출될까 전전긍긍하는 게 분명했다. 이제 박동훈도 동행하도록 해야만 했다. 자초지종을 알고 있는데 남겨두고 갔다간 무슨 해코지를 할지 몰랐다. 누군가 교육청에 찌르기라도 하면 창피당할 일이었다. 섬 여행은 김영란법에 위배 되는 일이 분명했다. 학부형은 학부형대로 대부분 이중 플레이를 해야 했다. 한편으로는 관리자들에게, 다른 한편으로는 교사들에게. 학부형들은 아무래도 담임 편이었다. 그건, 용일이 어머니의 몫이었다. 유진만과 최상현은 조금씩 돈을 추렴해서 기본적인 비품이나 용일이 아버지 옷이나 한 벌 사 가자고 의견을 모았다. 총무는 최상현이 맡았다.

유진만은 김경호가 담임인 김기현이 오지 않아 마음이 심드렁해하는 듯한 느낌을 받았다. 당연한 일이었다. 그동안의 친분도 그렇고 앞으로도 아이를 지도하고 진학까지 신경 써 줄 장본인이기 때문이다. 그러면서도 유진만은 오직 김기현이 마련해준 미끼만을 생각했다. 유진만은 떠나기 전에 고마운 김기현에게 전화라도 걸어주어야겠다고 마음을 먹었다. 일행은 천천히 배가 있는 곳으로 내려갔다.

유진만은 배가 있는 곳으로 따라 내려가면서, 짐을 싣고 있던 두 사람과 인사를 나누었다. 다들 학부형 같아 보였다. 한 사람은 '어서 오슈우―' 하고 걸쭉하게 말하며 허리를 폈고, 또 한 사람은 '물때를 용케 맞춰 오셨네 그려' 하더니 돌아서서 다시 배에 짐을 부리기 시작했다. 그러고 보면 방학식을 끝내자마자 달려온 것이 물때와 잘 들어맞은 셈이었다. 배는 6, 7명이 탈 수 있음직한 모터보트 두 대였는데, 짐은 주로 한쪽 배에만 실렸다. 배 주인인 듯한 두 사람은, 검게 그을린 얼굴이며 구명조끼 차림이 딱 바닷사람이었다. 한 사람은 턱을 싸고돈 수염과 귀밑까지 덮은 구레나룻으로 덮여 있었고, 또 한 사람은 정반대로 머리는 마치 중처럼 깎고 수염까지도 말끔해서 대조를 이루었다. 유진만은 만조가 된 바다가 하늘과 맞닿으며 펼친 광활함에 가슴이 트여 좋은 여행이 되겠다 싶은 기분이 들었다.

예전보다 비린내가 덜 나는 것 같다는 생각을 하며 유진만은 담배를 피워 물었다. 그는 만조가 된 부두에 서서 전에 용일이 부모님을 만나러 이곳에 왔던 일을 떠올렸다. 그때는 보지 못했던 만조였다. 그날 그들과 식사했을 때는 밀물이 막 시작하는 것을 바라보다가 그만 땅거미가 내려버려 바닷물이 충분히 들어차는 것을 다 보지 못했다. 이렇게 서 있으니, 마치 그때와 지금의 시간 사이에는 몇 시간밖에 흐르지 않았던 것으로 느껴졌다. 물이 들어차기 시작하고 다시 날이 밝아 다음날 이렇게 서 있는 것이려니 했다. 그렇게 바닷물이 들어차듯 가출했다가 돌아온 용일이 녀석과 섬으로 여행을 떠나는 것이려니, 그래서 녀석의 아버지가 기꺼이 고기와 술을 마련하고 함께 여행을 떠나는 것이려니 생각하고 있었다. 그 몇 시간 동안 용일이가 집을 나가 돌아오지 않아 애를 태우며 찾으러 다녔던 일이 새삼스러웠다. 용일이도 선생들의 정성에 이끌려 학교로 돌아왔고 그 이전보다 더 조용하게 잘 지내고 있었다. 녀석은 새엄마와 갈등을 너무 심하게 겪고 있었다. 중간에서 가족 사이의 화해를 위해 무진 애를 쓴 당사자가 김기현이었다.

"선생님, 빨리 오세요!"

용일이의 목소리가 하늘과 바다처럼 푸르렀다.

"어, 그래!"

유진만은 용일이가 부르는 소리에 생각을 접었다. 바람에 소리가 찢기긴 했지만, 햇볕 속에 달구어져 더 생생해진 목소리가 신선했다. 학교에서와는 다른 쾌활한 목소리가 정겨웠다. 유진만은 바로 배로 향했지만 생각이 꼬리를 물었다. 김기현 대신에 끼워 넣은 사람이 용일이었다. 계획에는 없던, 또 별로 내켜 하지 않는 용일이를 데려와 속으로 미안했다. 처음에는 고3이 공부해야지 가긴 어딜 가냐고 했다가 분위기상 용일이가 필요해지자 머리도 식힐 겸 같이 가자고 한 것이다. 역시 김기현이 없어서 그런지 김경호와 내내 서먹서먹했다. 늑장을 부렸다고 눈총을 주는 일행에게 유진만은 씨익, 웃으며 배에 올라탔다. 한쪽 배에는 털보와 김경호가, 다른 한쪽 배에는 배를 운전할 민대머리 외 여섯 명이 타고 드디어 섬으로 향했다.

오랜만에 공기 좋고 광활한 바다로 나와 일행들은 흥분을 가라앉히지 못하고 있었다. 두 척의 배는 지척의 사이를 두고 천천히 이동했다. 출발한 지 얼마 안 돼 가끔씩 부표에서 게와 망둥이, 소라 등을 건져 올리는 기쁨은 색다른 여행의 맛을 주고 있었다. 민대머리가 말했다.

"요즈음에는 녀석들이 잘 걸리질 않아요. 이제 이 짓도 못 해 먹겠어요. 인건비도 안 나오니… 바다가 다 죽었어요…다…."

꽃잎, 또 지는데

배는 본격적으로 속도를 내고 나서도 생각보다 오래 달렸다. 털보의 배가 주로 앞장을 섰고 민대머리가 그 뒤를 쫓아갔다. 삼십 분가량 지나자 유진만 일행은 이제 바다 위를 달려간다는 기쁨이 조금씩 둔감해지고 있었다. 나중에는 개중에 용일이와 유진만이 뱃멀미까지 느끼자 일행들도 지친 기색을 보이며 조금씩 기쁨을 바다에 흘려보냈다. 간간이 보이던 섬들도 매우 드물어졌다. 이제 섬이 나타날 때마다 일행은 자기들이 내려야 할 섬이 이 섬일까, 저 섬일까 하고 궁금해하며 민대머리에게 묻곤 했다. 그도 가끔은, 앞에 달리고 있던 배에게, 더 가야지? 하고 큰소리로 묻곤 했다. 털보가 알아들은 듯 손짓으로 답하곤 했다. 좀 더 가야 한다는 제스처였다. 한참을 달려도 여전히 희뿌연 바다였다.

"서해 물은 계속 이렇게 뿌연가요?"

"좀 더 가야 해요. 파란 바다를 보려면. 오염이 심해서."

그 오염을 벗어날 만큼 달려야 한다는 애기로 들렸다. 배는 벌써 한 시간은 달려왔을 것이다. 배는 마치 오염의 끝을 측정하는 관측선인 것처럼 지루하게 달려 나갔다.

박윤수는 모자를 눌러쓴 채 별말이 없었다. 일단 입을 닫으면 과묵했지만, 발언할 때 짧고 함축적인 데다 힘과 논리력까지 갖추고 있었다. 교감은 요즘에서야 박윤수의 존재를 의식하기 시작했다. 유진만이 주로 최상현과 일을 도모했기 때문에 박윤수를 경계하거나 공격할 틈을 확보하지 못했다. 교감도 박윤수의 불같은 성격을 파악해 가고 있다. 호락호락한 성격이 아니었다. 학년체제라는 작품은 유진만이나 최상현이 연출했지만, 원작자는 박윤수였다. 사실 연출까지 도맡았다고 해도 무리는 아니었다. 다만 철저히 자기의 모습을 드러내지 않았다.

 최상현은 그동안 학년체제에 동의해 놓고, 뒤늦게 속았다고 생각한 교감 달래는 일을 도맡아 했다. 학년체제의 용단을 내려준 것에 대해 선생들이 감사하고 있다, 또 교감이 그렇게 민주적인 사고방식을 가지고 있다는 사실이 확인됐으니, 앞으로 교감을 더 잘 모시고 학교를 위해 열심히 일하겠다, 교장 자리는 따 놓은 당상이다 등등의 당근이 필요할 때마다 발 벗고 나섰다. 최상현을 위시한 교사들이 바라는 건 게임이지 승부가 아니었다. 승과 패를 온전히 나누어 줄 수는 없는 일이었다. 관리자들과 선생 사이의 빅딜이 이루어지면 그것으로 족했다. 그것이야말로 민주적인 학교 운영을 위한 초석이었다. 마침 윤 선생 사건이라는 히든카드도 수중에 쥐고 있으니 교감도 강하게 나오지 못할 것이다. 그녀는 교감과 타협할 수 있는 선에서 자기의 카드를 이용하라고 허용해 준 셈이었다. 결단을 내리지 못하고 멈칫대는 게 안쓰럽긴 했지만 기간제 교사는 '을'의 위치였다.

 그나마 안개가 약간 끼어 있어서인지 햇살은 뜨겁지

꽃잎, 또 지는데

않았다. 가끔 이슬비가 내렸다. 어느덧 벌겋게 익어가고 있는 얼굴들이 그 비를 반가워하고 있었다. 물이 비로소 점점 파래지고 있었다. 용일이가 팔을 뻗어 손에 물을 적시면서 말했다.

"이제 물이 파래지고 있어요!"
"그렇구나."

최상현은 그렇게 답하면서 다시 한번 오랜만에 밝게 웃는 아이의 모습을 본다는 생각이 들었다. 교복을 벗은 덕분이리라. 용일이 말마따나 물이 연푸른색을 띠자, 일행은 다시 활기를 되찾았다. 파란 바다에 섬이 있다고 했다. 머지않아 민대머리가 섬을 가리켰다. 나무가 많아 짙은 녹색을 띤 섬은 파란 바다와 푸른 하늘과 또 하얀 구름과 허연 갈매기와 멋진 하모니를 이루고 있었다. 환상적으로 보이는 섬은 보기만 해도 목마름을 적셔주고 있었다.

배가 완만한 경사 사이, 시멘트로 처리해 놓은 선착장으로 미끄러져 들어갔다. 언덕 위에 식당인 듯한 작은 건물만 한 채 있을 뿐 대체로 한산해 보였다. 털보와 민대머리가 선착장에 내려 배를 묶고 식당 주인과 잠시 이야기를 나눈 다음 다시 배로 돌아왔다. 그러더니 그들은 가지고 온 라면 박스와 음료수 박스를 들어다 식당 가건물 앞에 부려 놓았다. 주문받은 물품인 듯했다. 용일이가 아빠, 여기 내려요? 하고 묻자, 김경호는 글쎄다 하는 표정을 지어 보였다. 그 얘기를 들었는지, 털보가 물건을 부리고 배로 다가오면서, 섬 반대편으로 가서, 그곳에 텐트를 쳐놓고 놀다 올 거라고 했다. 민대머리가 아이스박스를 열어 식당에서 가져온 해산물 봉지를 넣었다. 두 배는 앞서거니 뒤서거니 하면서 섬을 끼고 왼쪽으로 돌아갔다.

 잠시 후에 배는 통통대며 앞서거니 뒤서거니 섬을 반 바퀴가량 돌아 반대편 서안西岸을 향해 갔다. 그곳으로 가는 도중에 보이는 해안가는 크고 작은 바위들로 이루어져 있어서 쉽게 아무 곳에 내릴 수 없을 것 같았다. 그 바위 해변을 지나 조금 더 지나가자 신기하리만큼 하얀 백사장이 나타났다. 백사장이라야 이삼십 미터밖에 되지 않았고 그다음엔 또 절벽이어서 그런지 아늑하고 다정해 보였다. 서안에는 아직 햇살이 너무나 따갑게 백사장과 해안에 내리쬐고 있었다. 백사장 한편에 배를 대고 일행은 이윽고 섬에 내렸다.

 한쪽 사람들은 텐트를 쳤고, 또 한쪽 사람들은 식품과 음료가 든 아이스박스들을 옮겨다 가지런히 쌓아놓거나 크고 작은 돌을 고여 솥을 앉혔다. 이어 아이스박스 안에 분류되어 있던, 끓이기만 하면 먹을 수 있도록 안줏감들을 가지런히 정리했다. 일을 끝내고 좁은 나무 그늘 안에 끼어 앉자 휴식을 취하고 있는 사이 낚시 얘기가 나왔다. 학교를 떠나 이곳으로 오면서 이미 낚시 얘기가 무르익었다. 유진만이 특히 낚시를 좋아해서 섬에 가면 우선 낚시부터 하자는 의견을 내놓았는데, 나머지 일행들도 신선한 안줏감을 생각했는지 별 이견이 없었다. 대부도 오는 길에 낚시점에 들러 간이 낚시도구를 몇 벌 사 왔고, 유진만은 릴 한 대를 사 왔다. 김경호는 이거저거 준비할 게 있다며 남아 있겠다고 하고, 나머지 사람들은 서둘러 낚시채비를 챙겨 타고 왔던 두 대의 보트에 나눠 타고 바다로 나갔다. 배는 섬에서 1킬로미터쯤 되는 곳에서 시동을 껐다. 얼마 지나지 않아 잔 씨알의 고기를 몇 마리 낚아 올리긴 했지만 얼굴들이 뻘겋게 달아올라 있었다. 그나마 다소 흐린 탓에 견뎌내고 있었다. 태양은 뭍에서와는 달리 너무 뜨거웠다. 가져온 물통은 이미 미지근해져서 갈증을 풀어주질 못했다. 유진만은 섬을 바라봤다. 몇 마리 안 됐지만 고기를 낚은 포만감도 미지근하기는 마찬가지였다. 뜨거운 햇볕과 뱃멀미로 인해 저 멀리 보이는 섬이 평화로워 보였다. 푸른 섬에서 시원한 그늘이 기다리고 있다. 백사장 왼편은 생각보다 험한 절벽이었다. 회갈색의 암벽 사이사이에 드문드문 박힌 작은 나무들로 자연스러운 야생미를 자아내고 있었다. 오른편, 그들이 동안에서 섬을 돌아온 쪽은 온통 작은 바윗덩어리로 꽉 들어차 있어 쉽사리 배를 댈 수조차 없었지만 나름 고즈넉해 보였다. 텐트를 친 백사장만이 그 섬에 다다를 수 있는 유일한 입구이자 출구였다. 그래서인지 그곳은 더 신비롭고 환상적으로 보였다.

  이심전심이었다. 섬에 닿자마자 잠시 널브러져 있던 일행은 더 시원한 동안東岸으로 서둘러 향했다. 배를 나뉘 타고 아까 왔던 대로 해안을 따라 돌아, 먼저 배를 댔던 선착장에 도달했다. 십 분도 채 안 걸리는 거리였다. 그늘이 있는 식당 앞마당은 휴식을 취하며 술잔을 기울이기에 더없이 좋았다. 잠시 후 기다리고 있었다는 듯, 식당 주인이 삶아 놓은 고동과 소라, 멍게 등을 간이 식탁으로 날라왔다. 주인이 조금 있다가 수육도 올 예정이니 천천히 많이 드시라고 말해주었다. 낮에 낚시하러 나가느라 마시지 못했던 걸 벌충하려는 듯 술에 달려들었다. 시원한 그늘에서 들이키기 시작한 술은 그들을 더 들뜨게 하였다. 마시는 술만큼 육지의 찌꺼기를 열심히 밖으로 털어내고 있었다. 교감도 무척 기분이 좋은지 학교에서와는 다른 표정을 지었다. 햇살에 익은 데다 술기운이 더한 얼굴이 불콰했다.

주거니 받거니 오가는 술잔과 함께 왁자지껄하는 소리가 시끄럽긴 해도 해안은 한껏 고즈넉했다. 음악까지 합세해 오히려 사람의 육성을 갉아 먹는 시끌벅적하던 도시의 소음과는 완전히 대조적이었다. 오랜만에 사람과 사람이 내는 육성의 대화를 별다른 잡음 없이 들을 수 있었다. 두런대는 사람들의 목소리가 들리고, 음악인 듯 파도소리 새소리 바람 부는 소리가 잔잔히 깔리고 있었다. 김경호가 중얼거리듯 말했다.

"날이 어두워지는데…."

민대머리도 걱정하는 듯한 목소리로 말했다. 뒤이어 두 사람이 텐트가 있는 서안으로 가서 한잔 더하자고,

여기서는 그만 일어나자고 재촉했지만 나머지 일행들은 나 몰라라했다. 김경호가 주섬주섬 배로 향하는데도 일행들은 선뜻 자리를 털고 일어나지 않았다. 민대머리도 다시 자리에 앉았다. 박윤수와 최상현이 마침내 일행들을 둘러보며 한입으로 말했다.

"자, 이제 이 차는 자리를 옮겨서 합시다."

두 사람이 자리에서 일어나 김경호를 따라 배가 있는 쪽으로 걸어갔다. 용일이가 바로 두 사람 뒤를 따라갔다. 나머지 사람들은 아랑곳하지 않았다. 술좌석은 쉽게 끝나지 않았다. 교감이 자리에서 일어나 배가 있는 쪽으로 어슬렁어슬렁 발걸음을 옮겼다. 이미 취해 있었다. 딸꾹질해대며 비틀대는 그의 몸동작은 생각과 행동의 절묘한 불일치를 보여주고 있었다. 그러한 비틀거림처럼, 그 얼굴에 잔잔하게 배어 있는 미소가 그가 아직 술좌석에 미련을 갖고 있으며, 곧 다시 돌아올지도 모른다는 것을 보여주는 듯했다. 박윤수와 최상현이 자리에서 일어나 교감을 마중했다. 입심 좋은 박동훈이 털보와 마주 앉아, 안줏감이 기가 막히다, 수고 많이 하셨다며 여전히 너스레를 떨었다. 다섯 근이나 되는 수육을 삶아 왔지만, 그것도 바닥을 보이고 소주는 반 짝가량이나 비웠다. 털보가 김경호의 채근에 자리에서 일어나려는 기색을 보였다. 박동훈이 얼큰한 목소리로 털보에게 술을 한잔 더 권했다.

"제 잔도 안 받고 가시게요? 아직 술 한 짝도 다 안 비웠는데."

"자, 그럼, 딱 한 잔만 더하고."

어느새 다시 돌아와 옆에 있던 민대머리가 그들의 대화를 지켜보다가 말했다.

"날이 다 어두워졌는데……."

아닌 게 아니라 날은 이미 어둑어둑해지고 있었다. 술잔은 더 빨리 돌았다.

"아, 형님도 참. 형님도 한 잔 더 하셔야지요."

박동훈은 진작부터 민대머리와 털보에게 형님이라고 부르며 살갑게 굴었다. 그가 민대머리에게 술을 따랐다. 민대머리가 응답했다.

"좋지, 그래 아우님, 술 한 잔 따라 보시게나."

털보가 자기 술잔에 자작하며 슬며시 끼어들었다.

"선생님들 대하기가 그렇게 어렵더니만. 오늘은 형님 소릴 다 듣고 좋으시겠습니다."

"더 늦기 전에 은사님 한 번 찾아뵈어야 할 텐데…."

털보와 민대머리가 얘기를 주고받았다. 그러자 술이 얼큰하게 오른 박동훈의 장난기가 발동하기 시작했다.

"아, 그러면 제자님 여기 술 한 잔 따라 봐요. 냉큼. 자, 내가 스승님이려니 하고."

"아, 그럼 되겠네. 자 그럼, 무릎 꿇고 공손히…."

그러면서 정말로 털보는 무릎을 꿇으려는 듯 허리를 펴고 일어나려 했다. 그러자 박동훈이 털보를 말렸다.

"아, 참, 왜 그러시나. 그러면 저도 무릎 꿇고 받아야 하잖아요."

 털보가 다시 자리를 편하게 고쳐 앉았다.

"그럼, 아우님은 그냥 편히 앉아 받아 잡수시려고."

"아이쿠, 제가 잘못 했습니다. 잘못했으니, 형님이 먼저 한잔 받으세요."

"…그럼, 그럴까… 하하하."

 박동훈이 술병을 넘겨받아 술을 따랐다.

 그때 유진만이 우럭매운탕을 내왔다. 유진만은 자기가 직접 잡아 온 우럭 잔챙이들로 주방에서 매운탕 끓이는 일을 돕느라 땀에 범벅이 되어 있었다. 그는 물기가 남아 있는 얼굴을 수건으로 닦았다. 유진만은 속이 울렁거려서 술을 더 할 수 없었지만 교감에게는 술을 한 잔 따라주고 싶었다. 그가 교감을 찾고 있는 사이, 박동훈은 침을 삼켰다. 그가 얼굴에 함박웃음을 지으며 말했다.

"와, 이 매운탕 정말 죽이네."

"이게 잘 안 걸리는 놈인데, 걸려 왔네. 거, 우럭 국물 참 좋네."

"다 먹고 가야 하는데…."

 털보와 민대머리가 한 마디씩 주고받았다. 유진만이 기분 좋은 음성으로 대꾸했다.

"마저 드시죠, 뭐."

 털보가 선 채로 우럭매운탕을 한입 털어 넣더니 몇 순배 술을 더 돌렸다. 박동훈이 뒤늦게 기분 좋은 음성으로 물었다.

"아니, 웬 매운탕이지?"

"식당에 있던 거 하고 우리들이 아까 낚시로 잡은 거 하고 같이 끓였나 보네요."

주춤대던 털보가 대답하고는 다시 자리에 구겨 앉았다. 다른 일은 못 해도 남은 것을 다 먹어 치우는 게 자기들의 목표라고 생각하고 있음이 분명했다. 아따, 형님들, 한잔 더하고 가요. 아따, 좋지, 아우님 술, 참 좋네. 김경호도 배에 타고 있던 일행에게서 빨리 가서 술자리를 끝내도록 해달라고 부탁받고 왔다가 얼떨결에 받은 술잔을 날름 비워 상대방에게 건넸다. 김경호가 선착장 쪽으로 고개를 돌리자마자, 박동훈이 형님 한잔 더 받으셔야지, 가길 어딜 가요, 하면서 먼저 김경호를, 또 털보를 잡아 앉혔다. 김경호는 저어하면서 신발을 막 신으려 하고 있었고, 털보는 막 술에 취한 엉덩이를 드는 순간이었다.

"서둘러 봐야 엎드리면 코 닿을 데를…."

"그럼요, 아, 다 비우고 가야죠."

박동훈은 혼자 묻고 대답하며 중얼거렸다. 김경호는 자리를 박차고 일어났다.

배에서는, 술들 좀 작작 하지, 하면서 교감이 최상현에게 가서 박동훈을 데려오라고 눈짓했다. 교감이 키를 꽂아 시동을 걸자 부릉부릉, 매캐한 연기가 안개와 섞였다. 최상현은 자기가 가봤자 별수 없을 것이라고 여겼는지 일어났다간 다시 앉았다. 수확 없이 배로 돌아온 김

꽃잎, 또 지는데 139

경호가 중얼거렸다.

"글쎄… 술이 술을 먹는지라."

대신 그는 용일이에게 빨리 가서, 다짜고짜 박동훈을 끌고 오라고 시켰다. 용일이가 냉큼 자리에서 일어나 술자리로 향했다. 술자리에서 떠드는 소리가 어렴풋이 들려왔다. 박동훈이었다.

"하여튼 유 선생은 물만 보면 사족을 못 쓴다니까! 낚시 참 좋아해, 그치?"

"……"

"근데, 그새 많이 잡긴 많이 잡았네."

결코 비아냥대는 소리가 아닌, 맛있는 안줏감에 만족해하면서 박동훈과 털보가 흡족한 얼굴로 말을 주고받았다. 붙잡혀 앉은 유진만이 응수했다.

"고기가 부르는데 그냥 갈 수야 없지! 생각보다 잘 나오던데."

"아니 어디서 잡으셨어?"

"갯바위 낚시했지."

민대머리가 뻘건 얼굴로 유진만에게 물었다.

"근데, 배는 두 대 다 왔는데, 어떻게 오셨어, 그래?

"걸어서."

"걸어서?"

"낚시하다 보니 아무도 없더라고. 둘러보니까, 저 멀리 용일이 아빠가 혼자 산등성 이를 막 넘으려고 하더라고. 그래서 큰 소리로 불러서 같이 넘어왔는데 이십 분

채 안 걸렸지, 아마."

 박동훈이 유진만에게 술잔을 내밀었다. 용일이가 아버지가 시킨 일을 실행에 옮기느라 유진만 옆에 와 서 있다가 그의 팔을 잡아끌었다. 박동훈이 아랑곳하지 않고 말했다.

 "난, 아까 불러서 함께 오려다, 그냥 낚시나 하게 내버려 두자, 하고 그냥 왔지."

 "아까 낚시점에서 물어보니까, 해 질 녘에 거기서 하면 손맛 볼 거라고 하더라고. 손바닥만 한 게 힘이 만만치 않기에 손맛 보라고 이 녀석 줬더니, 낑낑대다가 하마터면 미끄러질 뻔했어."

 유진민이 용일이를 쳐다보았다. 용일이기 멋쩍게 웃으며, 가자고 손짓했다. 유진만은 우리 돌아갈 때 저리 넘어갈까, 하고 용일이를 보며 물었지만 용일이는 유진만에게 떠날 채비를 하는 배를 가리켜 보였다. 박동훈과 털보가 한 마디씩 더 주고받았다.

 "야, 오늘 좋은 건 다 먹어보네. 술맛 죽이네."
 "공기 좋고, 술 좋고…."

 결국 김경호가 재촉해서야 늑장을 피우던 사람들이 배에 올라탔다. 유진만, 박윤수, 최상현, 용일이가 한배에 탄 채 민대머리를 기다렸고, 다른 배에선 교감이 옆으로 비켜 앉으며 김경호, 박동훈과 함께 온 털보에게 자리를 내줬다. 박동훈과 털보는 이미 짐이었다. 김경호가 털보

꽃잎, 또 지는데

대신 운전대를 잡고 떠날 준비를 끝냈다. 이미 오래전부터 시동을 걸어놓은 데다 매연이 빠져나갈 틈이 없었던 탓에 매캐한 냄새가 진동했다. 김경호는 용일이에게 이쪽 배로 옮겨 타라고 하고 싶었지만 자제했다. 민대머리가 키를 잡은 배가 출발하려는데 용일이가 아빠가 있는 털보의 배로 가려고 일어나 두어 발 옮기자, 배가 기우뚱거려 중심을 잡으며 그냥 주저앉았다. 곧이어 교감이 일어났다. 그러자, 털보의 배가 기우뚱했다. 교감이 판단을 잘못해서 이동할 수 있으리라고 착각한 게 분명했다. 유진만은 교감이 움직이는 것을 보고 용일이에게, 꼼짝 말고 있으라고 소리를 질렀다. 그러나 교감은 안하무인이었다. 교감은 다른 배로 옮겨 타려고 하는 게 분명했다. 외형적으로야 털보의 배에는 짐이 많아서 교감이 민대머리의 배로 옮겨 타는 게 무리가 없어 보였다. 교감이 결국 빠른 동작으로 민대머리의 배로 옮겨 타다가 배와 배 사이에 한쪽 다리를 빠뜨렸다. 그러자 박윤수가 잽싸게 일어나 겨드랑이를 붙잡고, 유진만도 일어나 목덜미의 옷깃을 부여잡아 건널 수 있도록 도와주었다. 교감은 올라오자마자 거꾸로 박윤수와 유진만의 어깨를 강하게 움켜쥐었다. 유진만은 잡힌 어깨가 아픈 데다가, 조금 전에 용일이에게 막 뭐라고 소리를 질렀는데도 교감이 무리수를 둔 일까지 떠오르자 그만 화가 나고 말았다. 그는 교감에게 뭐라고 하려다가 박윤수가 손을 잡으며 참으라는 듯한 표정을 짓자 입을 다물었다. 말린다고 말을 들을 위인이 아니었다. 제대로 된 사람이면 용일이부터 아빠에게 보냈겠지. 체격 작은 교감이 채신사납게 추태를 연출하고 있었다. 유진만은 교감을 그대로 번쩍 들어 물속에 처박고 싶었다. 역시나 교감은 배에 옮겨 타자마자 다른 사람들은 아랑곳하지 않고 곧바로 운전석에 앉으려 했다. 민대머리는 운전대를 잡게 해주어도 좋은지 잠깐 망설이는 듯하더니 결국 자리를 내주었다. 거절해도 통하지 않을 거라고 판단한 데다가 술에 취해 분별력이 떨어지고 자신감이 부족해진 탓이다. 그러면서도 한마디 해두는 걸 잊지 않았다.
"교감 선생님 괜찮으시겠어요?"
"걱정 붙들어 매시게나. 한두 번 몰아본 게 아니니까."
워낙 단호해서 다른 사람들도 더 이상 토를 달지 않았다. 먼저 김경호의 배가, 뒤이어 교감이 모는 배가 출발했다. 그새 김경호는 용일이를 시켜 밧줄로 두 배를 연결하려고 시도했다. 가까운데도 밧줄은 뒤에 오는 배에 쉽게 걸리지 않았다. 이미 교감이 툴툴툴, 툴툴, 툴… 불규칙하게 배를 몰아 용일이가 밧줄을 제대로 겨냥하기가 쉽지 않았다. 교감의 배는 몇 번 가다 서다 하며 들썩들썩했다. 용일이가 서너 번 더 밧줄을 던졌지만, 그때마다 과녁에서 벗어났다. 유진만이 불안해서 교감에게 뭐라고 하려는데 이번에도 박윤수가 제지했다.

교감의 배는 몇 차례 제자리에서 맴을 돌았다. 민대머리가, 안개가 심한데 하고 짧게 외마디 신음처럼 내뱉었다. 옆에 있는데도 목소리가 거뭇해지고 있는 어둠 속에서 아득했다. 저쪽 배에서 전달되는 소리가 과거처럼 희미했다. 두 행성 사이에 오가는 소리는 과거와 현재 사이의 파편적인 웅성거림뿐, 더 이상 소리가 아니었다. 민대머리가 외쳤다.

"어이, 어딨어?"

"어어, 여기이…."

정작 배를 모는 김경호 대신 털보가 말을 받았지만, 어둠 속이었다. 잠시 후 털보의 목소리가 다시 들렸다.

"어이, 어딨어? 빨리 오지 뭐해?"

"어어, 금방 갈게."

거뭇하던 물체도 이제는 어둠과 안개에 동화되어 가고 있었다. 삽시간이었다. 안개를 삼킨 검은 어둠이 기다렸다는 듯이 두 배를 덮쳤다. 그 어둠 속에서 이제 서로의 배는 더 이상 보이질 않았다. 이제 되돌아갈 엄두조차 내지 못할 상황이 되어버렸다. 서로의 배를 향해 누군가 서로 소리치고 있었다. 어둠 저쪽에서. 그뿐, 아무것도 보이지 않았다. 소리는 보이지 않는 불안을 가중했다.

갑자기 검은 물체가 스쳐 지나가자, 김경호가, 어때, 다시 식당으로 돌아가는 게 낫지 않겠어, 하고 물었다. 털보가 답했다.

"불안해? 사람하고는. 염려 붙들어 매시게. 배 한두 번 타시나."

"이러다간…."

"이리 오셔. 배는 선장이 몰아야지."

털보가 답하면서 일어나 김경호 대신 운전대를 잡았다. 목소리와 톤에 여유가 있었다. 2, 3분쯤 상대방을 보지는 못하고 말만 주고받는 상황이 연출되었다.

민대머리가 급히 교감과 교대해서 운전석에 앉았다. 교감은 구겨지듯 민대머리가 앉아 있던 곳으로 기어왔다. 몇 분 지나지도 앉아 강등된 게 속이 상했는지 더 이상 말이 이어지지 않았다. 민대머리가 소리를 질렀다.

"어이, 어딨어?"

민대머리의 목소리가 유령의 것처럼 뒤에서 들려오자 털보가 고개를 살짝 돌리고 물었다.

"어이, 잘 따라와!"

"어어, 가고 있어!"

몇 차례고 같은 대화가 반복되었다. 그러더니 느닷없이 민대머리의 배 바로 옆에서 털보의 배가 물에서 솟아나듯 나타났다. 민대머리의 목소리가 높아졌다.

"아니, 어디서 나타난 거야!"

신경질적이었다. 불안해하고 있는 게 분명했다.

"당신한테 맞추려고 형님이 속도를 늦췄지!"

민대머리에게서 답을 듣지 못하자 털보가 다시 말했다.

"아니, 제기럴, 반갑지도 않다는 투네!"

털보가 투덜대자 민대머리가 중얼거렸다.

"아니, 반갑고 자시구가 아니구…."

꽃잎, 또 지는데

털보의 배는, 좌, 우, 앞, 뒤 할 것 없이 사라지듯 나타 났다가 나타났다가는 사라지면서 민대머리의 배와 교차 했다. 그것은 가끔씩 보이긴 해도 이미, 안개보다 조금 더 짙은 검은 물체에 불과했다. 안개가 삼키고 있는 그 물체를 찾아가는 것은 이미 본능적인 감각이 되어버렸 다.

3

 육지의 찌꺼기가 비워지기 무섭게 다시 그 자리에 갑 자기 침묵과 공포가 들어찼다. 밤, 안개, 바람 한가운데 그들은 내동댕이쳐졌다. 급기야 이제 그 숨소리만 들어 도 알아차릴 만큼 익숙해진 바다 사람의 목소리가, 아이 고, 제기랄, 바람이나 불어닥치지 말아야 할 텐데, 하고 덧붙였다. 아이고, 빗줄기까지.
 섬 모퉁이를 돌긴 돌았을 것이다. 민대머리는 키를 쥐 고 있는 손에 땀이 자꾸 배어 바지에 닦아주느라 바빴 다. 속도를 줄였지만 매캐한 연기가 안개와 뒤섞여 몇 차례 기침을 했다. 배는 물결 따라 출렁일 뿐 거의 정지 해 있는 것 같았다. 안개만이 일행을 감싸며 옥죄어 들 어 왔다. 민대머리가 서서히 뱃머리를 우회전시켰다. 오른쪽으로, 오른쪽으로 돌아가야 하리라. 그러나 조심해야 했다. 바로 크고 작은 바위에 부딪힐 수도 있었다. 무슨 외마디 소리 같은 것이 간간이 들려오는 게 앞선 배가 바위에 부딪혀 부서지자 질러대는 소리같이 들리기도 했다. 민대머리가 일행들에게 명령했다.

"자, 모두 소리를 질러요. 가만히 앉아서!"

모두들 엉겁결에 소리를 질렀다.

"여기있어어―! 어딨는 거야아―! 우리 여깄어어―!"

일행은 잘 훈련받은 사병처럼 소리를 질러댔다. 교감은 몸이 부대끼는지 옆으로 비스듬히 몸을 누인 채 꿈틀대고만 있었다.

"아…아…여기…이…."

동물의 소리인 듯한 외침은 보이지 않는 저쪽으로부터 간간히 들려오고 있었다. 요 근처인 건 분명한데… 멀리 안 나왔는데… 민대머리가 안개인 듯 나지막하게 중얼거리는 소리가 들려왔다. 같은 배 안에서 서로 얼굴조차 확인할 수 없을 정도였다. 식별할 수 있는 것은 목소리뿐이었다. 안개가 몰려다니는 걸… 그래, 희끗희끗 보이기도 하는 걸… 민대머리가 말을 흘렸다. 그가 고개를 살짝 돌려 옆에 있던 용일이에게 지시했다.

"어디, 랜턴이 있을 거니까, 좀 찾아봐라."

용일이가 랜턴을 찾으려 주춤주춤 일어섰다. 두 사람이 그전에 몇 번 배를 함께 타기라도 했던 것일까. 용일이의 반응이 매우 민첩했다.

꽃잎, 또 지는데

"아니, 어디서 나타난 거야?"

갑자기 민대머리의 음성이 활기를 띠었다.

"니기미, 이런 안개는 처음 보네!"

목소리만이 투덜대고 있었다. 그 목소리에는 아직 천연덕스럽게, 또 일행을 찾았다는 안도감이 배어 나왔다. 안개가 다소 엷어진 듯도 했다. 털보가 배를 민대머리의 배 옆에 바싹대고 나서야 털보의 얼굴이 이미지를 드러냈다. 다른 얼굴들은 여전히 불투명한 어둠 속에서 누추하게 넋을 놓고 앉아 있었다.

"니기미, 도통, 뭐가 보여야 해 먹지!"

다시 투덜대는, 뱃사람 특유의 목소리가 어둠 저편에서 들려왔다. 나머지는 조용했다. 나머지 사람들은 질려 있는 것 같았다. 민대머리가 다시 소리쳤다.

"어어, 이쪽으로 몰리면 안 돼! 저쪽으로 가서 앉아요. 빨리 앉으라니까!"

몇 사람이 앉았다 일어서느라 배가 뒤뚱이자, 다급한 목소리가 고함으로 변했다. 누군가가 라이터 불을 켰다. 아마 랜턴을 찾다가 찾지 못하자 라이터를 켜댄 모양이었다. 라이터 불을 켰다가는 꺼뜨리기를 몇 차례 반복했다. 냄비며 그릇, 각종 도구들로 뒤섞여 있어서 랜턴을 찾을 수가 없는 모양이었다.

"어이, 이쪽이야!"

"어이, 나 여깄어!" 저쪽 배에서 고함이 들려왔고 이쪽에서도 그쪽 배를 놓치지 않으려 고함을 질러댔다.

없는데요. 배 여기저기를 뒤적여 봐도 랜턴을 찾지 못하겠는지 용일이가 중얼거렸다. 속수무책인 게다. 아까 저쪽 배에서 본 것 같아요, 하고 말하는 용일이의 목소리가 허탈했다. 용일이가 다시 소리를 질렀다. 저쪽 배에서 온 듯한 불빛이 번쩍했다. 진작 좀 비출 일이지, 용일이가 중얼거렸다. 일어서던 용일이가 갑자기 활기찬 목소리로 호들갑을 떨었다.

"아! 저기 있어요, 자세히 집중해서 보면 하늘에 섬, 선이 있어요!"

유진만, 박윤수가 손가리개를 하고 집중했다. 섬의 윤곽이 보이는 것도 같았다. 그러나 안개가 다시 그것을 숨겨버렸다. 불빛은 다시 반짝이지 않았다. 유진만이 소리를 질렀다.

"아, 이쪽이에요, 어? 금방 있었는데…."

아, 그러한 선이 이 세상에 존재할 수도 있다니. 섬은 아주 흐릿하게 속살을 내밀었다가 잠깐 사이에 다시 감추었다. 찰나였다. 또 보일까 싶어 같은 곳을 응시해 보지만, 아무것도 보이지 않았다. 배가 움직여 방향이 틀어졌던 것일까.

"아, 배를 움직이지 말고 있어 봐요. 자, 모두들 한 곳만을 응시해 봐요. 집중해서… 뭐가 보이는 사람은 얘기를 해줘요…."

"이쪽이야, 이쪽!"

"그래, 이쪽인 거 같아요. 맞아요, 뭔가 보였어요…."

꽃잎, 또 지는데

"어이, 속도 좀 줄여 봐요. 이쪽으로 가보자고. 속도 좀 줄이라니까!"

"보이면 뭘 해. 바위에 부딪히면 어떡하라고…."

"아참, 이 사람 그러니까, 우선 속도 좀 줄여 보라잖아요!"

"제기랄, 속도가 갑자기 줄여지나!"

순간 냉기가 돌았다. 누군가 그 침묵을 깼다. 그러나 비수 같았다.

"안 되겠다. 모터 꺼야겠어. 바위에 부딪히면 튕겨 나가서. 팔다리 다 부러져!"

민대머리가 한숨을 쉬면서 명령했다.

"…꽉 잡아!"

한참 동안 외치는 소리들이 어둠 속을 휘저었다. 그때 배가 다시 뒤뚱했다. 모터를 끄기 전에 갑자기 멈추지 못한 배가 바위에라도 부딪힐까 싶어 급히 방향을 튼 모양이었다. 그러고는 정적이 흘렀다. 다시 어둠이다. 아무것도 보이지 않았다. 저쪽 배는 유혹처럼 미련만 남기고 사라진 채 나타날 줄 몰랐다.

민대머리가 다시 배에 시동을 걸었다. 시동이 꺼져 있었다는 것을 자각하고 나서 부지중에 감행한 듯했다. 그는 시동이 잘 걸리지 않는지 투덜대면서 줄을 몇 차례 잡아당겼다. 부웅, 부웅 하는 폭발음과 다시 매캐한 냄새가 그들을 덮쳤다. 배는 다시 움직이기 시작했고 속도는 완만했다. 어둠 속에서 다시 그 선을 찾기 위해 일행과 민대머리는 안간힘을 썼다.

그 희미한 선을 놓치지 않으려고 눈을 부릅뜨고 배는 천천히 앞으로 나아갔다. 아니 선을 보면서 배를 몰아간 것이 아니라 지금 자기들은 섬에서 아직 멀리 떨어져 있지는 않다는 동물적인 감각으로 더듬이질하고 있었다. 갑자기 희멀건 벽이 나타났다. 그새 안개가 좀 걷혔나 보았다.

"…아닌데… 이쪽은 절벽이야, 이쪽으로는 안 되겠어…. 너무 많이 왔나 본데 조금 더 가면 절벽에 부딪혀 버리겠는 걸…. 그냥 어디고 적당히 내리고 보지…."

"그래 맞아. 되돌아가다가 못 찾으면 낭패지. 그냥 여기 어디서 절벽에 기대어 있다가…."

"기다려 봤자지. 안개가 걷히거나 동이 트려면 아직 멀었어. 여기서 달라붙어 있는 건 너무 무모해…."

"그럼, 그럼. 바위도 아냐. 이건 절벽이야. 이 오른쪽에 모래사장이 있을 거야. 다시 살살 나가보자고."

배는 다시 절벽께에서 물러나 후진해서 오른편으로 틀어 계속 직진해 갔다. 섬에서 멀어졌다고 여겨 왼쪽으로 틀었다. 여전히 아무것도 나타나지 않았다. 민대머리가 교감 옆에 서서 땀을 흘렸다. 그러자 잠시 후에 희끄무레한 것이 유령의 도포처럼 갑자기 앞에 나타났다.

"아니 그 자리잖아!"

"그럴 리가."

"안 되겠는걸, 아니 왼쪽으로 너무 많이 틀었나보네…

똑바로 좀 하지."

"맞아요, 아까 낚시하다 본 걸로는 백사장 왼쪽이 암벽이었어요… 다시 돌아가야 할 것 같은데요. 아니, 돌아가긴 위험하니까, 차라리 계속 더 섬을 끼고 돌면 오른쪽으로 그 식당이 나타나지 않을까요? 좀 더 가보도록 하죠? 네?"

"아냐, 거기까진 상당히 멀어… 그러다가 배가 섬에서 완전히 벗어날는지도 몰라. 그럼 진짜 큰일이니까… 천천히 다시 돌아가 봅시다…."

다시 뱃머리를 돌리려 하자 갑자기 어둠을 찢으며 고함소리가 들려왔다.

"야, 이 새끼들아, 우리만 놔두고…."

저쪽 배에서 울려오는 괴성이었다. 묘한 목소리였다. 오히려 이쪽에서 지르면 딱 좋을 고함이었다. 저쪽에서는 이쪽보다 더 큰 불안에 시달리고 있는 듯했다. 절규가 안개 속에서 적절히 희석되어 이어지는 말들은 더 흐릿해졌다. 털보의 변질된 음성은, 아마도 '다들 어디 있는 거야!'라고 보충해 주면 좋을 성싶은 비명에 가까운 소리였다. 알아들을 수 없는 말에 신경 쓸 여유가 이쪽에도 없었다. 방향을 틀면서 무너진 배의 균형을 잡고 몸을 추스르기 위해 전력을 쏟았던 탓이다. 판독 불능의 고함들을 흘리랴, 틈틈이 소름 돋은 팔을 문지르랴 정신이 없었다. 갑자기 안개에 얼굴 크기만큼 구멍이 뿌옇게 뚫렸다. 아니 유령의 눈깔 같았다. 털보의 배에서 오는 랜턴 불빛이었다. 불빛은 다시 갑자기 사라졌다. 대신 용일이의 음성이 울렸다. 휴대전화가 연결된 모양이었다.

"입하도 부근인데요… 아니요… 방금 안개 때문에…."

다행이었다. 기지국이 없을 텐데 연결되는 게 신기했다. 그러나 자꾸 끊겼다. 용일이가 여러 차례 시도하다가 포기해 버렸다.

민대머리가 용일이에게 말했다.

"용일아, 금방 도착할 거니까 너무 걱정하지 말거라."

"전화도 안 되고…."

"우리가 섬을 찾는 게 빨라. 와봤자 우릴 못 찾아. 그리고 별거 아닌 거 가지고 그렇게 호들갑 떨면 나중에 민망해서 어쩌려고…."

"절벽으로 돌아가는 게 좋지 않을까? 거기서 동틀 때까지만 버티면 될 테고…."

"버티기만 하면 된다?"

"바다 한가운데 나가서 헤매는 것보다야…."

"무슨 소리 하는 거야. 찾을 수 있을 때 빨리 찾아봐야지."

"못 찾고 있으니까…."

"허허."

"네."

"마음 가라앉히고 좀 더 있어봐. 조금만 더 지나면 안개가 걷힐 테고."

꽃잎, 또 지는데

"근데 바다 색깔이 변했어요, 근데 어떻게 바다가 저렇게 초록색 칼날이죠?"

또 침묵이 흘렀다. 침묵을 깨부수기라도 해야 한다는 듯 김경호가 다시 두런거렸다. 목소리는 한층 안정되어 있었다.

"제기럴, 그나마 휴대 전화가 물에 다 젖어 버렸네."

"당신, 귀신하고 통화했어?"

"해경 같던데 뭘!"

"뭐, 해경 귀신이라고?"

"귀신은 무슨!"

"그래, 사람이겠지. 잘했어!"

불안이 농축되고 있다는 것을, 자칫하면 그것이 폭발해 버릴 수 있으리라는 것을 자각했는지 도화선이 될 수 있는 언행은 자제하려는 분위기였다.

털보가 투덜거리는 소리가 느닷없이 이어졌다.

"저 사람 술기운에 돌아버렸나 본데, 괜찮나 몰라."

털보는 털보대로 저쪽 배의 민대머리를 걱정하고 있었다.

"술이 너무 깊었어."

김경호가 한숨을 몰아쉬었다. 바닷사람도 어쩔 수 없는 위기라는 탄식이었다.

"저 사람들. 큰일 내겠네… 저 사람…."

아마도 욕 대신 나온 게 저 사람이라는 말이리라.

"반갑다는 인사를 원 그렇게 무식하게 해대서야."

"그러게."

"그렇다고 배를 들이대면 어떡하라는 얘긴가."

김경호는 그 소리를 듣는 둥 마는 둥 두 손을 모아 소리를 질렀다.

"용일아… 용일아…."

어둠은 소리를 삼키고 시치미를 뗐다.

김경호와 털보는 상대방 배가 자기들을 치받았다고 생각하고 있었다. 잘해 봤자 동시 상황이었지만 원인 제공은 저쪽인 게 분명하다고 여겼다. 진로를 가로막으면 지나가던 배가 어쩔 수 없이 올라탈 수밖에 없었다. 다 끝난 상황에 대해 이제 푸념으로 이어지는 게 한편으로 우습기도 했다.

만나지 못해 아우성이더니 막상 만나자마자 서로를 잡아먹지 못해 안달이 나는 건 참 불가사의한 일이 아닐 수 없었다. 모두 말이 없는 게 이상할 정도였다. 한꺼번에 다 뱉어낸 모양이었다. 첫 번째 충돌 후, 더 이상 별다른 일은 벌어지지 않았다. 김경호는 반소매 셔츠가 축축하다고 느꼈다. 그나마 춥지 않은 게 다행이었다. 배를 타고 있던 사람들은 다소 침착해졌다. 장시간 계속된 긴장 속에서 다들 멀뚱멀뚱 눈만 뜬 채, 제 몸을 회 치고 있는 주방장을 바라보고 있는 물고기 같았다. 여전히 안개 속이었다. 칼날을 세우며 뱃전과 부딪히고 있는 도깨비불은 여전했다. 물은 평소에 느끼고 볼 수 있는 것보다 훨씬 많았다. 기름도 다 떨어져 가고 있을 게 분명했다. 물결 따라 움직이고 있는지 가만히 서 있는지 느낄 수 없었다. 이제 가만히 앉아서 동이 터주길 바라는 길 밖에는 없었다.

"어떡하려고 그랬대, 그 술판에 매운탕을 다 내온 거야, 응?"

털보의 목소리였다. 그는 이제 술이 다 깬 것 같았다. 김경호는 뭐라고 말을 받아주고 싶었지만, 만사가 귀찮았다. 예기치 않던 비난과 비아냥거림이었다. 갑자기 그렇게 맛있게 먹던 매운탕에 비난이 쏟아질 줄은 생각지도 못했다. 그 매운탕 때문이라니. 하기야 아까 술판이 끝나려는데 날라져 온 냄비 매운탕이 문제는 문제였으리라. 술판을 끝내기가 서운해 망설이고 있던 차에 끓여 온 매운탕을 두고 술꾼들이 자리를 털고 일어날 리 없었다. 술이 사람들을 마시기 시작한 것이다.

하기야 김경호도 자신을 원망하고 있었다. 이럴 바에야 차라리 다른 때처럼 회식이나 할 것을. 괜히 이런 데까지 데리고 와서 고생시키나 하는 생각이 들었다. 이렇게 섬까지 오게 되리란 생각은 추호도 하지 못했다. 또다시 몇 시간이 흘렀으리라.

그대로 어둠 같은 침묵이 흘렀지만 오래 가지는 못했다. 두런대는 목소리들이 불안에 떨고 있었다. 갑자기 고성이 들렸다.

"어디… 있는… 거야!"

다시 다른 세상의 목소리가 세상을 그쪽과 이쪽으로

갈랐다.

"여… 기이잇… 허엇."

민대머리의 목소리가 응답했다. 무전기에서 나는 장난감 소리 같은 음성만으로 서로의 존재를 확인했다. 어둠과 안개에 제대로 걸려든 것이다. 이제 불안과 공포에 좌초될 일만 남았다.

김경호가 다시 소리를 질렀다. 가라앉는 배에서 질러대는 단말마였다.

"용일아… 용일아…."

조금 있다가, 먼곳에서 응답하는 목소리가 메아리처럼 들려왔다.

"아빠아아… 이삐이이…."

안개와 어둠의 삼엄한 경계망을 뚫고 부자의 음성만이 두 배 사이를 오갔다. 악에 받친 절규가 식별되는 것으로 보아 아직 저쪽 배와의 거리는 그리 멀지는 않은 것 같았다. 서로들, 행성 사이를 오가는 미지의 전파를 희망인 양 포착하기 위해 필사적이었다. 소리가 끊기는 순간마다 정적이 엄청난 무게로 일행을 짓눌렀다. 점차로, 그 소리조차 단말마가 되어 갔다.

박동훈은 술에서 깨긴 했지만 아직 송장이었다. 어둠보다는 불안 때문에 얼굴이 굳어갔다. 꽤 한참 지난 것 같은데 목표 지점 주변만 맴돌고 있는 게 귀신에 홀린 듯했다. 존재감이 없던 박동훈이 두 손으로 간신히 라이터 불길을 살려 그것을 나침반에 가져다 댔다. 그렇게

꽃잎, 또 지는데 157

해서 어렵사리 알아낸 방위는, 지금 배의 방향이 서쪽이 아닌 것만을 확인하는 데 그쳤다. 그렇게 해서 그들이 잘못 가고 있을지도 모른다는 생각에서는 벗어났지만, 분명히 이쪽이다 싶을 만큼 확신이 든 것은 아니었고, 시간이 지나도 배 댈 곳을 찾지 못하는 것을 보면 뿌옇게 보이던 나침반도 무용지물인 것이 분명했다. 아아, 그러면 혹시 북쪽으로 가고 있는 것은 아닐까, 하는 탄식이 박동훈의 입에서 흘러나왔다. 연극의 대사 같은 한 토막의 말로 다시 모든 게 얼어 붙어버렸다. 섬에서 멀어지고 있다면 큰일이 아닐 수 없다.

김경호는 눈을 감았다. 아무것도 보이지 않으니 얼마나 시간이 흘렀는지 어디쯤 와 있는지 도통 감을 잡을 수가 없었다. 털보는 그저 실루엣처럼 보였다. 김경호에게서 조금 전까지 새어 나오던 신음 소리가 이제 큰 목소리로 터져 나왔다. 부질없는 짓인 것을 알면서도 김경호는 아들을 불렀다.

"용일아아아, 용일아아아아, 용일아아아아…."

용일이가 아빠― 하고 부르는 소리가 저편에서 들린 듯해서 맞고함을 질러봤지만 헛수고였다. 무슨 일이 일어났다고 해도 달려갈 수도 없으니 그것도 발악에 불과했다. 한참 고함을 질러대던 김경호도 기진맥진했는지 조용해졌다. 더 이상 말이 필요 없었다. 빨리 날이 밝고 안개가 걷히기만을 기도하는 게 상책이었다. 배는 어림잡아 학교 운동장 댓 개 크기의 섬 주변을 표류했다. 누군가가 두 시 삼십 분이 넘었다고 했다. 아무도 시간에 반응하지 않았다.

"이대로 날이 밝을 때까지 기다리는 게 낫지 않을까? 새벽까지라야 얼마 남지 않았어."

털보의 목소리에 김경호는 비로소 귀를 세웠다. 독백에 독백이 이어졌다. 상대방을 제대로 알아볼 수 없는 암전의 무대였다.

"그건 좋은데 그러다 바람이라도 세게 불면 뒤집힐지도 모르니까, 어떡하든 섬을 찾아야 해."

박동훈은 비로소 술이 깼다고 느꼈다. 그는 갑자기 소리를 질렀다.

"아아아아아아아…."

저쪽 배에서 아무런 대꾸가 없었다. 박동훈도 잠시 뒤 입을 닫았다. 자기가 질러놓은 절망이 메아리가 되자, 저게 무슨 소리지? 하는 투였다. 박동훈이 다소 힘이 빠진 음성으로 말했다.

"자, 다시 한번 잘 살펴봅시다. 하늘을 가만히 들여다보세요. 섬의 윤곽이 잡히면 빨리 말해주세요."

"……"

"그게 보일듯하면 그대로 직진해서… 한번 가봅시다."

한.번.가.보.자. 라는 박동훈의 말을 가만히 있던 털보가 욕설처럼 외쳤다. 당연히 배를 섬에 대자는 의미로 알아들었을 터였다.

"그러다가 섬에 부딪히면? 그러면 배가 깨질 텐데."

꽃잎, 또 지는데

칠판에 하얗게 또박또박 써 댄 글씨같이 또렷했다.
"아니, 그게 아니고…."
털보가 다시 말을 받았다.
"기다려야 해. 이 바다는 그래도 내가 제일 잘 알아. 기다려 봐."
박동훈은 물러서지 않았다.
"그래도 어떡하든 해봐야지. 자, 내가 한 번 헤엄쳐 가 볼게."
"뭐라고, 헤엄을 친다고? 당신, 미쳤어? 술까지 마시고."
"섬에서 멀리 떨어져 있진 않아. 희미하긴 하지만 조금 전까지 선이 분명히 보였어. 아주 희미했지만. 저쪽이 분명해요. 저쪽으로 가볼까 해. 가서 불을 밝혀볼 테니 조심해서 와 봐들."
한편으로 섬까지 헤엄쳐 가보겠다는 그의 말에 일행은 귀가 솔깃했다. 그렇게만 되면 더없이 좋았다. 등대가 되는 것이었다. 얼마나 될까, 직선거리, 불, 헤엄칠 수만 있다면, 가보는 것도, 안개, 선, 불시착, 휴대 전화, 익사, 살아남으려면 과감하게, 기네스북 등의 문장과 단어들이 어둠 속에서 넘실댔다. 그러나 털보의 빛나는 눈이 박동훈을 노려보자, 그는 입을 다물었다. 그의 침묵은 모두의 침묵을 대변했다.
침묵이 흘렀다. 꽤 오랜 시간이 흘러간 듯했다. 김경호는 용일이 때문에 더 애가 탔다. 그러면서 박동훈이 더욱 미웠다. 하마터면, 바보 새끼, 호들갑 떨고 있다고 면박을 줄 뻔했다. 교감의 수하로 학교를 말아먹는 짓이나 한다고 하더니, 시곗바늘을 거꾸로 돌리는 수구 골통이라더니, 하는 짓이 여기 와서도 변함이 없었다. 술 처먹고 세상모르고 뻗어 있다가 기껏 한다는 소리까지 한심하기 이를 데 없었다. 말 그대로 자다가 봉창 두드리고 있었다. 저런 새끼들한테 자식을 맡긴 게 한스러워 물속에 처박아 넣어버릴까 보다, 치솟는 생각을 참느라 이를 악물었다. 그런 상념에 젖다 보니 바닷물은 그 자체로 아가리였고 녹조는 그 이빨 같았다.

유진만은 용일이에게 널브러져 있던 구명조끼를 입혔다. 조금 전까지는 그것이 옆에, 아니 배 어딘가에 있을 것이라고는 생각지도 못했다. 눈을 뜨고 있었지만 이미 모두 장님이 된 지 오래였다. 눈이 이상한 게 아니라 눈은 멀쩡한데도 아무것도 보이지 않는 게 더 이상했다. 유진만은 다들 자기 몸을 횟감으로 내주고, 눈깔과 아가미만 남은 물고기 같다고 생각했다. 이제, 그러던 그들이 다시 완전한 물고기로 복원되어 헤엄이라도 치겠다는 듯 다시 술렁이기 시작했다. 그러나 꼬리도 지느러미도 방향까지도 믿을 만한 것은 하나도 없었다. 유진만은 스스로 그런 생각을 하는 자신이 신기했다. 자세히 귀를 기울여 보면 딱히 누군가에게 던지는 말이 아니라 중얼거림이었고 탄식이었다. 우리가 섬을 찾을 수 없는 것이

꽃잎, 또 지는데 161

아니라, 섬이 우리를 찾지 못하고 있는 것은 아닐까. 그렇다면 우리는 그 섬에 도달할 수 없는 것이 아닐까. 그것도 아니면, 섬은 우리를 지켜보면서 그대로 모른척하고 내버려 두고 있는 것은 아닌가. 이젠 아예 선도 사라졌어. 그러니 그대로 내버려 두려나 보지.

아아, 이 무슨 해괴한 미로 찾기란 말인가.

갑자기, 감추어져 있지만 배와 섬 사이에 어떤 역학 관계가 있는지도 모른다는 주절거림도 있었다. 그 이유는 파도와 도깨비불 때문이었다. 짙푸른 색의 수천, 수만의 칼날. 그 칼날을 보면 어쨌건 섬과 배 사이에는 어떤 힘이 작용하고 있음이 분명했다. 파도는 그 힘이 조종하는 대로 출렁이는 꼭두각시일 뿐이다. 생물처럼 꿈틀대는 파도 사이에, 물과 물이 부딪히는 마찰 따라 파란 칼날이 출렁이고 있었다. 그 칼날은 두런대는 사람들의 목소리에서 확인되고 있었다. 교감과 용일이는 시체처럼 배 위에 널브러져 있었다. 오른손과 머리에 부상을 입고 신음을 참아내고 있는 박윤수도 마찬가지였다. 용일이가 작디작은 음성으로 중얼거리듯 입을 열었다.

"녹색 칼날이 더 무서워졌어요!"

유진만은 용일이의 목소리가 반가웠다. 굳이 옳고 그름을 따질 필요가 없다는 듯한, 힘이 다 빠진 음성이었지만. 인석, 이제야 알아차렸구나, 하고 생각했지만, 유진만은 가벼운 목소리로 말했다.

"인 때문인가 봐."

"사람한테 나오는 거요?"

"바다에 흘러 들어온 똥, 오줌 말이야. 다 오염이 됐다는 거지."

"파란 눈 같아요."

"그래. 말을 듣고 보니까, 그런 것 같네. 왜, 어렸을 때 도깨비불이라는 게 있었잖아. 비 오는 밤에 공동묘지에 휘휘 돌아다닌다는 불덩어리 말이야. 그게 사람한테서 나오는 인 때문이라지."

도깨비불에 대해 유진만과 용일이가 이야기를 주고받는 가운데서도 박윤수는 말없이 물 저편만을 보고 있었다. 유진만은 고통을 참고 있는 박윤수가 자꾸 신경이 쓰였다. 몇 차례 괜찮으냐고 물었지만 견딜 만하디고 하니 더 이상 물을 수도 없었다. 묻는 것만으로는 별로 위로가 되지 못했으리라. 이 친구 무슨 생각을 하는 것일까, 궁금했다. 아마도 이런 생각이 아닐까, 유진만은 유추해 보았다.

우리는 무겁겠지만 무거울 것 같지도 않고, 가볍겠지만 가벼울 것 같지도 않아. 우리는 그냥 '아직은' 존재하고 있을 뿐이야. 그간에 쌓인 피로도 풀어야 하는데 이건 여행이 아니다. 여기서도 갈등과 고민이 널려있다. 이런 고민 좀 안 하고 편히 지내려 했는데 거기서 한 걸음도 벗어나질 못하고 고통의 한가운데로 내동댕이쳐져 허우적거리고 있네.

박윤수가 가늘게 한숨을 쉬었다. 보이지 않으니 육신

꽃잎, 또 지는데

은 없었다. 말과 혼령의 바다였다. 육신도 없는데 형체도 없는 말이 어디서 나와 어디로 떠가는가, 신기하다고 박윤수는 생각하고 있었다.

그는 귀를 쫑긋 세웠다. 실제로 대화하고 있는 듯한 착각이 들 정도였다. 그동안 나눈 얘기가, 그 어투와 분위기가 낯익다는 사실이 새삼스러웠다.

무엇이 우리를 가로막고 있는가. 아니 어떻게 대책을 강구해야 하는 것인가. 우리가 어떤 상황에 처해 있고, 무엇을 가지고 있고, 무엇을 갖고 있지 않을까.

우리는 섬에 들어간 적이 있었다. 이제 더 이상 우리가 바라는 학년체제라는 섬은 가상의 섬만은 아니었다. 처음엔 그것 역시 추상의 섬이었다. 그 추상을 없애면 그 속살이 얼마나 구체적이던가. 이 섬 역시 들어가기 전이 문제일 뿐이다. 문제는 우리들이다. 두려워하고 방황하는. 그렇게 잠깐 벌벌 떨고 있는 동안 우리는 그 섬을 잃어버린 것이다. 아니, 그렇게 마음을 먹고 있는 한, 섬 스스로가 사라져 버린 것이다. 섬이 우리를 잃어버린 것이다. 그 작열하던 섬, 백사장, 절벽… 우리가 보살펴 주어야 할 우리 아이들이 있는 곳.

우리는 새로운 가능성의 학교에 들어가 본 적이 있었다. 그렇다. 더 새로운 마음과 방법으로 학교에 들어가야 하리라. 학교다운 학교에. 비록 그곳이 싫어 구시렁대긴 했지만, 그 살아 움직이는 생생한 섬, 무엇보다 아이들이 있는 곳. 안개와 바람과 어둠이 그곳으로 가는 길을 가로막고 있을 뿐이다.

"저 녹색 칼날 말입니다."

박윤수가 나지막이 말했다. 또박또박 간결하게. 그는 유진만이 있는 쪽으로 겨우 고개를 돌렸다. 용일이가 이쪽으로 얼굴을 돌렸다.

"……"

박윤수는 유진만 쪽으로 고개를 돌렸지만 아무런 대답을 듣지 못했다. 박윤수가 다시 말을 이었다.

"그건 인이 아니고 녹조예요. 좋은 징조예요. 우리가 섬에 들어갈 수 있을 거라는 믿음을 주는 빛이지요."

"……"

"'아폴로 13호'라는 영화가 있었지. 달에 갔던 우주선은 아폴로 11호였지? 13호는 달에 갔다가 운석을 채취해 오기로 했었는데, 그만 기관고장으로 달에도 도착하지 못하고 지구로 귀환하기로 했대. 우주선과 나사가 교신이 조금만 어긋나면 우주로 튕겨 나갈 상황이었지."

박윤수는 아예 용일이에게 들으라는 듯 편안한 말로 풀어 놓았다. 모처럼 평화가 찾아온 듯했다.

"방향을 잡을 수 없었으니까. 비행사건 나사건 죽음의 불안에 내몰리고 있었어. 결론부터 말하자면, 그들은 여러 번 고비를 넘기면서 무사히 지구에 귀환해. 영화 후반부에 그 빛을 이야기하는 장면이 나와. 조금 전에 본 그 빛, 녹조 말이야."

꽃잎, 또 지는데

"아, 녹조요."

민대머리가 신음처럼 내뱉었다. 박윤수가 계속 말을 이었다.

"세 명의 우주비행사가 실의에 빠져 있었겠지. 그러다가 아마 대장이었던 비행사가 그 녹조에 대해 말해. 우주선을 타기 훨씬 전, 태평양전쟁 때 전투기 조종을 하던 중에 기관 고장을 일으켜 안절부절못하고 있다가 칠흑 같던 어둠 속에서 발견했던 녹조에 대해서 말이야."

아무도 입을 열지 않았다. 박윤수가 다시 입을 열었다.

"태평양 위에서 계기판이 모두 고장이 나버려서 도대체 자기가 어디에 있는지 어디로 가야 할지도 모르겠고, 무전도 두절된 상황이어서 미아가 돼 버렸대. 일본군의 공습을 피해 항공모함도 일체 소등을 한 상태였기 때문에 착륙도 불가능하고, 말 그대로 칠흑 같은 밤하늘을 헤매고 다녔더라지."

박윤수는 마른침을 꿀꺽 삼켰다. 침이 말라붙어 있어서인지 그 소리가 듣는 사람에게 갈증을 불러일으키게 했다. 일행은 여전히 그의 얘기가 다시 들려오기를 기다리고 있었다. 혀로 입술을 적시는 소리가 나더니 조금 전보다 더 가라앉은 목소리가 들렸다.

"망연히 어둠 속을 선회하다가 갑자기 바다에 연한 녹색 빛이 띠를 이루는 것을 발견했대. 항공모함이 달려가면서 바닷물을 가르자 거기서 마찰로 인해 녹조의 야광 띠가 생겨난 것이지. 어둠이 아니었다면 그 녹조를 발견

할 수도 없었을 테지. 아주 어두웠기 때문에 오히려 보게 된 그 녹조 띠를 따라가다가 무사히 그 항공모함에 착륙을 했대. 생사를 헤매던 그 우주선의 대장이 그때를 회상하며 들려주던 이야기가 감동적이었어."

박윤수가 이야기를 끝냈다. 일행은 꿈결인 듯 두런두런 전해져오는 이야기를 들으면서 마음의 위안을 삼고 있었다.

최상현은 말없는 일행들을 차례차례 둘러보았다. 얼마나 시간이 흘렀을까. 시간은 모두를 외면하고 있었다. 아니 시간뿐이 아니었다. 배를 타고 세상 밖으로 흘러나왔을 것이다. 충돌하면서 툭, 튕겨져 어쩌면 이미 요단강을 건너고 있는지도 모르겠다. 최상현은 느닷없이 박동훈이 생각났다. 마치 텔레파시로 박동훈에게 무슨 말을 전하고 있었던 거처럼 느껴졌다. 아마, 개념 없는 박동훈이 미웠던 탓이리라.

우주 공간 저 너머에서 누군가 외치는 소리가 들리는 듯했다. 최상현은 박윤수의 이야기에 귀를 기울였다. 눈으로는 수없이 펼쳐진 도깨비불, 그 칼날을 보았다. 그 파도 소리만, 그건 마치 그 칼날들이 베어내는 소리 같았다. 적어도 털보네 배에서 나는 소리라도 들을 수 있으면 좋겠다는 바람이었지만, 모든 것은 어둠과 정적 속에 묻혀 버렸다. 다시, 조금 전보다는 탁한 비명 같은 소리가 길게 들려왔다. 일행은 섬이 있는 방향이라고 믿었다. 박윤수가 몸을 일으켜 세웠다. 소리가 나는 쪽에서,

갑자기 공중에 동물의 눈 인양 두 개의 빨간 불빛이 일행의 눈에 들어왔다. 탐조등이든지 횃불이든지. 모두들 환호성을 질렀다. 마법이 풀린 듯 생기가 넘쳤다.

 섬 위에서든, 바다 한가운데 구조선에서든, 누군가가 신호를 보내고 있었다. 뭐라고 외치는, 가느다란 소리와 함께 불빛이 흔들리고 있었다. 아마도 섬에서 누군가가 소리를 지르며 횃불을 흔들어 대고 있는 것으로 생각되었다. 아니면 정말 구조대가 온 것인지도 모르겠다. 살았다는 안도감도 잠시 도깨비불에 홀렸다는 엉뚱한 생각이 불현듯 박윤수의 뇌리를 스쳤다. 너무 아름다운 까닭이었다. 그 불빛을 자세히 응시하려는데 민대머리가 어느새 힘차게 시동을 걸고 뱃머리를 돌렸다. 뱃머리가 90도 정도 불빛 쪽으로 선회했다. 조금 떨어진 곳에서 엔진 소리가 들렸고 물결을 헤치는 소리가 나는 것으로 보아 구조용 배가 다가오고 있는 듯했다. 민대머리가 오른쪽으로 너무 배를 꺾었다 싶었는지 다시 왼쪽으로 방향을 틀었다. 그곳엔 아무것도 없었다. 정말, 귀신이 곡할 노릇이었다.

 박동훈은 자신이 점점 미쳐가고 있다고 생각했다. 죽지 못해 안달이 나서, 대가리를 지옥에 빨리 처박지 못해 서로 충돌하면서 지랄들을 떨고 있으니 물에 빠져버리기도 전에 환장해버리고 말 것이었다. 시간이 갈수록 양심과 배려심도 사라졌다. 억울할 뿐이었다. 김기현이 원망스러웠다. 그새 처와 자식도 그리웠다. 바보 같은 녀석, 물, 물, 물 하던 유진만이 가증스러웠다. 꼴에 낚시질이나 하질 않나. 박윤수도 정 줄 데가 하나도 없는 녀석이다. 다들 잘난 체해대기 바쁜 녀석들이야.

박동훈은 주변을 둘러보았다. 역시 아무것도 없었다. 헤엄치겠다는 생각은 사라졌다. 내가 왜 희생을 치른단 말인가. 안될 말이고 어림 반 푼 어치도 없는 일이다. 교장 교감 말 안 듣고 속 썩이더니 꼴좋다. 잘된 거지, 욘석들 한 번 혼나 봐야 해.

난데없이 털보의 목소리가 튀어나왔다.

"아하 참, 다들 이 꼬락서니라니 학교에서도 교감 교장이 꽤나 골치 아팠겠어."

박동훈은 털보가 교장과 교감을 걸고넘어지는 게 거슬렸다. 순간 털보의 말이 김경호가 한 말로 들린 듯했다. 섬뜩한 생각이 들었다. 김경호가 학교에 왔을 때 학교 꼴이 말이 아니라고, 미안하다고 하면, 괜찮다고, 다 이해한다고 사람 좋게 웃어 보였다고 하더니, 지금 보니 김경호는 그 서운함을 뱃속 저 깊은 곳에 박아 놓았었나 보다. 하기야 당신이 보기에도 지긋지긋했겠지. 그런데 왜 하필 지금? 드디어 맛이 갔구나, 나처럼. 그래 좋다, 미쳐야 산다. 우리 모두 미쳐버리자. 박동훈이 김경호가 있는 쪽으로 고개를 돌렸는데, 김경호가 박동훈을 흘겨보고 있었다. 박동훈은 깜짝 놀랐다. 김경호가 자기 보고 너도 미쳤지? 하며 확인이라도 하고 있는 듯했다. 김경호는 그에게서 살기를 느끼며 배 바깥으로 시선을 돌렸다. 서로간에 미움의 텔레파시를 주고 받은 느낌에 이어, 파도가 입맛을 다시며 그 녹색 혀를 놀리고 있는 것 같았다.

 모두들, 생각을 주고받았다. 딱히 누가 누구에게라고 할 것도 없이.

 도대체 학교의 일정을 한두 사람이 막 바꿔나가고, 나머지 사람들은 뭐가 되는 거야? 그때그때 바꾸고 선생들에게는 알려주지도 않으니까, 아이들이 일정 바뀐 걸 먼저 알아 가지고는 거꾸로 선생들에게 알려 주잖아요.

 선생 새끼들 하여튼 말만 많아. 말 못 해 죽은 귀신 모두 다 선생들이라지.

 중간에 있는 사람들이 잘못해서 그래요, 도대체 선생들 생각을 잘 전달해 주어야 할 텐데. 학년 부장들은 뭐 하는 거지? 부장 새끼들 다 매한가지야. 누구 하나 싫은 소리 한번 못하고. 아니 저 한량은 왜 키는 잡겠다고, 그 결정적인 순간에 지랄해 싸서 이 지경으로 만들어 놓은 거래.

 선생들이 투덜대자 안개가 말했다.

 선생? 당신들 멀었어. 너희들도 부장이나 교감만큼 좀 더 나이 먹어봐라. 그게 그렇게 쉽게 되나! 세상이 그리 만만한가. 나이 먹을 때까지 기다릴 필요도 없어. 나중에 부장 해 보면 알게 될 테니.

 어둠이 바통을 받아 말했다.

 우리야 교장의 명을 좇아서 일을 해야지, 어떻게 해?

오래 참고 있었다는 듯 바람이 말했다.

맞아. 싫은 소리를 안 한 게 아니야. 그게 싫은 소리 몇 마디로 바뀔 걸 기대했단 말입니까? 그렇다면 이 세상이 바뀌어도 벌써 바뀌었지. 늘 이대로랍니까?

학교에서든 이곳이든, 어느 곳에서든 사람들의 목소리가 어지럽다.

문제는 그 목소리들의 타이밍이란 말이다. 말을 하고 싶어 한다. 입을 열고. 그러나 말하고 싶어 하지 않는다. 입을 다물고. 입을 다물어야 할 때 말하고, 입을 열어 말을 해야 할 때 말하지 않는다. 가만히 있어야 할 때 뛰어다니고 뛰어다녀야 할 때 조용히 입을 다물고 움직이지 않는다.

박동훈은 정말 술이 깼다고 느꼈다. 켜 든 라이터 불에 김경호의 얼굴이 가물거렸다. 축축해진 담배와 라이터로 담배를 피워 무는 게 신기했다. 담배 연기가 구수했다. 김경호가 담뱃갑을 내려놓는 소리가 희미하게 들렸다. 박동훈은 한숨을 내쉬며 담뱃갑 있는 곳을 더듬었다. 잘 보이지 않았지만 요행히 갑이 손에 닿았다. 박동훈 의리도 없는 새끼, 같이 피우자고 하면 어디가 덧나기라도 한다더냐, 하면서 그걸 집어 들려고 했지만 삭신이 쑤셔 마음먹은 대로 할 수가 없었다. 그래도 순간적으로는 기분이 좋았다. 내가 한 대 꺼낸 다음에 그걸 숨겨 놓을 거다 요 새끼야, 하고 생각하며 갑을 주워들었다. 담뱃갑은 구겨져 있었다. 아까 갑판의 철 쪼가리에

꽃잎, 또 지는데

손을 벨 때처럼 아찔했다. 육시랄 놈, 마지막 담배를 저 혼자 피우다니. 녀석을 그냥 물속에 처박고 싶었다. 담배가 제일 간절할 때 한 모금 빨 수 없는 좌절감이란, 아사 직전까지 물속에서 허우적대는 느낌이 들었다. 박동훈이 몸을 질질 끌어 김경호 옆으로 다가갔다. 손을 뻗어 김경호가 쥐고 있던 꽁초를 낚아채려 했다. 김경호가 박동훈의 손을 탁, 쳤다. 다시 욕이 튀어나올 뻔했다. 바보 같은 게, 담배꽁초 가지고 재긴….

김경호에게서 건네받은 꽁초는 이미 침에 젖고 몽당연필처럼 짧아 손가락에 뜨거운 느낌이 전해졌다. 박동훈은 담배를 손끝으로 빨아 삼키다가 주르륵 눈물을 흘렸다. 하염없었다. 더 피울 수 없었다. 더 피우고 싶은 마음에 애달아하며 한참을 멍하니 누워 있었다. 이런 식으로 담배를 구걸하는 자신이 부끄러웠다.

털보가 갑자기 일어나 시동을 걸었다. 뭔가를 감지한 사냥개 같았다. 박동훈도 순간 도약이라도 할 것 같은 자세를 취했다. 불안이 털보에 이어 박동훈을 압도했다. 배는 강하게 출발하면서 매캐한 매연을 뿌렸다. 야생적인 동작이었다. 모두들 뒤로 몸이 젖혀졌다. 그것도 잠시, 매캐한 연기가 코를 찌르자 손으로 입과 코를 막기에 바빴다. 저쪽에서 갑자기 모터 소리가 들렸다. 투, 투, 투 안개에 갇혀서 그런지 둔탁했다. 물살을 헤치는 소리가 이어졌다. 일행은 긴장했다. 어둠 속에서 불쑥, 고래 같은 물체가 다가오더니 고함을 질렀다. 낯익은 목소리였다.

"야아아아아, 씨팔, 이 새끼들아!"

어둠 속, 아주 구체적인 목소리였다. 그 순간, 바로 옆에서 나던 모터소리가 다시 멀어졌다. 두두두두두. 같은 박자를 타고 제법 고즈넉하기까지 했다. 김경호가 담배를 피워 물었다. 박동훈은 깜짝 놀랐다. 아니, 분명히 빈 갑이었는데. 담배가 없으니 구겨서 버렸을 게 아닌가.

"멍청하기는…. 선생들이라고 순수한 게 아니라 순진한 거지."

박동훈은 속이 뒤틀렸다. 마지막 담배를 빼앗기기 싫어서 빈 갑인 듯 구겨서 버린 거였다. 자기를 노려보는 게 느껴졌는지 김경호가 순순히 피우던 장초를 넘겼다. 투덜거릴 틈이 없었다. 박동훈은 바로 받아서 몇 모금 빨았다. 살 것 같았다. 조금 전의 수치는 다 날아가 버린 듯했다. 그러자 바로 모터 소리가 다시 났다. 거무튀튀한 물체가 모습과 방향을 바꿔가면서 나타났다 사라지곤 했다. 두 배의 선장들은 눈을 부릅뜨고 충돌을 막기는커녕 오히려 그걸 부추기고 있는 듯했다. 결국 일은 벌어지고 말았다. 목소리가 먼저였다. 조금 전의 바로 그 목소리였다. 더 악에 받쳐 있었다.

"야아아아아, 씨팔, 이 새끼들아, 처먹어라!"

욕으로 그치지 않았다. 최상현은 같은 고함을 다시 듣고 나자 비로소 의도된 설정이었다는 생각이 들어 오싹해졌다. 결코 우연이 아니었다. 그러기엔 속도도 너무 빨랐고 움직임도 예측 불가능했다. 계측된 목표대로 타격이 가해졌다. 몸이 충격을 받았다는 인식은 충돌하고 난 뒤에 찾아왔다. 불과 2, 3초였다. 쿵, 쿠궁, 쿵, 쿵, 둔중한 물체가 들이받는 소리가 나면서 한쪽 배가 다른 쪽 배에 올라탔다. 민대머리의 배가 털보의 배를 덮치면서 마찰로 인해 불꽃이 연속적으로 일었다. 바다에서는 녹색의 칼날이, 배 위에서는 시퍼런 칼날이 출현했다가는 사라졌다. 용일이가 뱃전에 매달려 소리를 질렀다. 반쯤 비어져 나온 채.

"아악, 아빠아아아…."

김경호가 잽싸게 용일이에게 달려가려 했지만, 머리 옆으로 올라탄 민대머리의 뱃머리에 이마를 얻어맞았다. 그는 비명과 함께 고개를 푹 숙였다. 다른 비명들이 튕겨 나오는 불빛에 호응했다. 그는 용일이가 아래로 더 미끄러져 내리는 것을 보다가 까무룩 의식을 잃었다. 남은 사람들이 십여 분 넘게 작업을 해서 겨우 민대머리의 배를 다시 바다에 내려놓았다. 서로의 배는 다시 서서히 멀어졌다.

4

 무대 위의 커튼이 열리듯이 어둠이 걷히고 있었다. 박동훈은 몸에서 기운이 다 빠져나가고 있는 듯했다. 악령이 이렇게 빠져나가는 거라면 좋겠다 싶었다. 그러나 안개는 그대로여서 짙은 황사가 몇 겹 포개져 있는 듯했다. 동이 트면 섬을 찾을 수 있다고 생각했는데, 이건 백야였다. 환한데도 앞을 볼 수 없다는 것과 휴대전화가 무용지물이었다는 사실은 배반감이 들기에 충분했다. 멀지 않은 곳에서 목소리가 들려왔다. 확성기에 대고 소리를 지르는 듯했다. 설사 근처에 와 있다고 해도 프로 수색대원들조차도 멈칫대고 있을 것이었다. 이제는 사태가 저쪽 수색대와 표류하고 있는 이쪽 배 사이의 문제로 전환되고 있는지도 몰랐다. 두 배가 서로 나뉘어 생사를 확인하지 못하고 몇 시간이고 흘렀듯이 수색대도 귀신에 홀린 듯 숨바꼭질을 하고 있을 수밖에 없었다. 그래도 이젠 버티면 되는 것이었다.
 "바로 옆인데. 우리가 텐트 쳐 놓은 곳이. 요 너머야. 백 미터도 안 될걸. 불시착한 거야."
 털보는 생생했다. 텐트를 쳐 놓은 곳에 다녀온 그의 싱그러운 언어가 다소 경쾌한 분위기를 일으키기 시작했다. 안도감과 냉랭함이 짙게 배어 있었다. 김경호가 이 섬이 맞긴 맞네, 하고 응수했다. 퉁명스러움과 장난기가 섞인 어투였다. 생사를 모르게 하던, 제거할 수 없는 지난밤의 고통이 묻어났다. 털보가 김경호의 이마에서 피를 닦고 수건으로 싸매주었다. 김경호는 그를 몇 차례 쳐다보며 무슨 말이고 할 듯했지만 결국 아무 말도 하지 않았다. 그가 등을 보이고 텐트 쪽으로 갔다. 털보가 뒤를 따랐다. 김경호가 속삭이듯 물었다.

"용일이 배 위로 잘 올라탔겠지?"

"탔겠지는 무슨, 잘 올라탔지!"

그렇지? 김경호가 중얼거리며 냄비를 불 위에 올렸다. 털보가 고춧가루통을 들고 옆에 가 앉았다. 소주도 한 병 챙겨왔다. 금방 타는 냄새가 났다. 김경호가 뚜껑을 열어보더니 바로 물을 가져와 부었다. 털보가 말했다. 몸까지 들썩이며.

"자 한잔씩들 하십시다. 살아 돌아왔는데 분위기가 이렇게 침울해서야…."

짐을 꾸리던 박동훈이 뒤를 돌아보다가 깜짝 놀라는 눈치였다. 두 사람을 쳐다보던 표정이 금방 냉랭하게 변했다. 말은 증발해 버리고, 빨리 집으로 돌아갈 생각뿐이었다. 말이 없다는 것은 이럴 때 읽어내기 쉽다. 말이 필요치 않은 상황이어서, 그것에 동의할 필요가 없다는 뜻일 테니까. 그것은 툭, 던진 한마디에 값하는 기습적인 힘이 있었다. 박동훈은 다시 몸을 돌려 짐을 꾸렸다. 두 사람, 털보와 김경호는 궁합이 맞는 것 같기도 하고 어긋나 있는 것 같기도 했다. 둘이 같이 오긴 했지만, 생각보다 가깝게 지내던 사이가 아닌 게 분명했다. 그들도 어지간히 혼쭐이 났을 테지만, 그래도 그들은 비교적 내구력이 있고, 회복력도 빨랐다. 이런 새벽부터 술이라니. 박동훈은 머리를 끄떡이다가도 혀를 내둘렀다. 그 술 때문에 일어난 사고가 아니던가. 그들만을 탓할 수는 없었다. 아니 오히려 자신이 더 문제였다는 사실을 자각했다. 조금만 더 정신을 차렸어도, 조금만 일찍 출발했어도 그 고통은 피해 갈 수 있었을 것이다. 두 사람은 이미 작정한 듯했다. 털보와 김경호가 서로 눈을 맞추더니 털보가 말했다.

"지난밤에 내가 너무 설쳐서… 어이, 박 선생 일루 오셔, 응?"

털보가 소주와 그릇을 들고 박동훈에게 다가왔고, 김경호도 털보 뒤에 와서 섰다

"……"

"자, 형님, 이리 오셔, 응?"

"지난밤에 먹은 술도 아직…."

"아, 그러니까 마셔야… 마셔서 소화시켜야 한다니까 그러네."

박동훈이 마지못해 돌아서서 동참했다. 털보가 술을 따랐다.

"자, 우선 한잔씩 들이키자니까. 지금 서둘러 갈 것도 아니고. 지긋지긋 한 거야 이해가 가지만. 게다가 이 바다를 또 한 시간 달려가야 한다는 생각을 하면… 술밖

에 없어."

 김경호가 박동훈에게 손짓했다. 박동훈은 잔을 입에 댔다 바로 떼었다. 김경호가 말했다.

 "그래, 다들 한잔씩 하지."

 세 사람은 건배했다. 김경호가 제일 먼저 잔을 비웠다. 두 사람도 두어 번 나누어서 잔을 비우자 김경호가 바로 술을 따랐다. 박동훈은 생각보다 술이 달게 느껴졌다.

 술이 생환의 잔칫상을 풍요롭게 이끌어 주었다. 털보가 냄비로 가서 물을 더 부은 뒤 라면 한 봉지를 반으로 잘라 넣었다. 털보가 국물을 밥공기에 담아 두 사람에게 돌렸다. 마지막으로 털보가 자기 몫을 챙겼다. 아까보다 생기가 돌았다.

 "이럴 때 술맛이 더 나는 거여."

 털보의 말과 동작이 빨라졌다. 어느덧 흥얼거리는 소리가 뒤섞였다. 세 사람이 너나없이 말을 섞었다.

 "아닌 게 아니라 살아 돌아온 축배도 들어야 하고…."

 "이럴 때 들이키는 술맛이 그만이지."

 "지금 돌아간다고 달라질 것은 아무것도 없지."

 김경호가 잔을 높이 들고 말했다.

 "자, 자 한잔씩 하시고… 안주 좀 더 드시고…."

 김경호의 표정이 되살아났다. 그 수선 속에서 박동훈은 김경호가 입고 있는 옷에 시선이 갔다. 어제 대부도에 도착하자마자 자기들이 건네준 여름 셔츠였다. 섬에 오기 전에 선생들끼리 비용으로 쓸 돈을 갹출해서, 그

일부를 용일이 부모님 옷을 한 벌씩 사가자는 데 동의해서 사 온 옷이었다. 밤새 입고 있어 이제 옷이라 부를 수 없을 만큼 더럽혀져 있었다. 불시착이라는 단어, 술 한잔 더하자는 기습 제안, 그러고는 다시 벌어지는 이 술판. 처음에는 당황스럽다가, 이왕 이렇게 된 거 뭐 어쩌겠나 싶어, 다들 얼큰해졌다. 용일이 때문에 속은 다 타서 재가 돼 버렸을 것이다. 박동훈이 털보에게 물었다.

"용일이 마지막 상황이 어땠지?"

박동훈은 속으로, 진작 그것부터 물었어야 하는 건데, 생각하며 김경호 눈치를 보았다. 김경호가 귀를 쫑긋했다. 털보가 천연덕스럽게 말했다.

"히미디면 미끄리질 뻔했는데 질 올라타더라고."

"확실하지?"

"그럼, 그럼."

듣고만 있던 김경호가 안도의 숨을 내쉬었다. 그가 밝은 목소리로 말했다.

"데려오지 말자니까, 괜히 고집들을 피워서는."

푸념보다는 기쁨이었다.

"맞아요. 아이는 공부하라고 내버려 뒀으면 좀 좋았어요. 괜히 데리고 나와선…."

박동훈이 뭐라고 응수하려는 걸 기다리다가 김경호가 다시 말을 받았다.

"그러네. 술주정에 욕지거리가 범벅인 곳에. 이제 네가 잘했네, 내가 잘했네, 하면서 진짜 전투가 벌어질 텐데."

"후유증 때문에 고생이나 안 하면 좋겠는데."

두 사람이 서로 쳐다보기만 했다. 털보도 그랬다. 박동훈이 먼저 조금 어색해하면서 말을 건넸다.

"잠깐 쉬었다가 저 산 너머로 가보자고."

"식당까지 얼마나 걸리려나?"

털보는 자기가 답할 문제라고 여기는 듯했다.

"이십 분은 걸려야 할걸. 근데 길이 험해. 잠깐만 쉬었다가 나하고 가보도록 하지."

산을 넘어온 햇살을 피해 세 사람은 응달진 곳으로 옮겨 앉았다. 안개는 좀 더 있어야 맑게 걷힐 것이었다. 햇살은 지난밤 없어 내내 쩔쩔매게 하더니 이제는 너무 강렬해서 어쩔 줄 몰라 난처하게 했다. 박동훈은 다 말라 버석버석해진 옷을 벗어 털었다. 마음속은 여전히 먼지 투성이였다. 어딘가, 무엇인가, 어떤 모순의 틈바구니나 불가사의에 빠졌다가 나온 느낌이었다. 영원히 해가 뜰 것 같지 않았고 세상은 끝내 모습을 드러내지 않을 것 같았다. 어딘가에, 사람과 자연이 아귀가 안 맞아 충돌하는 곳, 조화가 깨지고 불균형이 득실거리기 시작하는 곳에 빠져 있다가 나온 느낌이었다. 생각이 비약했다. 느닷없이 그런 생각이 들었다. 만약 낚시하다가 뒤늦게 김경호와 유진만이 만나지 못했더라면 어땠을까. 저 느려터진 사람, 유진만은 낚시하느라 정신을 팔고 있다가 동안으로 넘어오지 못했을 것이다. 나중에 섬에는 아무도 남아 있지 않다는 것을 자각했을 테고. 그랬더라면 매운탕도 없었을 것이고, 한잔 더하느라 출발이 지연되지도 않았을 거다.

나중에 가서야, 아니 주변에 아무도 없다는 걸 눈치챘을 테고. 그걸 자각하는 게 늦으면 늦을수록 좋았을 것이다. 유진만은 그러고도 남을 위인이지 않은가. 주변에 아무도 없고, 바다에서 방황하고 있다는 사실을 발견했을 테고, 그랬더라면 그가 머리를 굴려서 횃불이라도 밝혔을 것이다. 그러면 불을 보고 섬으로 상륙할 수 있었을 것이다. 다들 긴가민가할 때, 내가 용감하게 수영 실력을 발휘해서 섬에 들어올 수 있지 않았을까. 그랬더라면 나는 프로로 대접받았을 테고, 배에서 김경호에게 그런 멸시를 받지도 않았을 것이다. 그랬더라면 내가 털보나 민대머리와 술을 마시느라 배가 늦게 출발해 사단이 난 거라고 죄를 뒤집어쓰지 않아도 좋았을 것이다. 박동훈은 아이러니를 절감했다. 아니, 그렇다 해도 문제는 김경호와 유진만, 그 두 사람이 우연히 만들어 놓은 불운 때문에 내가 기분 나쁘게 뒤집어쓴 것은 아닐는지. 왜 내가 자책해야 하는가. 잘난 척하는 족속들이 여기서는 아마추어처럼 굴어주지 않았던 게 잘못이지. 그런 생각을 하자 박동훈은 조금 마음이 놓였다. 그 둘이 못마땅했고 속이 뒤틀렸다.

박동훈은 주변을 둘러보았다. 두 사람이 만신창이가 된 몰골로 이미 술이 얼큰한 채 아무 말 없이 널브러져

꽃잎, 또 지는데

있었다. 박동훈도 벌어진 지 얼마 안 된 사건, 마음속에선 분출하고 있었지만 더 이상 생각하지 않기로 했다.

바다 쪽에서 마이크나 확성기에서 나오는 듯한 고함소리와 함께 보트 두 척이 섬으로 다가왔다. 김경호가 몸을 일으켜 그쪽으로 다가갔다. 바람에 날리며 옅어져 가는 연막탄 같은 연무를 헤치고. 뭐라고 하는지는 명확하게 들리지 않았다. 더 멀리 커다란 배 한 척도 보였다. 얼추 수십 톤은 되어 보였다. 구조선? 그 구조선은 섬에 직접 다가오지 못하고 수색대인 듯한 해경들이 작은 보트로 오는 것이었다. 김경호는 원망하는 듯한 눈초리로 그들을 멍하니 바라다보고만 있었다. 누군가가 이쪽으로 큰소리를 내면서 손을 흔들었다. 자세히 보니 바로 김기현이었다. 근처에서 발을 동동 구르며 다가오지 못하고 구조대와 함께 밤을 세웠는지도 모른다. 야속함과 반가움이 동시에 일었다. 그래도 마음이 놓였다. 김기현이 뱃전에 서서 뭐라고 소리를 질렀다. 뭐라고 하는 소리뿐, 명확한 의미는 전달되지 않았다.

김기현이 타고 온 배가 모래사장에 닿았다. 김경호가 한걸음에 김기현에게 달려 나갔다. 아주 느리게 다가온 배가 연안에 닿자마자 두 사람은 빠른 속도로 다가가 부둥켜안았다. 털보와 박동훈도 발개진 얼굴로 다가와 김기현을 반겼다. 처음부터 동행했더라면 느끼지 못했을 감격을 맛보았다.

김경호가 김기현에게 물었다.

"용일이는?"

 김기현은 뜨끔했다. 예감이 좋지 않았다. 1년 동안 담임을 하면서 둘 사이에서 형성된 공감대 한쪽에 금이 가는 느낌이 진했다. 어떻게 답해야 할지 너무 벅찼다. 설마 무슨 일이야 벌어졌겠는가. 김기현은 침착하자고 스스로에게 다짐시켰다.

"다들 무사해요."

"그렇지? 저쪽에 들렀다 오는 길이지?"

"아, 그럼요."

"가만, 이럴 게 아니라 나도 함께 가지."

 해경 한 명이 손사래를 쳤다. 김기현이 말했다.

"자, 제가 얼른 가서 이쪽도 아무 일 없다고 전할게요."

"할 수 없지. 아, 조금 있다가 저기로 넘어가도 되지."

 김경호가 산등성이를 가리켰다. 김기현은 알았다고 손짓하면서 서둘러 배에 올랐다. 별일 없어야 할 텐데. 용일이, 저쪽 배에 있으리라. 김기현은 김경호에게 둘러댄 게 거짓말이 아니길 빌었다.

 민대머리가 먼저 동안에 발을 디뎠다. 지난 저녁에 미로 속으로 빨려 들어갔던 바로 그 자리였다. 식당 건물이 버젓이 자리를 차지하고 있는 게 엄연한 사실이면서도 신비하게 느껴졌다. 그는 내리자마자 시멘트 바닥 위에 널브러졌다. 유진만이 박윤수를 부축하고, 최상현도

꽃잎, 또 지는데 183

교감을 업고 배에서 내리려고 했다. 유진만과 최상현도 각각 비틀비틀했다. 민대머리가 자리에서 벌떡 일어나 일행에게로 다가와 교감의 안색을 살피더니 고개를 가로저었다. 그는 최상현과 유진만에게 우선은 그냥 놔두는 게 좋을 거라고 조언했다. 두 사람은 교감과 박윤수를 다시 배에 내려놓았다. 민대머리가 교감에게 나무토막으로 베개를 만들어 주고 수건을 적셔 얼굴을 닦아주었다.

식당 주인이 따끈한 수프와 함께 두툼한 옷가지를 내왔다. 밤새 난리가 났었다고 호들갑을 떨었다. 휴대전화와 달리 국선은 제대로 통화가 됐는지 식당은 식당대로 해경은 해경대로 발을 동동 구른 모양이었다. 식당 주인이, 같은 학교 선생이 밤새 전화를 걸어 별다른 소식이 없느냐고 성화였다고 했다. 이름이 뭐라고 했더라, 중얼거렸지만 끝내 그 이름을 떠올리지 못했다. 최상현이 그 사람 이름이 김기현일 것이라고 말해주자, 주인은 그 이름이 맞는 것 같다고 응수했다. 밤새 내심 무척 안타까웠다고 덧붙였다. 최상현이 물었다.

"근데 배… 또 한 대는 어딨어요? 무사해요?"

주인이 고개를 위아래로 흔들었다. 별생각이 없이. 안쓰러움과 안도감이 묘하게 배합된 얼굴로 말했다.

"이제, 둘 다 상륙했네요."

"악몽을 꾼 거 같아요."

"왜, 아니겠어요. 근데 괜찮아요?"

최상현이 고개를 위아래로 흔들더니 곧이어 좌우로 흔들었다. 주인은 그가 지금 좌우와 상하를 헷갈리고 있다는 것을 직감했다. 주인과 최상현을 번갈아 보고 있던 유진만이 주인에게 물었다.
"저쪽은?"
"네. 지금 다들 산 너머에 있대요."
대답하고 급히 배로 향하는 주인의 등에 대고 최상현이 말했다.
"식당에 두 양반 누일 곳을 좀 마련해주세요."
주인은 잠시 머뭇거리더니 들고 있던 것을 최상현에게 주고 방향을 바꿔 식당으로 향했다. 민대머리가 주인을 쫓아갔다. 최상현은 물을 가지고 다시 배로 돌아갔다. 교감은 대충 몇 모금 마신 다음에 모포로 몸을 말고 다시 누웠다. 박윤수도 중상이었다. 팔로 상체를 받쳐 주어서야 눈을 반쯤 뜬 상태에서 신음을 섞어가며 겨우 물을 몇 모금 마셨다. 어차피 구조대가 올 때까지는 기다려야 했다. 안개는 아직 멈칫대고 있는 적군이었다. 잠시라도 주저앉아 무조건 휴식부터 취하는 것 외에 별도리가 없었다. 민대머리가 옷가지를 챙겨다가 교감과 박윤수를 덮어주고 파라솔을 펴 햇빛을 차단해 주었다. 민대머리는 역시 현지인답게 복원이 빨랐다. 박윤수는 눈을 떴지만 꼼짝도 못 한 채 배 위에 누워 있었다. 용일이가 마지막 내던 비명이 생시와 수면 사이를 내낸 복잡하게 오갔다. 비명이 사고로 이어지지 않았기를 간절히 바랄 뿐이었다. 용일이가 구명조끼를 입고 있었던 게 떠올랐지만, 지금 그게 위안이 되지는 않았다. 박윤수는 용일이의 부재를 걱정하면서도 까무룩 잠 속으로 빨려 들어갔다. 다시 깨어났을 때 배는 해변의 바위와 바위 사이에 걸려서 파도에 출렁이고 있었다. 일어나려 했지만, 머리와 오른쪽 손의 통증 때문에 풀썩 떨어지듯 다시 몸을 눕혔다. 용일이의 생사가 분명치 않은데 잠이 들었다는 사실이 못내 속상했고 자존심이 구겨져 참을 수가 없었다. 누운 상태에서 고개만 살며시 돌려보았다. 러닝셔츠를 벗어서 칭칭 감아놓은 한쪽 손은 그 자체로 핏덩어리였고 새삼 통증이 자각되기 시작했다. 앞에 누워 있는 사람은 교감 같았다. 박윤수는 잠시 멍멍한 기분에 사로잡혔다. 내가 교감 손을 놓았던가? 닻의 쇠끝이 송곳이 되어 손바닥을 관통했지만 자기가 교감을 붙잡고 있던 손을 놓지 않은 것은 분명히 기억났다. 들이받은 건 털보인데, 어떻게 그의 배가 밑에 깔렸는지는 불가사의였다. 먼저 용일이가, 그리고 잠시 후 교감의 비명이 들렸다. 박윤수가 손을 뻗었지만 용일이를 잡을 수 없었다. 용일이를 놓치고 애써 잡은 사람은 다름 아닌 교감이었다. 다시, 손을 놓고 싶은 마음이 간절했지만, 또다시 결행에 옮기지 못했다. 필름이 끊긴 것처럼 아득했다. 그 상황에서 김경호가 매달려 있던 용일이를 자기 배 위로 낚아채기라도 했을까? 그렇지 않다면 나는 교감을 살리고 용일이를 죽인 꼴이 되었다. 실수였다는 사실로는 용서받을 수 없었다. 똑같은 상황이었다면 당연히 용일이를 살렸어야 했다. 다시 앞을 보았다. 기껏 구해 놓은 사람, 교감은 미동도 하지 않은 채 죽은 사람처럼 누워 있었다. 아까 잠시 눈을 떴을 때는 옷가지와 비료 봉지 등으로 덮여 있었기 때문에 얼핏 보면 그 자체로 사체를 말아 놓은 것처럼 보였다. 주변을 둘러보았다. 멀리서 왁자지껄하는 소리가 아득하게 들렸다. 소리만큼 시야가 확보되지 않아 답답했다. 그렇다고 일어나 그들에게 갈 수조차 없었다. 혹시 저편에서 용일이를 구조했는지도 모르는 일이니 우선 확인부터 해봐야 했다. 저쪽에서 유진만과 최상현이 다가왔다. 뭔가 심상치 않은 표정이었다. 서로들, 하룻밤 사이에 폭삭 늙어버린 얼굴에 눈빛만 살아 움직였다. 박윤수가 유진만에게 물었다.

"용일이는요?"

"여긴 없는데!"

"어떻게 된 거지요?"

"저쪽 배로 옮겨타지 않았나?"

"아무려나!"

박윤수가 심드렁하게 말했다. 안절부절못하던 최상현은 다리를 꼬며 어기적어기적 건물 쪽으로 갔다. 유진만이 말했다.

"걱정하지 말고 우선 안정부터 찾아야지."

"……"

"무슨 일이야 있겠어? 죽을 고비도 넘겼는데."

꽃잎, 또 지는데

"용일이에게 무슨 일이 생긴다면…."
"아무 일 없을 거야."
"아무 일도 없다고 믿고 싶은 거겠지."

박윤수는 통증 때문에 입을 악다물었다. 유진만은 최상현에게 가보겠다며 건물 쪽으로 발걸음을 옮겼다.

박윤수는 물끄러미 그 뒷모습을 보며 속상해하고 있다가, 확성기에서 나는 듯한 소리에 고개를 돌렸다. 보트 두 척이 선착장을 향해 있었다. 해안에 바짝 붙어서 오는 걸 보니 서안 절벽 쪽 모퉁이를 돌아온 것 같았다. 뭐라고 하는지는 들리지 않았다. 그 뒤에, 저 멀리 커다란 배 한 척도 보였다. 먼 거리도 아니었다. 해경선을 뒤로 하고 작은 수색선이 선착장 쪽으로 다가오고 있었다. 어젯밤에 만났으면 얼마나 좋았을까, 이제 나타나는 꼬락서니 하고는, 하는 생각이 치밀어 올랐다. 아, 그래도 좋다, 용일이가 많이 다쳤어도 좋으니 무사하다는 소식만 전해준다면 괜찮겠다. 누군가 손을 흔들었다. 호들갑스럽게 다가오고 있는 사람은 바로 김기현이었다. 어서 오라, 빨리 와서 용일이가 살아 있다고 말해 다오.

박윤수는 천천히 배에서 길듯이 내려왔다. 보트는 바람과는 달리 아주 천천히 다가왔다. 배가 닿자마자 김기현이 뛰어내리다가 넘어질 듯 비틀거렸다. 박윤수가 빨리 다가가 안아주었다. 유진만도 뒤이어 달려와 김기현과 포옹했다. 민대머리는 어제 부둣가에서처럼 멀리서 김기현을 반겼다.

최상현은 식당 앞 계단에 앉아 맥을 놓고 있었다. 자꾸 설사가 나와 화장실 앞을 떠날 수가 없었다. 조금 전에 유진만, 박윤수와 함께 있다가 갑자기 설사기가 느껴져 허둥지둥 달려와 화장실에서 쏟아냈다. 입과 항문으로 동시에 뱉고 배출했다. 그러면서도 계속해서, 정신 나간 사람처럼 화를 내던 박윤수의 얼굴을 떨쳐버릴 수가 없었다. 속이 아프고 쓰린 데다 허기가 져 수프 국물을 마신 게 탈이 난 모양이었다. 두 번째가 처음 먹었을 때와는 달리 속에서 받아주질 않았다. 박윤수나 교감 먹이라고 들고 온 걸 날름 훔치듯 먹어 벌을 받았는가 보다고 자책했다. 속이 울렁거렸다. 다시 화장실로 달려가야 할 상황이었다. 나시 사리를 박차고 일어났다. 그런데 누군가가 화장실을 점령하고 뿌지직, 변을 쏟아내고 있었다. 급히 화장실 옆으로 돌아가 바지를 벗고 앉았다. 먼저 소변이 쏟아졌다. 아래를 내려다보았다. 소변 색이 짙은 갈색이었다. 뒤이어 변이 쏟아졌다. 그래도 동시에 쏟아지던 조금 전보다는 진정이 되었다. 멍하니 고개를 들었는데 선착장에 경찰인 듯한 사람들이 다가오는 게 보였다. 마음이 급해졌다. 누군가 바닥에 버리고 간, 코를 풀었을 휴지로 대충 밑을 닦은 뒤 다시 계단 앞으로 어기적대며 내려왔다. 마음은 김기현에게 가고 싶은데 다시 뒤가 마려웠다. 호전된 상황으로 보아 방귀인 것 같기도 했다. 방귀이기를 바라면서, 방귀려니 하고 항문에 힘을 약간 주었는데 변이 쏟아졌다. 이미 힘을 준 뒤라 미처 통제할 틈도 없었다. 물인지 변인지 구분할 수 없는 것들이 사타구니와 허벅지를 타고 흘러내렸다. 다시 화장실 모퉁이를 돌아 쭈그리고 앉았다. 한참을 쏟아냈다. 무의식중에 휴지를 찾으려, 혹시나 하는 마음으로 주머니 속에 손을 넣었는데 물에 다 젖은 메모지 한 장이 손에 걸려 나왔다. 그나마 다행이었다. 대변 냄새가 물씬 코끝을 스쳤다. 웅크린 채 어기적어기적 몇 걸음 더 모퉁이를 돌아 들어가 바위 사이에 몸을 낮췄다. 남은 변이 찔끔찔끔 흘러내렸다. 항문이 아파서 담배 생각으로 버텼다. 아니, 담배 한 모금이 간절했다. 그는 손에 들고 있던 종이를 찢어지지 않도록 조심스럽게 펼쳤다. 낯익은 글씨가 눈에 들어왔다. 물에 번져 제대로 알아볼 수 없었지만, 읽을 수 없을 정도는 아니었다.

틀 속에 가두어 놓고
꿈을 꾸라 하네.
가슴을 펴고 하늘을 보라 말하지만
그건 허울뿐이지.
성실 창조 사랑
정원 표지석 교훈은
대체 학교 어느 구석에 있는가.
참되고 바르게 자라도록 쓰다듬어 주지 못하고
성적이 행복을 삼키고 있는데
어쩌시려고 그러느냐 한마디 할라치면

교감은 입버릇처럼 말하지
아이들 장래를 위해서라고!
한 장의 합격증을 위해 아홉의 목을 조르는데
그게 교훈에 맞는 말이며
삶에 어울리는 말인가.
그건 이율배반이며
자기 한계의 추종일 뿐이다.
위선만은 분명 아닐 것이니
자기 자식에게도 그러할 테니까.
결과 앞에 실패는 비굴해지고
동기와 과정은 무시되는, 그런 학교생활
나는 언제까지 진실을 외면하고 현실에 영합할 건가
나의 비겁과 무책임은 또 다른 폭력임을 알기에…

이게 무슨 종이지? 돌이켜 보니 어제 옷을 사면서 돈을 갹출할 때 현금 5만원과 함께 손에 들어온 메모지였을 것이다. 박윤수가 필요한 물건을 사느라 정신이 없는 상황에서 부지중에 내민 것이리라. 박윤수도 모르고 있었을 것이다. 왠지 짠했으나 그것으로 끝이 아니었다. 이상스레 가슴이 뛰고 소름까지 끼쳤다. 글씨가 있는 부분을 떼어내고 남은 부분으로 변을 씻어냈다. 일어나려는데 다시 잔변이 주르륵 흘러내렸다. 그나마 남은 종이로 닦아내려던 노력도 허사가 되어버렸다. 하는 수 없었다. 왼손으로 밑을 훔치고 한껏 털어냈다.

꽃잎, 또 지는데 191

최상현은 벌떡 일어났다. 마음뿐, 목을 길게 빼고 멈추어 설 수밖에 없었다. 변이 다시 쏟아져 나오려고 하고 급히 돌아서려는데 다리에 쥐가 났다. 최상현은 유진만을 불렀다. 유진만이 그를 돌아다보았지만 거리가 있었고, 해변에서 벌어지고 있는 일에 신경 쓰느라 바로 고개를 돌렸다. 이어 최상현이 팔과 손으로 박윤수를 가리켰지만, 박윤수를 말리라고 손짓하고 싶었지만, 아무도 자기를 보고 있지 않자 무연히 손을 내렸다. 이제, 무서운 일이 일어날 터였다.

 그 순간 박윤수가 급히 배에 올라탔다. 서두르는 동작이 평소보다 맹렬했다. 몇 번 줄을 당기는가 싶더니 시동이 걸리자마자 그대로 앞으로 질주했다. 부우웅, 부웅, 붕 거친 엔진 소리와 뽀얀 연기. 마치 준비된 것처럼 마음먹은 대로 배가 움직였다. 민대머리와 유진만, 김기현 모두가 배가 출발한 곳으로 소리를 지르며 달려가기 시작했다. 유진만은 불길한 예감에 사로잡혔다. 박윤수가 김기현에게서 용일이가 무사하다는 소식을 듣지 못한 게 분명했다. 나쁜 소식을 들었다면 용일이를 찾아 직접 수색에 나서든지 서안으로 가서 용일이의 생사에 대해 그 자초지종을 확인하고자 하는 것이리라. 꽁무니에 흰 물살을 일으키며 냅다 달려 나가더니 이내 사라졌다. 기껏 벗어난 안개 속으로. 달리 무슨 일이? 유진만은 여러 가지 생각이 꼬리를 물었다. 용일이의 시체가 해경선에 안치되고, 그래서 박윤수가 시체를 확인하기 위해 바다로 나갔다? 그렇다면 속이 뒤집힐 만했다. 빨리 김기현에게 가서 용일이에 대해 알고 있는지, 어떤 얘기를 박윤수에게 했는지 알아보는 게 중요했다.

최상현은 어기적어기적 사람들이 모여 있는 곳으로 왔다. 그는 허겁지겁 언덕을 달려 내려오고 있는 김경호를 보자 마음이 다급해져 김기현에게 물었다.

"용일이는?"

"제가 서안에 들렀다 왔는데 다들 여기 있을 거라고 믿고 있어요."

"뭐, 그럼, 용일이가 사라진 게 맞네!"

"……"

급히 달려온 유진만이 물었다.

"서안에 들렀다 온 거지?"

"네…"

"근데 박윤수는?"

김기현은 다시 반복해서 대답했다.

"용일이가 서안에 없다는 얘기를 듣자마자…."

"환장하겠네."

"어떡하지?"

상황을 알아차린 김경호가 발광했다. 소리를 지르며 주저앉았다 일어섰다 했다. 조금 있다가는 일어서지 못했다. 그대로 땅에 주저앉아 손으로 바닥을 치면서 울어댔다.

최상현은 박윤수가 용일이가 이미 일을 당했을 거라고

판단을 내린 뒤 자신의 결의를 실행에 옮긴 것이리라고 판단했다. 그 사이 유진만이 김기현에게 다시 물었다.

"근데 이쪽 상황을 어떻게 알았어?"

"지난밤에 휴대전화가 계속 울렸다 끊겼다 했어요. 어쩌다 연결돼도 신음 소리만 들렸다 말았다 하는 거예요. 아는 사람들 번호고. 무슨 일이 벌어졌구나. 불안해서 식당 전화번호를 알아서 통화한 다음에 해경에 알렸어요. 배를 몰고 안갯속으로 들어갔다고 하던데."

"전화가 불통이었어. 잠시 연결됐다 끊겨버리니까 환장하겠더라고."

"그나저나 주인이라도 좀 어떡하든 조치를 했더라면."

"주인도 술을 엄청 마셨더라고요. 잠자다 깼는지 내내 횡설수설하던걸요."

최상현은 다시 변이 쏟아질 것 같아 괄약근에 힘을 줬다. 유진만이 힐끔 최상현 쪽을 보곤 김기현에게 물었다.

"그건 그렇고, 김경호도 지금 막 안 거잖아? 당장 이 친구부터 죽어 나자빠지게 생긴걸."

"그러게요, 난감한데요…."

김기현이 말을 흘리고 혀를 차는데 다시 모터 소리와 고함 소리가 섞여 들려왔다. 여전히 알아들을 수 없었다. 일행은 모두 바다 쪽을 보았다.

수색선 두 대가 좌우에서 박윤수의 배를 견인해 오는 것이 보였다. 뱃머리에 해경 두 명 사이에 박윤수가 앉아 있었다. 교감은 여전히 누워 있는지 잘 보이지 않았다. 해경이 박윤수의 배에 걸어놓았던 갈고리를 해제해 밧줄을 풀었다. 모두들 박윤수에게 달려갔다. 최상현은 안도의 숨을 내쉬었다. 그는 다리를 꼬면서 화장실로 달려갔다. 해경 한 명이 거수경례를 하더니 크게 말했다.
"이 사람 좀 진정부터 시키셔야지 말입니다."
해경 두 명이 박윤수를 끌다시피 일행에게 데리고 왔다.
"아, 네, 감사합니다. 어떻게 된 거죠?"
"겨우 안정시켜 놓았더니 해경 목덜미 잡고 죽일 듯이 욕설을 퍼붓는 거예요. 다짜고짜 아이를 찾아내라고. 구명조끼를 입고 있다던데, 그 말이 무슨 말이죠?"
"내가 말했잖아, 사람 말을 뭐로 듣고!"
박윤수가 해경의 손을 뿌리치고 소리를 질렀다.
"아, 하여튼 이 사람 좀… 우리 대원들까지 물귀신 될 뻔했습니다. 동료분들께서 진정을 시켜주셔야지 말입니다."
유진만이 자초지종을 간단하게 설명했다. 해경이 놀라서 되물었다.
"아이가 실종되었다고요?"
"네, 지금으로서는…."
"알았습니다. 진상을 알았으니 서둘러 수색하겠습니다."
해경은 경례를 한 뒤 다시 바다로 나갔다. 일행은 박윤수를 진정시켰다. 처음에는 완강히 거부하던 박윤수도 연거푸 물을 들이키며 앉아서 마음을 가라앉히려고 애를 썼다. 교감이 신음을 하며 몸을 비틀었다. 다들 고개를 돌렸다. 교감의 머리가 포대기 사이로 보였다. 정말이지, 벌써 시체 같았다. 김기현이 고개를 옆으로 돌렸다.

"근데 어떻게 돌아왔을까?"
"용일이를 찾겠다고 나갔다가 해경과 만난 거지."
"놔뒀으면?"
"뭐 하는 줄도 모르고… 이리저리 배를 몰다가 해경에게 끌려 나온 거지. 용일이 생각이 앞을 가렸을 테니."
"용일이가…."
김기현이 중얼거렸다.
"큰일인데요. 아이까지 데리고 나와선 이 꼴을 당했으니."

다들 담배 한 대씩을 붙여 물었다. 학교에, 학부모에, 교육청에, 교육부에, 매스컴에… 개교 이래 큰일이었다. 모두들 침묵에 빠졌다. 박윤수의 발광은 정상이었다.

갑자기 박윤수가 달려 나갔다. 초조한 마음으로 담배 연기를 연속해서 토해내는 짧은 틈, 틈과 틈 사이였다. 그는 바로 배의 시동을 걸려고 시도했다. 다행히 시동이 걸리지 않았다. 박윤수는 정상이 아니었다. 정상적이라면 그 몸을 해 가지고 이런 시도를 할 리가 없었다. 아니 시도조차 불가능했을 것이다. 시동을 걸려고, 몇 차례 더 다리를 의자 위에 올리고 팔로 줄을 잡아당겼다. 강력하게 이어지는 그의 동작이 믿어지지 않았다. 배는 툴툴툴, 툭툭툭 소리와 시커먼 연기를 토해냈다. 최상현은 제발 시동이 걸리지 않기를 바랐다. 아, 교감도 저 배에 타고 있는데, 최상현은 발만 동동거렸다. 김기현이 먼저, 유진만이 뒤를 이어 달려갔다. 두 사람이 배에 막 올라타자마자 시동이 걸리고 배는 굉음과 연기를 내뿜으며 앞으로 내달았다. 두 사람은 그 반동으로 배 위에서 물속으로 곤두박질쳤다. 배는 삽시간에 해안을 벗어났다. 수색선 한 대가 속도를 내서 박윤수의 배를 뒤쫓기 시작했다. 두 배 모두, 잠시 갈지자로 왔다 갔다 하더니 이내 바다 한가운데로 나갔다. 엄청난 속도였다.

"아니 저 사람 배 몰 줄 아는데…."

혹시나 하고 쳐다보던 민대머리가 중얼거렸다. 최상현은 넋을 놓고 바라다보고만 있었다. 잠시 후 멀리서 박윤수의 배가 오른쪽으로 꺾어졌다. 크게 반원이 그려졌다. 지금이라도 배를 돌려세우는 것 같아 다들 마음을 조금 놓았다. 천만다행이었다. 그렇게 배는 서서히 회전하면서 배가 다시 섬을 향하면서 속도가 늦춰지는가 싶었다. 저렇게 배를 모는 게 신기했다. 최상현은 비로소 마음이 놓이기 시작했다. 다른 사람들도 입을 다물었고 수색선도 멈칫멈칫했다. 다음 순간, 배는 해안가를 떠날 때처럼 직선으로 달렸다. 배는 전속력인 듯했다. 미사일 같았다. 무슨 일이 벌어지고 말 것이었다. 방향은 일행들이 있는 곳이 아니었다. 최상현은 어지러워 자리에 주저앉았다. 유진만과 김기현이 다가가 저, 저, 신음 같은 소리를 뱉었다.

과녁은 절벽이 분명했다. 마치 발사된 포탄이 물 위를 스치며 맹렬하게 질주했다. 배는 냉정했다. 최상현은 다시 가슴이 뛰기 시작했다. 수색선이 다시 박윤수의 배를 쫓았다. 차라리 배가 뒤집혀 버리길 바랐다. 물에 빠져 허우적대는 사람을 구하는 게 더 나을 듯싶었다. 배는 물보라를 일으키고 요란한 모터 소리를 내며 절벽 앞으로 전력 질주했다. 암벽과 정면충돌할 게 분명했다. 최상현의 가슴이 덜거덕거렸다. 마른침을 삼키는데, 아랫배에 힘이 가해졌는지 똥물이 쏟아져 내렸다.

막상 배가 절벽 앞으로 다가가자, 바위나 나무들에 가려 잘 보이지 않았다. 최상현이 자리에서 벌떡 일어났다.

쿵… 쿠쿡.

벌어지고 있는 광경에 비해 소리가 미약했다. 배가 부서지면서 뭔가가 퉁겨 나오는 것으로 격한 움직임은 끝났다. 불길과 연기, 안개보다 짙은 연기가 뭉게뭉게 피어났다. 최상현은 눈을 감았다. 머릿속에서 박윤수와 교감은 이미 피투성이였다. 깨끗하지만 창백한 얼굴의 용일이는 눈을 감고 있었다. 그토록 갈구했던 안개와 어둠 밖은 너무 처참했다. 그 경계에 놓여 있던 선은 너무 선연하게 생과 사를 갈랐다. 사람들은 시·공의 밖에 서서 길게만 느껴지던 지난밤이 자신의 실체인 양 꺼이꺼이 토해내고 있는 것을 지켜보며 통곡했다. 꿈속인 듯, 사람들의 음성과 동작, 수색선까지 바다는 정물처럼 얼어붙어 버렸다. ■

뮤즈의 나날

1

 대웅전 문틈으로 스며든 새벽빛이 불상을 비추고 있다. 부처를 향해 노구는 머리를 조아리며 합장했다. 법당에서 돌아서자 각림사覺林寺 전경이 새롭다. 아직 푸르다. 눈에 담아 보는 것도 이제 얼마 남지 않았으리. 제2의 고향으로 여기고 처절하게 살아왔건만…. 눈물에 눈이 시려 눈을 감았다. 눈을 떴을 때 세상은 이전의 그것이 아니었다. 공양간에 들어가 찻물을 데워 천천히 차를 마시며 자진할 결심을 확인했다. 나이 들고 병들어, 다른 사람 공양은커녕 스스로 지탱하는 것도 힘에 부쳤다. 태종과 운곡은 더 이상 이물스럽게 느껴지지 않았다. 몸을 숨긴 채 소식을 끊은 운곡을 생각하니 이른 아침 절간의 적막은 더 새롭고, 풍경 소리 앙칼지다. 운곡은 태종의 잔혹함에 어떤 자책감이 들었을까, 헤아리기조차 어려우리라. 이제 봄은 없으리라. 운곡의 절절한 시구절이 허허로운 마음에 초겨울 바람으로 휘몰아친다.

흥망이 유수하니 만월대도 추초로다.

스승인 운곡을 찾아온 태종에게 그녀가 거짓을 고했다는 소문이 퍼지면서 마을 사람들이 불충의 죄를 그녀에게 묻고 있다. 의지하며 함께 살아온 동네 사람들에게 그런 눈총을 받으니 허탈한 가슴 가눌 길이 없었다. 태종의 살의와 분노 앞에서 마을은 숨을 죽이고 있다. 당장 마을에 닥칠지도 모르는 흉흉한 기운에 모두 숨을 죽이고 있다.

사실 그녀는 억울했다. 운곡이 자신을 찾아온 태종을 피하려 그녀에게 자기가 가는 길과 반대되는 길을 알려주라고 지시했고 그녀는 그대로 따랐을 뿐이다. 그게 죽음을 대가로 치를 만큼 불충한 일이었단 말인가. 억울함을 안고 이대로 사라지느니, 진상을 알려 동네 사람들을 설득하면서 버텨야 하는 건 아닐까, 하는 생각도 해보았다. 그녀와 동네 사람들이 함께 살아남을 새로운 길이 아니겠는가. 태종과 함께 물에 몸을 던졌더라면 어땠을까. 벼린 칼날처럼 파고드는 분노에 육신은 이미 한겨울에 헐벗은 채 내동댕이쳐진 느낌이었다.

 돌이켜보니 자신의 삶도 참 기구했다. 노구의 집은 역적으로 몰려 부모가 죽임을 당하고 나머지 식구들은 노예가 되어 모진 삶을 연명해 왔다. 태종이 왕세자로 처음 운곡에게 와 가르침을 받기 오래전이었다. 구룡사龜龍寺 주지 스님이 관노비가 된 자신을 빼내 이 절에서 공양주 보살로 있게 해준 지 어언 20년이었다. 노구도 그때까지 양반 가문에서 귀하게 자라며 반야심경을 읊어 왔다. 뜻도 모르고 한 자 한 자 옮겨 적던 구절들은 평생 삶을 인도해 주는 등불이 되었다.

 운곡이 태종을 피했던 건 분명했다. 홀로 다 잊고 싶었든, 역사에 맡기자고 생각했든. 그것은 무책임인가 지혜인가. 더 이상 아무것도 보고 싶지 않았으리라. 대 스승의 판단이 어떠한들, 일개 아낙에게는 너무 큰 짐이었다. 그녀에게는 판단의 여지조차 없었다. 탄탄한 왕권을 물려받은 후세부터 더 태평성대가 될 수도 있으리라. 그 뒤로 태종을 반면교사로 삼아 성군이 이어지기를 하늘에 대고 기원해 볼 뿐이었다. 고단한 백성들이야, 어딘들 피눈물 없으랴. 앞으로도 눈멀고 귀 먼 듯 살아야 할 세월일 터, 더 견뎌봤자 허허로울 뿐이리. 마침 태종이 그 마침표를 찍게 해주었다는 생각을 하며. 운곡의 '회고가'를 조용히 읊조려 보았다.

 흥망이 유수有數하니 만월대도 추초秋草로다

오백 년 왕업이 목적牧笛에 부쳐지니
석양에 지나가는 객이 눈물겨워 하노라

그 선비라도 있었으면 삶이 이렇게 무망하게 느껴지지는 않았을 터. 마음속에 있는 것을 내놓아 보기라도 할 것을. 돌아서서 한 번만이라도 맞이해 주었더라면 이토록 시리기만 하진 않았을지도. 다음 세상에서 만나면 몇 배로 안기리라. 이 처자 역시 그리워하고 받아주고 싶은 마음 간절했으나 처지가 이 지경이어서 차마 발걸음을 떼지 못했소. 봄이면 당신에게 안길 수도 있었을 것을. 겨울이 먼저 덥석 덮칩디다. 나의 님, 잘 있으시오.

풍경소리는 꽃상여를 이끄는 종소리처럼 되려 은은하되 구슬프다. 치악산 위로 올라온 연노란 햇살이 따듯했다. 그녀는 천천히 일어나 공양간을 나서 다시 법당 안으로 들어갔다. 절을 끝내고 좌정했다. 어떻게 하직할 것인가. 며칠 전 구룡사를 다녀오고 나서 마음을 굳히기 시작했다. 태종이 몇번인가 넘어온 수레너머길을 넘어오면서 그동안 살아온 길을 잊었다. 운곡도 태종도 잊었다. 이번 삶은 여기까지다. 일어나 마지막 합장을 하고 나와 천천히 신발을 신었다. 각림사를 등지고 오른쪽으로 발걸음을 돌렸다. 햇살과 냉기가 묘하게 함께 몸으로 쏟아졌다. 내가 죽어 그들에게 미칠 참화를 막으리. 그녀는 주지 스님의 미소를 떠올리며 못으로 향했다.

2

 치악산 북쪽 곧은재 꼭대기까지 나 있는 산길의 나무 터널은 근 4킬로미터는 족히 된다. 드물게 만나는 사람들이 정령인 듯 여겨지기 일쑤였다 두 갈래 세 갈래 길 갈라져도 그때마다 동행하는 맑은 물과 졸졸 쏴쏴 물소리 곳곳에 폭포물 쏴쏴 소리 여린 잎새들 하늘하늘 손짓하는 숲길을 타고 있는데 바닥에는 엄지 크기만 한 못대가리들이 듬성듬성 꽂혀 있다 자세히 보니 야자나무 멍석을 고정시킨 건데 발걸음을 서걱대게 하고 있다 등산로 양옆에서 낮게 바스락거리는 소리 나즈막하다 햇살과 그늘 사이에서 바지런한 바람과 벌레가 합을 맞춘다 맑고 시원한 공기에 실려 다가오는 향내 그윽

 조금 더 올라가다 숨을 돌리는데 새소리 들려온다 얼른 휴대 전화를 꺼내 동영상을 찍는다 녹화가 잘 됐을까 앨범 속에 들어앉은 동영상을 튼다 동영상 안에서는 두 마리 새가 대화하고 동영상 밖에서도 어느새 두어 마리로 늘어난 새들이 창을 한다 보이지 않는 두 소리 영락없는 스테레오인 거라 영상 속의 새소리는 고즈넉한 게 벌써 과거가 되어 버린 듯 1분 9초짜리가 아닌 1년 9개월쯤 됐을 멍석처럼 그가 밟으며 올라가는 길 위의 오랜 흔적과 새로운 족적

뮤즈의 나날

지난 초봄에 뿌려주던 과자며 땅콩을 먹으며 재롱을 피우던 녀석이리라 어느덧 자라나서 그게 노래를 들려주는구나 멍하니 앉았던 벤치를 보니 앉았던 자리만큼 꽃가루 송홧가루 하얗게 치워져 있다 다시 덮이고 나도 곧 과거가 될 테지 내려오는 길에 한 찻집에 들러 마음을 무심하게 다스린다 창 안팎으로 한켠에서는 동영상 혹은 머릿속의 새소리 여전하고 또 한켠에서는 자동차 오가는 소리 스피커를 통해 흘러나오는 노랫소리 사람들 대화 아니 고함 뒤섞여 들려온다 냄새 지저분하다 다시 올라가고 싶은 마음이 간절하다 미물들 부산떨던 소리와 흙냄새 그윽하고 새소리 들리던 과거로

 아 아니었다 자세히 들어보니 그건 모노였다 또렷한 음성과 이미지 하나를 그것들이 덮고 있을 뿐이었다 여러 해 쌓인 낙엽처럼 그건 그녀였다 또다시 그는 그녀의 이목구비와 음성을 떠올리고 있었던 거라 특히 새소리가 신호처럼 울려 퍼지자 그리움을 잊고자 산을 올랐건만 결국 그녀에게로 되돌아온 것이다 여전히 세상은 그녀로 가득하구나 괜히 눌렀다 아니 또 누르려 했다 그리움을 그건 산만큼 컸다 이제 더 메아리질뿐인 걸 재차 올라야 하나

3

 치악산 입구, 그녀는 주막 '지나는 길'에 앉아 지나가는 것들을 지켜보고 있다. 지나는 이들이 그녀를 보면 허수아비 같다고 했으리라. 표정 없는 얼굴. 하긴 오래 쳐다봤자, 서로의 마음을 읽는다는 보장도 없을 터, 무심한 게 제일이리라. 머릿속으론 그의 흔적 혹은 그와의 추억만을 떠올리면서. '사람멍'이라고 하면 될까? 그녀는 '그 바보'다. 긴 기다림, 짧은 만남. 이어지는 기다림. 그가 남긴 빈자리의 추억으로 연명하는 게 그녀의 일이다. 나음 만남까지 비텨야 헤, 잘 견뎌 봐, 스스루 다독거려 본다. 그가 그걸 바라니. 눈물, 뚝.

 그래도 그 그리움 잘 봐두리라 다짐해 본다. 그게 그림이 되기도 한다니. 자리를 털고 밖으로 나가려는 순간, 어린 티를 벗은 소년이 받침대에 곱게 올린 차를 날라온다. 맛있게 드세요. 응, 고마워. 어제 이맘때 그녀에게 차를 날라다 준 이는 삼십 세가 다 된 여자였다. 이어 또 멍때림. 어느새 추억이 그녀를 새롭게 두드린다. 기다림 사이 그를 만났던 순간들이 갑자기 불꽃을 튕기고 있다. 서성거리다가 자리로 돌아가 앉는다. 잠깐씩만 머무는 그처럼, 뮤즈는 언제나 바쁘다. 떠날 채비를 서두른다. 천사를 찾는 사람이 많기 때문이다. 이젠 하나의 이미지에 또 다른 이미지가 그 자리를 대신하기 시작한다. 뭔가 이어지고 있다. 가슴이 뛰기 시작한다.

 어느 날부터 그는 부쩍, 앉자마자 다른 만남을 위해 서둘러 떠나기 시작했다. 남은 사람은 흔적과 마주하는 시간이 길어졌다. 문득, 그 자취면 충분하지 않은가, 그녀는 자위하기로 했다. 이제, 그 여운을 타고 상상의 길을 떠나 보리. 그의 흔적이 그녀에게 뮤즈가 되어주리라, 여겨진다. 그러자 상기되는 느낌에 사로잡혀 문을 나선다. 주변을 산보하다 되돌아와 주저앉는다. 얼마나 오랫동안 이러고 있었던가. 희망과 좌절의 끝없는 반복. 아, 어제도, 아니 그제도, 그끄저께도 돌아다니는 걸로 시간을 보내고 있지 않았던가. 풀 죽어 돌아와, 하, 여기 앉아 있었지.

 그렇게 지나가는 날들. 그는 떠난 게 아니다. 마음먹기에 따라 옆에 서 있어 주기도 했다. 단지 오랫동안 투명해서 없는 것처럼 느껴질 뿐. 원할 때 서로 만져볼 수 있는 그런 나날은 아니어도. 그런 조각들로 찾아오는 것만도 소중하다. 그대, 자신을 찾아오는 길로 그대를 마중 나서리. 가끔씩이나마 앉아 차를 마시며 서사를 이어가리.

 밖으로 나가 창을 통해, 지나치듯 흘깃 보니 둘이 이야기하고 있구나. 그러다가 가끔 지나가는 사람들 바라보곤 하면서 또 웃기도 하는구나. 때때로 머릿속 그림들로 교감하면서. 소년, 나설 준비를 끝낸 듯 다가온다. 해맑음과 우수가 적절히 배합된 소년, 내일 뵙겠습니다, 인사하고 문을 나선다. 또 봐. 이제 아르바이트생을 보내고 그녀가 손님을 맞이할 시간이다. 강림, 지나가는 길. 오늘 하루는 그렇게 저물고 있다.

4

"내가 하라는 대로 해볼 거지?"
 퉁명스럽긴. 그래도 그는 고개를 끄떡였다. 다른 동작은 모두 잊은 듯이.
"단, 길은 둘 중 하나야."
"……"
"죽느냐, 사느냐란 말이지."
"……"
"이것도 완전한 해결책은 아니야."
 그는 미동도 없이 그녀를 빤히 응시했다. 그녀는 그걸 승낙의 표시로 여겼다. 그는 각오하고 있었으면서도 막상 매 맞을 시간이라도 다가온 것처럼 두려웠고, 다른 한편으로는 키스를 나누기 직전처럼 가슴이 뛰고 몸이 달아올랐다. 뭐, 그리 우유부단해. 이건 당신 문제야. 그는 마음이 아렸다. 늘 그녀에게 끌려다니며 생긴 통증 비슷한 것이었다. 내가 하라는 대로 해보지, 그래, 응?

그는 속으로 투덜댔다. 그녀는 미심쩍어하는 그를 무시했다. 받아들이지 않을 수 없을 터였다. 그녀가 입을 뗐다.

어떤 마법사가 생명의 위협을 느끼다가 자기 영혼을 몸에서 꺼내 어떤 은밀한 장소에 안전하게 보관해 놓았어. 영혼이 그곳에서 손상당하지 않고 보관되는 한, 그는 불사의 존재가 된다는 걸 알고 있었거든. 몸 안에 영혼이 없어 그 어떤 것도 그를 죽일 수 없을 테니. 위험한 상황이 지나가면 회수할 생각이었지. 육신은 계속 혼자 버틸 수 없으니까. 살아남으려면 그 둘은 함께해야 하는 거니까. 근데 그는 엉뚱하게 죽어 나자빠져. 납치된 공주가 왕자에게 마법사의 영혼이 있는 곳을 알아내 알려줘 왕자가 그걸 없애버리거든. 어느 게 맞다고 생각해? 영혼이 죽으면 몸도 죽어, 아니면 몸이 죽으면 영혼도 죽어? 몸이 죽으면 다 죽는 거지. 근데 영혼도 죽는다고 생각해? 영혼은 살아 있어. 때론 겨울잠처럼 오랫동안 잠을 자. 그러다가 살아나. 기지개를 펴서 다른 육체 속으로 들어가. 영혼은 죽은 게 아냐. 잠시 쉬고 있을 뿐이야. 주로 자연 속에 머물지. 그게 자연을 상형문자로 만드는 원인이지. 쉽게 말하자면, 그 존재의 구체적인 모습이 자연의 들숨과 날숨이라잖아. 자연이 살아 있다고 단정하게 만드는 거고. 그렇다고 영혼이 항상 의미가 있는 건 아냐. 그게 의미가 있으려면 말이지….

그가 멍하니 바라다보기만 하자, 그럴 줄 알았다는 듯이 그녀가 바로 덧붙였다.

"내가 당신에게 그걸 전수해 줄 마법사를 찾아주겠어."

"그렇게 해줄 수만 있다면."

"단, 조건이 있어."

"…조건은 무슨."

"수락할 거라 믿어."

"……"

그녀는 뚱한 미소를 지으며 말했다.

"내게는 그 장소를 알려 줘."

"어차피 난 당신 거야."

바로 영혼을 옮기는 일에 착수했다. 남은 생애가 지금까지와 크게 다르지 않다면 다른 수단을 강구해야 했다. 명퇴하고 인생 이모작을 지어보고 싶었다. 그게 그의 최고의 바람이었다. 영혼을 숨길 곳부터 찾아야 했다. 흔들릴 때마다 살해당하고 싶지 않다, 살아남아야겠다고 되새겼다. 좌고우면할 처지가 아니어서 일사천리로 진행되었다. 몇 달이 지나는 동안 그는 숨을 죽이고 살았다. 몸과 마음에서 일어나는 변화를 점검하면서, 때론 기쁨에 차서, 때론 불안에 떨면서 살았다. 덤으로 사는 삶이 맞았다. 몸이 마음을, 마음이 몸을 알아차리지 못하는 경우도, 아니 그 둘의 중간에 있는 나는 그 미묘한 교감을 미처 다 포착하지 못했다. 그렇게 그는 스스로에게 단정하고, 또 이렇게 물었다. 나도 나를 몰랐다. 내가 나를 알고 모르는 게 무슨 대수였겠는가. 그는 영혼을 잊고, 대신 몸을 많이 움직였다. 청소를 하고, 빨래를 하고, 시장을 보고 세끼를 직접 챙겨먹고 설거지를 직접 하면서. 그 외에 거의 매일 밖에 나가 운동장을 돌거나 뒷산에 다녀왔다. 그러다가 점차로 영혼이 궁금해지고, 자연스럽게 발걸음이 그리로 옮겨졌다. 호숫가 고사목 속 버려진 새둥지에서, 시골의 뒷동네 숲속 산책로에서, 그동안 틈틈이 써놓은 소설이나 번역물 속에서, 캐내서 확인할 때마다 숨죽이며 그것은 그를 기다리고 있었다. 그 영혼, 생각보다 푸석푸석했다. 훔쳐보듯 했지만 그때마다 전율했다. 그렇게 글썽글썽한 자기의 눈물을 그의 영혼은 난생 처음 보았다. 전에 느껴보지 못했던 완전 날것이었다.

  그는 이제부터 영혼을 새로 채워가야 했다. 그는 장편소설을 다듬고, 창작집도 내려고 단편소설들을 정리했다. 주변에서 살기가 사라지면 영혼을 조금씩 찾아올 생각을 했다. 그럼에도 불구하고 새로운 고통이 찾아왔다. 글도 생각했던 것만큼 써지지 않았고, 그 스트레스 때문에 병이 찾아왔다. 새로 자라나 갱신되고 있는 영혼은 육신의 회복에 도움이 되지 않았다. 육신의 공격을 당해낼 도리가 없었다. 그는 자가면역병에라도 걸린 듯했다. 어떻게 내가 나를 공격하느냐고 따져 봤자, 별 소용이 없었다. 그건 그냥, 자신에게 일방적으로 주어진 유전자 같은 거였다.

 퇴직 후 2년여가 지나 여름을 맞았다. 그는 횡성 강림의 Y문학의집에 레지던시로 가 있게 되었다. 여전히 몸이 안 좋아 걱정이 되기도 했지만 막상 가보니 생각보다 훌륭했다. 사방은 나지막한 산으로 에워 쌓여 있었다. 주천강이 집필실을 휘감으며 한반도 지형처럼 흘러 24시간 물소리가 공명했다. 다른 문인들과 사귀면서 위안을 받고 있자니, 살기 위해 이곳에 왔구나, 하는 생각이 들었다.

 그는 명퇴금을 털고 융자를 받아 그 근처에 집을 마련했다. 아내는 딱히 크게 반대하지는 않았다. 쉽지 않은 일인데 여러 사람이 도와주어 순조롭게 진행되었다. 저 모든 산과 들판, 강물, 특히 밤에 집 아래쪽에서 강물이 내는 소리, 또 새벽에 온 대지를 덮는 안개 등 모두 새로 사귄 정령들이었다. 월현리, 태곳적 달이 현현하는 마을. 곰곰이 생각해 보니 사실 그는 곳곳에 문학의 묘목을 심고 있었던 거다. 이제 소설 묘목에 새순이 돋을 것인가. 그 맛이 기막힌 두릅과 엄나무 여린 순처럼. 영혼에 싹이 틀까? 그녀가 몰래몰래 그곳에 찾아오고, 조금은 풀린 얼굴의 그녀와 훨씬 더 뜨거운 밤을 보내곤 했다. 매번 튕기는 그녀가 밉상스럽긴 했지만, 애무와 섹스에 비하면 대수롭지 않은 것이었다. 영혼을 숨겨놓도록 해주고, 그 장소를 알고 있으면서 입도 벙긋하지 않은 그녀의 내심이 고마웠다. 아내는 직장 생활과 뒤치다

꺼리에 바빠 죽을 고비를 넘기고 있으니 딴 짓을 하고 있으리라고는 생각조차 못하고 있는 것 같았다. 죽음의 신이 가끔 쾌락의 이불을 걷어찼다. 그때마다 소스라치게 놀랐다. 불륜 사실을 알게 됐을 때 터져 나올 아내의 분노, 그 전초전이 그러할 터였다. 그러나 그건, 나중 일이었다.

5

그녀는 그를 떠나고자 시도해도 좋겠다고 판단했다. 이제 아파 죽겠다고 할 때 버리고 떠난다는 오명은 벗어날 수 있게 되리라 믿었다. 그의 영혼을 갈아 끼우고 싶었다. 그녀를 완전히 잊도록. 바보 같은 녀석. 싫증이 났다는데도 놔주지 못하는 미련퉁이. 뭐, 어차피 내가 당신 거라고? 징글징글한 녀석. 사랑이 죄냐고? 그럼, 사랑이 죄지. 따끈따끈할 때나 사랑이지. 유통기한이 지난 게 언젠데. 구질구질하게 사랑을 연명해 나가려고 드는 멍청이에게는. 내 말을 안 들어주면 언제고 영혼을 캐내 여기저기 바늘로 찔러 서서히 말라 죽게 하리라. 당신은 그때까지만 살아 있는 거야.

그는 내 몸을 보고도 떠나지 않았다. 몸을 통해 영혼

을 추구했고, 거꾸로 그렇게 축적된 영혼을 통해 내 몸을 파악했다. 몸과 영혼의 문제, 언제나 숙제일 뿐, 그렇게 다가올 줄은 예상치 못하고 살아왔다. 그를 통해 나도 나를 알게 되었다. 다른 이가 내 몸과 마음을 알게 해 줄은 미처 몰랐다. 남자는 여자의 몸을 보면 떠난다고 했고, 여자는 남자가 궁핍해지면 떠난다고 하지 않았던가. 그는 내가 떠날까 봐 걱정하고 있지만, 정작 그가 떠나면 더 힘들어할 사람은 나였다. 그가 살아 있는 나와 녹화된 나, 나의 진상과 허상을 나누지 않고, 오히려 그것을 하나로 꿰뚫어 볼 줄 아는 안목과 감각을 지니고 있다는 것을 깨달았다. 그런 걸 스테레오로 들을 줄 아는 사람은 드물었다. 대개는 그 두 가지를 구분할 줄 모르거나, 차이점을 무시하고 살아가기 마련이었다. 그의 영혼을 잘 보관해 두었고, 그에게 그곳을 몇 개의 단서로 알려주었다. 그는 자기 자신에게 영혼이 돌아갔다고 믿고 있었지만 아니었다. 내가 그렇게 거짓말을 한 건데 그는 그것을 믿었다. 나는 다시 다른 곳에 영혼을 옮겨 놓았다고 일러두었고, 그는 별다른 반응 없이 또 찾아보겠다고 고개를 끄덕였다. 그 순진무구함이 나에 대한 사랑으로 사무치게 다가왔다. 처음에, 영혼을 숨겨주는 마법사를 찾아 주겠다고 했을 때 의심없이 나를 믿었던 것처럼. 그곳에서 그가 뮤즈를 만날 수 있기를. 내가 준 키워드는 세 단어였다―태종대(주필대)와 변암, 누졸제. 태종대는 태종이 머물던 곳이라 하여 붙여진 이름이고,

또 다른 이름은 주필대, 왕의 수레가 머무는 곳이라 했다. '태종'을 강조하면 태종대가 되고 '수레를 멈추었다'를 강조하면 주필대가 된다. 나는 먼저 태종대에 올랐다. 벼랑을 이룬 바위에 태종대라는 큰 글씨가 암각되어 있고, 그 주위에 운곡선생의 사적기가 적혀 있었다.

太宗大王訪耘谷元先生 自覺林避入弁岩(…)
- 태종대왕이 방문하시니 운곡 원선생께서 각림사로부터 피하여 변암으로 들어가셨다(…)

다음, 그곳에서 걸어 변암으로 향했다. 오르고 나니 감개무량했다. 사실, 이곳까지 오는 데 한 해가 다 갔다고 해도 과언이 아니었다. 몸이 부실해서 산행은 처음부터 무리였다. 그래서 봄부터 가을까지 조금씩 늘려나가며 반복해서 올랐다. 그러니까 한번 오를 때마다 대략 500미터 정도씩 늘려나갔다. 울창한 숲과 계곡, 또 계곡 옆으로 산길이 이어지는 물소리가 정겨웠다. 간단없이 이어지던 나무 터널은 가장 귀중한 벗이었다. 이번 산행은 봄에서 가을에 걸쳐 오르던 길, 왕복 10킬로미터를 한번에 주행하는 코스다. 변암은 '고깔바위' 모양이다. 고깔 모양으로 바위가 생겼다고 하여 변암이라 한다고 전해진다. 툭 삐져나온 지붕 같은 바위 아래는 수십 명이 앉을 수 있을 만큼 넓고, 그 옆에는 돌우물이 있어 사시사철 물이 끊이지 않았단다. 그래도 해발 1,000미터가 넘는 이 높은 곳에, 그것도 혼자서 어떻게 기거했을까.
그 옆에 쓰여 있는 글을 한참 바라보았다.

幸其廬 生避入于此
―태종이 친히 그의 초막에 가셨으나 선생은 피하여 이곳으로 들어오셨다.

그 옆에 새겨져 있는, 또 절절한 시구가 하나 눈에 들어왔다.

開穿石井常澆渴 收拾山蔬且慰貧
―돌우물 뚫어 항상 목마름 해소하고, 산나물 거두어 가난 달랜다.

고깔바위 앞에 막걸리를 따른 잔과 포를 안주로 놓고 시선詩仙께 두 번 절했다. 불을 붙인 담배도 한 대 막걸리 잔 옆에 타도록 잘 놓아 두었다. 멀뚱멀뚱 앉아 있다가, 그게 다 타는 동안 나는 두 대를 피우며 앉아 있었다. 하산길에, 영혼은 새롭게 충전되어 있었다.
오를 때와는 다른 완만한 길을 택해 천천히 내려와 노구사당에 도착했다. 가파른 곳마다 계단이 잘 놓여 있었다. 노구를 추모하기 위해 동네 주민들이 '노구사'라는 사당을 지어 매년 노구 추모식을 한다고 했다. 태종과 운석, 노구 동상, 그들은 서로 등을 지고 딴전을 피우고 있다. 사당을 등지고 앉아서 담배를 세 대나 피웠다. 왼쪽 갈래 길, 노구와 태종이 다녀온 길-수레너머길-은 치악산 둘레길 제3코스이고, 오른쪽으로 난 길은 둘레길 제4코스이다. 그 능선이 허옇게 종아리를 드러내고 있다. 나는 그 한 중간에 앉아 있다. 내년 봄에 그 길을 걸어 보리라.

6

 너를 보며 내가 눈물을 흘리게 될 줄이야.
 녀석은 눈치 없이 여전히 낑낑대며 나가자고 보챘다. 즉석 삼계탕을 봉지째 뜯어내 먹기 좋게 데워다 주었건만 그걸로는 부족하다는 의사를 분명히하고 있었다. 녀석을 바라보며 연신 담배 두 대를 피우고 나니 어지럽고 메슥거리기까지 했다. 3년을 끊었던 담배다. 인석아, 나 스스로를 추스르기에도 부족해. 그는 눈물을 훔치며 말했다.
 "인석아, 오늘은 못 나가."
 녀석은 나의 말을 알아챈 것 같이 슬그머니 얌전해지려고 했다. 그러나 여전히 흥분해 있다. 어떡하나. 마음이 약해진다. 귀찮은 녀석. 보챌 때마다 약한 모습을 보이던 그녀와 같은 입장이라는 것을 그는 지금 눈치챘다. 그는 그녀처럼 말했다.
"에구, 그래, 나가자!"
그가 목줄을 가져오자, 녀석은 앞발을 그의 가슴까지 올리며 죽을 듯이 식식거렸다. 묶어놓은 사슬을 끊어내고 튀어 나갈 태세다. 줄을 바꿔 매면 그날 산책은 이미 반은 이루어졌다고 봐도 좋다. 예전부터 풀자마자 치고 나가는 힘에 몇 차례 발이 꼬이거나 허리가 뒤틀려 통증을 감수해야 했다. 속으로는 짜증이 났지만 이왕 하는 거 좋은 마음으로 대하자고 스스로를 달래곤 했다.
녀석아, 너, 너무 쉽게 보인다. 녀석의 솔직함이 마음에 들다가도 그 솔직함이 오히려 부화가 난다. 그렇게 티를 내서야. 어디. 사실 그 말은 그에게 해당된다. 거의 모두 다 그와 그녀 사이에서 벌어지는 일상의 재현이다. 그녀가 오케이 해야 그도 그녀를 안을 수 있다. 그녀는 그가 그걸 위해 녀석처럼 아양을 떠는 것을 내심 즐기고 있다. 그녀는 묻곤 했다.
"안고 싶어?"
"응."
"절실해?"
"응. "
"그럼, 가든지."
이 반대의 대화는 존재하지 않았다. 그의 제안이 그녀의 속마음과 맞으면 안으러 가는 거고 그렇지 않을 땐

퉁명한 핀잔을 들을 각오를 해야 했다. 하고 싶지 않은 날인 것이다. 그녀가 자기가 먼저 안거나 안기고 싶다고 말하는 경우는 거의 없다. 안기고 싶을 때도, 그가 그녀에게 물어보도록 암시할 뿐, 그녀는 절대 직접적으로 의사 표시를 하지 않으므로, 그녀가 고개를 끄떡이도록 항상 명분을 만들어 주어야 했다. 일단 모텔에 들어서면 함께 즐기면서도 티를 내지 않으려고 애썼다. 그녀는 특히 전위를 즐겼다. 처음엔 그저 허둥대다가 그녀에게 혼나기 일쑤였다. 이젠 사정이 끝나고 난 뒤에 후위까지도 곧잘 해낸다. 그가 녀석 앞에서 귀찮아 죽겠다는 표정을 짓는 건 그녀에게 당한 것을, 녀석을 통해 해소하는 메커니즘이었으리라.

녀석의 이름은 강산이고, 흰색인데 진돗개라고 했다. 그러나 채신없이 구는 걸 보면 녀석, 잡종이 분명했다. 그에게 으르렁대던 것은 그가 무섭다는 소리였고, 주인에게 어서 와서 자기를 봐달라고, 자기를 보호해달라고 호들갑을 떨었던 것이리라. 그는 개가 무서웠다. 아니 싫었다. 어려서 개에게 물리고 닭에 머리를 쪼였던 기억 때문이리라. 새로 마련한 집필실 뒤쪽에, 우리 집 경계 안에 녀석의 집이 있는데, 표면상 주인은 윗집 남자다. 도심에서 공직에 있다가 이곳으로 내려와 농사를 지으며 사는 늙수그레한 아저씨다. 녀석은 열두 살이 넘었는데 그 나이면 이미 천수를 누렸다고 할 수 있단다. 우리 집에 먼저 살던 사람이 놓고 간 걸 그가 맡게 되었다는

데, 그 자초지종은 알지 못했다. 눈 밑에 진물 자국이 콧잔등까지 흘러내리고 냄새까지 나서 만지고 나면 몸에서 역한 냄새가 진동했다. 암내를 풍길 때는 곁에 서 있기가 힘들 정도였다. '비루먹은 개'라는 표현에서 한치도 틀리지 않을 녀석이었다. 그러다가 엉덩이를 한껏 뒤로 빼고 먹이를 몇 차례 주면서 녀석과 조금 친해졌다. 쓰다듬어 주고 먹이를 사다가 주곤 했더니 어느 날부턴가 꼬리를 흔들어 댔다. 그녀는 녀석에게 가까이 다가가지 않았다. 먹이를 줄 때도 멀찌감치 떨어져 던져주었다.

녀석에게 산책을 시켜줘야겠다고 마음먹은 건 측은지심에서였다. 주인은 절대 산책을 시켜주지 않는 눈치였다. 새끼도 낳았다는데 자세한 것은 알 수 없었다. 성도 붙여줬다. 그의 성을 따라서 이 강산. 남자 이름이지만 뭐 대수랴. 대개 1주일에 한 번씩 내려와 이곳에서 머무는데 녀석과의 산책은 건너뛰지 않으려고 애썼다. 핑곗김에 그도 걷는 시간이 많아졌다. 며칠씩 도심에 머무를 때는 잘 있나, 보고 싶기도 했다. 산길에 접어들면 녀석을 바로 풀어주었다. 녀석은 묶여 있을 때는 떨던 다리를 멀쩡하게 내디뎌 그를 놀라게 했다. 그는 솔직히 처음에 데리고 다닐 때만 해도 위험 상황에서 녀석이 방패막이가 되어주겠거니 여겼다. 야생동물이라도 출현하면 주인을 위해 열심히 싸워주는, 그런 상황을 막연히 기대했는데, 녀석은 그게 뭔지 그 자체를 모르고 있었고, 간

뮤즈의 나날

혹 사람이나 차량이 나타나면 오히려 부리나케 그에게 도망쳐 오곤 했다. 녀석, 야생동물이 나타나면 그가 있는 곳까지 함께 달려와 오히려 그의 생명을 위협받게 할지도 모른다. 집에서 짖어대던 용맹한 그 모습은 다 어디로 갔는지. 아마도 주인에게 자기가 이렇게 열심히 짖어대면서 집을 지키고 있다고 보여주려 한 게 그저 쇼에 불과했다는 생각을 저절로 들게 했다. 어느 날 녀석이 뭔가 열심히 먹고 있는 게 목격됐다. 달려가 보니 꿩이었다. 녀석이 잡았을 리는 없고 죽어 있는 걸 뜯고 있던 걸 보고 얼핏 독약을 먹고 죽은 게 아닐까, 하는 생각이 들어 아찔했다. 근데 먹는 걸 빼앗다가 그가 녀석에게 물릴 뻔했다. 이 녀석 빼앗기지 않으려는 동작이 보통이 아니었다. 좀 더 격렬하게 빼앗았었더라면 어땠을까. 나중에 알게 된 사실로 종합해 보건대 그는 필시 물리고 말았을 것이다. 어쨌든 반 정도는 빼앗아서 멀리 던져버렸다. 그날 밤 혹시 녀석에게 무슨 일이 일어나지 않을까 걱정했는데 기우였다. 10여 년을 묶여 있다시피 하다가 얼마나 산책을 다녔다고, 그새 야생성이 회복된 것이다. 한편으로 그 야성이 보기에 좋았지만.

  그녀가 그만 만나자고 했다. 그는 자기가 비루맞은 강산이라고 여겼다. 아직 그는 이별을 할 준비가 안 되었는데. 영원히 그 준비는 끝내지 못할 테지만, 그저, 고개를 끄떡여 주었지만, 보고 싶어 심히 괴로웠다. 며칠 보지 못하면 애가 탔는데 못 본 지 이제 한 달이 넘어가고 있다. 그녀 역시 마냥 행복하다고 할 순 없으리라. 가정 불화 끝에 별거하다가 결국 집으로 발걸음을 향하는 심정은 어떨까. 그런 점을 생각해 볼 때면 물러나 주어야 한다는 결심을 해야 했다.

그녀와 겨우 카톡으로 연결이 됐지만 연락을 받지 않은 것만 못했다.

-내가 실수한 거야. 내가 마법의 성에 납치될 줄은 몰랐어.

-무슨 소릴. 내 영혼은 당신 손아귀에 있잖아.

-당신 둔한 건 알아줘야 해. 영혼이 당신 몸에 다시 들어간 지가 벌써 얼만데!

-뭐, 그랬나?

-다 좋아. 근데 넘 힘들어. 연락하지 마ㅠㅠㅠ

강산이는 나가자, 산책, 맛있는 거, 얌전히 굴어, 내 기분 못 맞춰주면 알지 등등의 단어들을 대충 알아들었다. 둘 사이가 깊어졌지만 막무가내 녀석의 짝사랑이었다. 그도 녀석과 다르지 않았다. 그녀가 피하면 안달이 났다. 떨어져 있다가 만나 산책만 시켜주면 그동안의 불만을 꿀꺽 삼켜버렸다. 현재 그가 해야만 하는 일은 그녀의 부재를 견뎌내는 것, 그게 그의 전부였다. 충만하지 못한 영혼, 오로지 창작만을 위해 앞으로 치닫고, 나머지 시간 그녀에게 올인하다시피 하는 맹목적인 영혼만으로. 그는 문자나 통화 등을 통해 간접적으로 그녀의 영혼을 느낄 수밖에 없었다.

몸이 멀어지면 마음도 멀어진다는 말이 맞는 것 같다. 근래 들어 그의 영혼이 자꾸 몸을 못살게 하고 있다. 그러다가 마침내 영혼이 그를 떠나겠다고 으름장을 놓았다. 망가진 몸에 들어가 살기가 싫단다. 예전에 아픈 영혼부터 잘 이식시켜 살려놓았더니 이제 그 반대 상황이 된 것이다. 예전엔 몸이 그랬다. 망가진 영혼을 보살피며 이럭저럭 살아가더니 어느 순간부터 더 이상 그러고 싶지 않겠다고, 아니 그러지 않겠다고 선언했다. 몸과 영혼은 이제 등을 돌리고 삐걱대고 있다. 거꾸로 영혼이 빈약해진 틈을 타 몸이 그를 온전히 차지하려 음모를 꾸몄다는 자각은 너무 늦게 찾아왔다. 그렇다 해도 그것 역시 확실한 근거는 없었다. 처방은 더더구나 없었다. 그 중간에서 그는 우울했다. 몸과 마음 모두, 그의 것이면서 그의 것이 아닌 것들이었고, 그것들을 잘 구슬리며 사는 것도 지쳤다. 그저, 그가 그들을 먼저 한꺼번에 쳐내는 날이 술래잡기하듯, 무궁화꽃이 피었습니다, 하고 돌아서면 성큼성큼 다가오고 있는 듯했다. 그래도 그는 그녀를 생각하며 연명했다. 진짜 영혼은 그녀가 쥐고 있을 터. 그는 진퇴양난에 빠졌다. 그의 영혼은 어디에도 없었다. 그는 그걸 감지할 수 없었다.

그러던 어느날 나는 내 영혼이 나를 이탈하고 있는 듯한 느낌을 받았고, 그 순간만큼은 자유롭게 이동할 수 있을 것 같았다. 정말, 나는 날 수 있었고, 날았다. 누군가, 먼저 그녀가 나를 끌어당겼다. 말과는 달리 그녀는 그를 잊지 못하고 있었다. 불륜이 두려운 것이다. 가정으로 돌아가려고 그녀는 이를 악물고 있었다. 그러다가 아내가 투덜거리거나, 그에게 하는 말을 들었다. 나중에는 아예 아내와 이야기를 나누기도 했다.

다른 사람이나 사랑하고.

다른 여자나 사랑하고. 나는 껍데기잖아.

나라고 자기 영혼도 사랑할 줄 모르는 사람한테 붙어 있고 싶겠어?

나는 작은 목소리로 대꾸했다.

내 영혼도 사랑할 줄 모르고 있더라고… 내 영혼이 어디서 굴러다니는 줄도 모르고 살았어… 나도, 그냥, 살아보려고 그러는 거야. 내 영혼만으로는 못 견디겠고. 그녀를 사랑하고부터 다시 살아난 거야. 안 그랬으면 죽었어.

……

그냥 죽어버렸어야 하지 않아?

지 살려고 아내 가슴에 못이나 박고.

못을 박는 거 하고 다시 살아나는 건 차원이 다르잖아.

나쁜 새끼야. 못박지 않고 살았어야지. 만나지 않았으면 이렇게 지지리 미워하지도 않았을 텐데.

그러던 어느 날 몸과 마음이 완전히 분해되는 사건이 벌어졌다. 그녀가 강산이에게 물렸다. 간당간당하는 새끼손가락을 붕대로 동여매고 승용차로 달려 원주의 S

병원으로 향했다. 이후로 몇 번의 봉합 수술을 받았지만 손가락은 그냥 매달려 있을 뿐 예전의 것이 아니었다. 그녀가 절망에 빠져 집에 칩거하면서 그와 멀어졌다. 그는 말이라도 나눠보려 이러저러한 방법을 다 써보았지만 역부족이었다. 그는 그 이후로 강산이를 거들떠보지도 않았다. 그날, 둘과 헤어지게 되어 있던 날이었나, 불륜이 벌을 받았나, 하는 생각을 얼핏 했다. 오기 싫다는 걸 어렵사리 설득해 하룻밤 함께 있기로 한 것이어서 특히 그랬다. 불륜이 다시 인륜으로 회복되는 일은 그에겐 불가능했다. 그의 예감에 대해 그녀가 문자로 말했다.

—이제 제발 그만 해.

대개 그렇듯이 그가 바로 답을 보내지 않고 망설이자 그녀가 또 카톡카톡했다.

—들통이 나서 끝내는 것보다 이게 나을 수도 있어, 내 손가락으로 액땜했다고 생각해.

—답지 않게 유치하게 굴고 있는 거 알아?

—그것도 삶의 일부야.

한참 후에 끊겼던 대화가 이어졌다.

—불륜은 끝이 그렇게 기울어.

그녀는 울면서 문자를 주고받았다. 이렇게 끝은 시작되었다. 숨어서 하는 사랑은 더 이상 하고 싶지 않았다. 각자 이혼하고 둘이 새 가정을 꾸민다면 모를까, 둘 다 그런 생각은 아직 해본 적이 없었다. 그가 없었다면 이 세상을 견디기 힘들었던 시절이 있었다. 그나마 그와의 불륜이 그녀를 살게 했다. 사실, 헤어지는 건 그 못지않게 자신도 죽도록 힘에 겨웠다. 그래도 조금만 더 밀어붙이면 그도 포기할 것 같았다. 손가락 사건은 그렇게 할 수 있는 좋은 기회였다. 그가 못해낼 일이니 자기가 나서야 한다고 여겼다. 그가 그리움을 잊으려 다시 담배를 피워대고 있노라고 하소연하지만 진정성은 없다고 봐야 한다. 그는 담배를 사랑하는 게 아니다. 니코틴 때문에 끌려다니고 있는 것이다. 사랑은 사라졌다. 그의 애정 결핍이 애무와 섹스로 이어지다가 그게 습관이 되어 버렸다. 루틴이 되어 상한 냄새가 나는 섹스를 하느라 가정을 버리고 싶지는 않았다.

7

 노구 사당 지붕엔 아직 햇살이 남아 있었다. 사람들이 삼삼오오 무대 앞 의자에 몰려들었다. 그는 담배를 피워 물었다. 공기가 좋아서인지 맛이 좋았다. 마음 한 구석엔 그녀가 없어 허전했지만. 그는 문학의 집 대표인 시인과 함께 지역 행사인 노구문화제에 응모된 시와 수필을 심사하고 밖으로 나온 참이었다. 잠시 후 그 시인이 엇비슷한 두 작품 중에 하나를 골라 최우수작으로 선정

한 다음 밖으로 나올 것이다. 그는 심사하는 도중에 작품들로부터 받은 감흥에서 벗어나지 못하고 있었다. 심호흡을 하자 찬 기운이 가슴에 서늘하게 들어찼다.

문화제는 지난해보다 규모가 더 컸다. 그러나 그건 외형일 뿐, 문학에 할당하는 비율은 늘어나지 않았다. 그는 쓰던 작품을 마무리하지 못하고 집을 나서 문화제에 참석했다. 심사와 작품 낭독을 위해 왔지만 마음은 편치 않았다. 노구보다는 태종에 비중을 두는 문화제여서 그랬다. 그렇게 하는 게 틀리지 않은 판단이고 앞으로도 그렇게 콘셉트를 잡는 게 맞을 것이라고 인정하면서도 그랬다. 태종이 꼭 노구를 이겨 먹어야만 하는가. 태종은 태종이고 노구는 노구여서는 안 된단 말인가. 한 걸음 양보해서, 태종은 역사지만 노구는 신화인 것이다. 노구 신화 속에 태종을 위치시키면 좋겠다는 생각을 지울 수가 없었다. 그건, 내년 축제 위원회에 건의해 볼 숙제이리라. 그나마 다른 축제처럼 대형 가수들을 불러와 수천만 원씩 지불하는 행태라도 없으니 다행이었다. 문인들의 심사비 등은 여전히 뒷전이었다. 집행부 사람들은 여전히 시인에게 돈이 왜 필요하냐는 투였다. 그는 휴대 전화를 꺼내 그녀가 보내온 파일을 열었다.

고대 그리스인들은 파종과 수확을 데메테르와 페르세포네와 관련지어서 풀어냈다지. 지금이야 신으로 추앙받지만 옛날에는 그들도 그저 허허벌판의 허수아비 모녀에 불과했겠고. 신으로 엮어낸 건 순전히 고대인들의 상상력이었지. 홋카이도의 아이누인들은 천상에 거주하는 동물의 신이 자기들의 먹을 것에 대해 여탈권을 쥐고 있다고 믿었어. 식량으로 쓰이고 난 뼈다귀와 잔해 등이 아무 데나 버려진 것을 본 동물 영혼이, 천국에 올라가 지상에서 제대로 대접받지 못했다고 불만을 토로했지. 다시는 내려가지 않겠다고 하소연까지 했고. 그러면 신들이 다음 해에는 짐승들을 잘 내려보내 주지 않을 테니까, 굶주리게 되는 거라고. 혹시 모르지. 뮤즈가 된 노구가 오늘 하늘에서 지켜볼지도. 사람들이 시의 잔해들을 어떻게 대하고 있는지. 그녀가 그곳에 내려오도록 해보면 더 좋겠지만. 시인들이 노는 모습을 보며 머무를 수도 있지. 모르지, 막상 왔다가도 뿌리치고 갈지, 잘해보도록 해.

그는 이 글귀를 몇 차례 읽었다. 오늘 행사의 성격을, 그조차 애매하게 품고 있었던 것들을 잘 통찰하고 있어서 놀랐다. 글의 앞뒤 어디에도 잘 있었지, 어떻게 지내, 건강하게 지내길 바라 등의 건조한 인사말조차 없어 서운했다. 이번에는 정말 헤어지자는 의도인 것 같다는 느낌에, 그 결연함에 온몸이 오싹했다. 마침 해가 넘어가려 하고 있었다. 문자가 한 통 와 있었다.
— 강산이 잘 묻어주고 왔습니다 ㅠ
그는 한 차례 더 몸을 떨었다. 녀석에 대해 잊고 있었다는 자각에 마음이 쓰렸다. 강산이 주인이 뒷산에 함께 올라가지 않겠느냐고 물었지만 그는 함께 하지 못하겠다고 대답했다. 그는 이 행사에 참여하느라고 서둘러야 했다. 더 잘해주지 못한 게 가슴 아프네요, 마음이 많이 불편하셨을 텐데, 수고하셨습니다, 강산이도 좋은 데 갔을 겝니다 등등의 말을 입력했다가 그냥, 수고하셨습니다 라고 답을 보냈다. 더 길게 덧붙이고 싶었지만, 그녀가 준비를 끝내고 그를 바라봤다.

  그는 시인과 함께 무대에 올랐다. 시인이 앞서고 그가 뒤를 이었다. 시인은 조금 전에 함께 있을 때와는 다른 모습이었다. 얼굴을 다듬고 엷은 웃옷 하나 더 걸쳤을 것 같은데. 시인이 마이크를 고쳐 잡고 차분하게 수상작을 밝히는 동안에 그는 비스듬하게 서너 걸음 뒤에 떨어져 섰다. 시인이 다 읽은 종이를 옆에 놓을 때마다 그것을 가져와 앞으로 모은 두 손에 쥐고 또다시 제 자리로 갔다. 이름이 발표될 때마다 작은 박수갈채가 나왔다. 마지막으로 시인은 자신의 신작시를 암송했다. 땅거미 지는 가을 하늘에 노구에게 손짓하는 노래다. 지상과 천상의 뮤즈들이 서로 포옹했다. 관람객들은 계속 웅성거렸다. 무대의 단차를 두고 서로 다른 세상이었다. 노래 경연대회나 상품 추첨에 마음이 가 있으니 다들 산만한 것도 무리가 아니지만 뮤즈들은 의연했다. 작은 뮤즈 하나가 무리에서 벗어나 그녀의 어깨 위에 살포시 내려앉았다. 그녀가 잠시 움찔하더니 인사를 하고 무대에서 물러났다. 그는 보조를 맞춰 함께 내려온 뒤 그녀에게 수고하셨노라고 일렀다. 그녀가 발개진 얼굴로 가볍게 응답했다. 그건, 그들만의 격려였다. 지인들이 그녀 곁으로 모여들어 인사를 건넸다. 해가 서산으로 넘어가자 조명이 빛을 발하는 가운데 저녁의 정령들이 여기저기 자리를 잡았다. ■

*노구소 전설

　강원도 횡성군, 강림면에는 노구소老嫗沼에 얽힌 사연이 전해져 내려온다. 조선 3대 태종에게 불충한 죄로 노구가 이 소에 투신한 후 그렇게 이름이 붙여졌다. 무명의 한 노파가 그대로 고유명사 '노구'가 되었다.
　이 글은 이 짧은 사연을 소재로 새롭게 창작한 것이다.

　변암과 태종대에 대한 정보는 '자랑스러운 원주의 위인, 운곡 원천석 선생(원주시)'에서 참고했음을 밝힌다.

틀니

1

 6교시를 끝내고 교무실에 들어서니 경수 엄마가 나를 맞았다. 학부모들이 교무실 문턱을 넘을 때 갖는 당황함이나 어색함은 없어 보였다. 조금은 푸석한 얼굴, 옅은 화장에 잔주름과 피로감이 역력했다. 내가 엄마 옆에 다소곳이 앉아 있는 아이를 보며 물었다.
 "졸업이 얼마나 남았다고."
 "별 의미가 없을 거 같아요. 아이도 동의했고."
 "금방 방학이니, 방학이나 지내고 보는 건 어때요?"
 "……"
 며칠 전 전화로 이미 끝낸 내용, 의례적인 절차만 남았다. 나는 책꽂이에서 서류를 하나 끄집어냈다. 자퇴 원서를 내밀자 그녀가 바로 책상 앞으로 다가앉으며 빈칸을 채우기 시작했다. 샴푸 냄새가 은은했다. 치통이 다시 일기 시작한다. 새벽부터 잠을 설쳤다. 주머니 속의 약을 만지작거렸다.

그녀가 내 지적대로 몇 가지 사항을 수정했다. 아이가 이름을 쓰고 서명한 뒤, 그녀가 학부모 이름란에 조수경이라고 썼다. 내 입으로 수경 씨, 하고 불러본 적이 있다. 꽤 오래전이지만. 만남이 반복되면서 조금씩 둘 사이의 서먹서먹함이 사라져갔다. 옆에서 보니 뺨과 턱 부위에서 화장이 일어나고 있다. 나는 인주를 내밀고 냉장고에 가서 생수통을 꺼내 약을 삼켰다. 박카스 두 병을 꺼내 자리로 돌아오니 도장까지 다 찍어 놓고 '수경 씨'가 일어나 있다. 살펴보고, 그녀에게 고개를 끄떡여주었다.

"무슨 일 있으면 바로 연락하시고요."

"네, 연락드릴게요."

아이는 가볍게, 그녀는 깊숙이 허리를 굽혀 인사했다. 나도 공손하게 고개를 숙였다. 성급히 출입문으로 향하는 모자의 발걸음이 친구 사이 같았다. '수경 씨'는 독문학 전공자로서 두 대학에 출강하고 있다. 나는 그녀의 전공 실력과 강사 타이틀을, 그녀는 내 정규직을 부러워했다. 특히 강사료가 나오지 않는 방학, 너무 뜨겁고 너무 추운, 여름과 겨울에는 더욱 그러했다.

나는 퇴근 후 학교 앞 죽집으로 갔다. 쭈빗쭈빗, 야채죽을 주문했다. 3년째 기러기로 살고 있으면서도 식당에 들어갈 때 직원이 혼자세요, 하고 물으면 여전히 당황한다. 아내는 아파트를 팔아 방 한 칸짜리 전세금만 내준 뒤 나머지 재산과 아이 둘을 데리고 호주로 갔다. 두 아이를 데리고 식사하고 있는 앞자리의 여자 얼굴을 물끄러미 바라다보다가 아내와 하던 화상 통화를 떠올렸다. 지난해 봄방학을 이용해서 호주에 다녀온 직후 아내는 화상전화를 통해서 이혼을 요구했다. 같이 있을 때 하기 어려운 말이라는 게 이해가 갔지만 어이가 없었다. 표정은 단호했지만 간간이 흔들렸다. 내 표정도 그랬을 것이다. 준비가 되어 있지 않은 내가 좀 더 곤혹스러워했을 테고. 나는 이후로 1년 정도를 버텼다. 사실 호주로 가기 전에 아내와의 사이에 이미 금이 가 있었다. 돌이켜보니, 출국 자체로 이미 별거로 들어간 셈이다. 다른 사람들에게는 자식을 남들처럼 외국 유학을 시키는 것으로 포장했다. 출국 후 2년이 지난 뒤, 지금부터 1년 전에 아내는 그곳에서 특산품 장사를 시작했다. 세 평 남짓했고 꿀과 로얄제리, 블루베리, 양모이불, 태반크림 등을 팔았다. 내가 반나절을 앉아 있었는데 손님은 꾸준했다. 가게 수입과 그동안 내 월급에서 빠져나간 백오십만 원을 합하면 그런대로 살 만했을 것이다.

  죽이 나왔지만 식욕이 없었다. 죽에 대고 후후 불고 있자니 헛웃음이 나왔다. 내 꼬락서니하고는…. 내 새끼는 남에게 맡기고 남의 새끼들을 끼고 씨름을 해온 셈이어서 그런 생각이 들었다. 고3 담임으로서 거의 매일 밤늦게까지. 하기야 집에 들어가기 싫어서 미적대기도 했었지만. 때때로 내 새끼가 옆 교실에 앉아 있으려니 위안을 삼기도 했다. 시간이 지날수록 식구들을 환상으로 볼 수밖에 없다는 게 짜증났다. 그건, 너무 추상적이고 비현실적이었다. 마흔아홉 살의 하루하루가, 지날수록 점점 더 힘겨웠다.

 겨우 몇 술 뜨다가 다시 수저를 놓았다. 울컥, 속이 상하고 서러움과 울분이 솟구쳤다. 식사 때 즐기던 반주처럼 조수경이 그동안의 허전함을 채워주었었구나, 하는 깨달음이 아픈 이빨처럼 신경을 깨웠다. 담백하고 지혜로운 여자였는데. 그러나 이제 그녀도 아이와 함께 떠났다. 이제 고3으로 올라가는 겨울방학을 앞두고. 다들 대학 진학을 위해 온가정이 올인하는 막바지에.

2

 나는 독일어 교사로 거의 20여 년째 근무 중이다. 전국에서 제2외국어로 독일어를 가르치는, 몇 개 안 되는 곳이다. 수업 시간 확보는 나날이 위태로워졌다. 그동안 버틴 게 대단했다. 이 땅에서 독일어는 그렇게 숨을 쉰다. 학교에서 소외되면서, 나는 밖으로 눈을 돌렸다. 철학

연구 모임에 참가하고, 천체동우회 활동도 했다. 김민희는 그때 통번역협회를 드나들면서 만났다. 한류공연, 중소기업 국제회의 등을 설계하는 코디네이터였다. 국제경험이 많았던 그녀에게 세상 물정 모르는 순진 덩어리, 그야말로 천둥벌거숭이 같은 독일어 선생이 재미있었단다. 그녀는 미인은 아니었지만, 그런대로 귀엽고 애교스러운 구석도 있었다. 몇 번 마주치면서, 그녀는 내게 호감을 보내왔다. 먼저 다가와 주는 외향적인 그녀 덕에 우리는 점차 가까워졌다. 차를 마시고, 식사를 하고, 그러는 동안 우리는 어느새 친구가 되었고, 애인이 되었고, 얼마 지나지 않아 그것들을 뛰어넘었다.

그녀가 왕래하면서부터 비로소, 귀신들에게 눌려 지내던 내 집, 방과 벽은 신이 났다. 나의 감각기관은, 다시 활기를 띠기 시작했다. 나 스스로 분명히 느꼈다. 그녀와 함께 있을 때나, 그녀가 다녀간 이후에는 집안에 향기와 평화로 가득 들어차고 있음을. 평화, 너무 추상적이지만 나는 그 단어가 좋았다. 향기조차 동화 속 내용에 불과했었지만. 그 손님들은 이제 함께 먹는 밥이고 보송보송한 이부자리고 그 자체로 달콤한 키스였다. 혼자 살면서도 단명하지 않을 수 있을 것 같았고, 자연스럽게 그 이전에 경험하던 두려움과 공포, 자살의 충동에서 벗어났다. 그게 느껴진다는 게 참으로 신기한 일이었다.

그러는 한편, 육체적인 쾌락에 빠지면서, 내 영혼이 점점 더 외로워하고 있다는 것을 자각했다. 영혼의 일방적인 시기만은 아니었다. 내게 융통성이 있었다면 두 가지를 잘 조화시킬 수 있었을 텐데. 어느 날부턴가 거부감이 느껴지며, 그녀를 밀어내기 시작했다. 그런데 내가 뒷걸음질 칠수록 그녀는 내게 더욱 다가왔다. 어느 날인가 술에 취한 그녀가 푸념처럼 털어놓은 적이 있었다.

"나 주변에 돈 많고 권력 있는 사람 많으니까… 교수도 있고 국회의원도 있고 재벌도 있는데… 왜 고딩 선생을 사랑하게 되었나 몰라요."

주말을 이용해서 바이어들과 지방을 다녀온 뒤 호텔에서 소파에 걸터앉아 스타킹을 올리며. 그녀의 표현대로 섹스가 훌륭한 날이었다. 나는 그녀의 뒷모습을 거울을 통해서 보고 있었다. 겉옷이 브래지어와 슈미즈 끈을 마술처럼 사라지게 했다. 마치 화상 통화를 하는 듯했다. 푸념은 임플란트 건으로 이어졌다. 수시로 치통에 시달리다 보니 피해갈 수 없는 화제가 된 지 오래였다. 그동안 치아를 소홀히 한 건 아내와의 별거 만큼 치명적이었다. 아니, 별거가 모든 사안을 빨아마셔 버린 블랙홀이었던 탓이리라. 독거가 주는 아픔은 치통처럼 안고 살았을 뿐, 벗어나 보려 발버둥 치는 것도 잊고 살았다.

"천만 원 정도 든다고요? 수술 들어가면 얘기하세요. 그깟 돈 때문에 그렇게 세상 다 산 사람처럼 그러지 말아요. 제가 해 드릴 테니."

"아, 그 얘기가 아니고."

"까다롭게 구는 게 더 힘들어요. 제발 그냥 받아주면 안 돼요?"

"당연히 안 되고말고."

"그럼, 수고비 미리 당겨 받는다고 여기면 안 돼요?"

"아, 그것도 좋은 선택은 아닌 것 같고."

그깟 천만 원 가지고? 나는 화를 누르고 혼자 중얼거렸다. 두 개에 오백만 원이나요? 하며 의사 앞에서 돈 없어 궁색해하던 죄인처럼. 치료용 의자에 누워, 더 놔둬 봐야 염증만 일으키니 뽑아버리지요, 하던 의사의 말을 떠올려 보았다. 나는 그녀 앞에서 스스로 가라앉고 있는 이빨, 말을 강하게 하면 바르르 떨던 이빨 두 개 같은 처지였다. 잠시 가슴이 휑하니 쓸쓸했다.

그래, 그녀의 회사는, 아니 그녀들은 환율 덕분에 하룻밤에 수천만 원을 벌기도 한다고 했다. 영어 자격증 따느라 다니는 교육대학원 학비도 좀 보태다오. 오가며 보내는 시간과 아이들 교육에 별로 도움이 되지도 않는 공부 하느라 버린 시간이야 어쩔 수 없다 쳐도. 이 고생하는 중늙은이를 가상히 여겨서. 그 말을 입 밖에 내지 못한 것은, 고마움보다는 두려움 때문이었다. 싫은 사람이 옆에 있는 게, 아니 손을 벌린다는 게 얼마나 부담되는 일인지, 나는 그녀에게서 체득했다. 그런 느낌을 이해하고 나서 나는 아내와 아이들과 나누던 화상전화도 끊었다. 아내가 내 얼굴을 보고 느꼈을 그 심정을 이해했다. 그녀가 무책임하고 야속했지만. 나는 아내가 내게 가졌을 그 마음을 김민희에게 응용해 틈틈이 이별을 연습했다. 임플란트는

틀니 239

점점 가라앉고 있는 내게 별 의미가 없었다.

3

 눈을 뜨자 시계부터 쳐다봤다. 잠든 지 채 한 시간도 지나지 않았다. 치통은 다소 가라앉았다. 집회에 참석하기로 한 약속을 걱정하다가 깜빡 잠이 들었다. 갈 수 있을까. 가지 않을 수 없다. W증권사에서 사둔 CP가 휴지 조각으로 변하고 있는 것이다. 어쩌 이자율이 높다 싶었다. 수렁은 유혹을 앞세워 웅크리고 있었다. 가야지. 가서 발악이라도 해야 하리라.
 흥건히 젖은 물수건은 미지근해진 채 목 아래로 처져 있었다. 가슴까지 축축해 몹시 불쾌했다. 냉찜질하던 비닐봉지가 터져 버린 모양이다. 의사가 핸드피스를 이빨에 댈 때 지이잉지이잉 하던 마찰음이 되살아났다. 혀를 놀려 이빨이 있던 곳에 가져가 봤다. 마취 안 풀린 입술과 혀, 기분까지 더러워졌다. 이빨이 없다는 느낌이 이별처럼 슬펐다. 설마 했는데, '수경 씨'와의 해후가 기약도 없이 사라지게 된 이후, 지난 며칠이 그랬던 거 같았다.
 나는 점심 식사 후 조퇴를 한 뒤 치과에 다녀왔다. 이빨이 아파서 아무것도 할 수가 없었다. 결국 윗니 두 개, 큰

어금니와 작은어금니를 뽑았다. 한꺼번에 두 개를 빼낼 만큼 형편없이 망가져 있었다. 신경 치료로 버틴 지 3년 만이었다. 이제 왼쪽엔 어금니가 하나도 없다. 예전에 아 랫어금니 두 개를 뺐을 때 임플란트를 하라는 의사의 권 유를 따랐어야 했다. 가격은 두 개에 3백만 원 정도였는 데, 이제 두 개를 더 심어야 하니, 채무액이 두 배로 늘어 났다. 고생도 많았다. 의사 말대로 했더라면 윗니들이 더 버텨줄 수 있었을 것이다. 틀니를 해 넣었지만 툭하면 빼 놓아서 윗니들이 스스로 무너져 버렸다는 생각이 들었다. 그것들은 아랫니가 없으니 기댈 데 없어 쉽게 흔들리고, 홀로 아파하다가 무너졌을 것이다.

그동안 틀니 때문에도 마음고생을 많이 했다. 틀니는 늙은이 것이라 생각했는데, 내 입에 넣다 빼는 틀니가 끔찍했다. 의사는 사랑니를 빼지 않아 그나마 틀니를 걸 칠 수 있어 다행이라 했지만, 자기 주둥이가 그렇게 되 어도 그리 말할 것인가, 부아가 치밀었지만 어쩔 수 없 었다. 더 큰 문제는 입을 벌릴 때마다 왼쪽 턱에서 나는 따악, 소리였다. 그동안 성한 이빨이 있는 쪽으로만 주로 씹어대 턱뼈가 어긋나버린 것인데, 턱에서 귀로 이어지는 신경의 통증 때문에 자다가도 깨곤 했었다. 불편하고, 아 프고, 상심에 빠진 채 대책을 마련하지 못한 내 잘못이니 감수해야 했다. 의식주며 가정, 스스로를 제대로 관리하 지 못한 죄가 이빨과 턱의 공격으로 위험 수위를 넘으려 했고, 이제 오래지 않아 내 삶은 이빨처럼 이대로 무너져

버리고 말리라는 것을 모르는 바 아니었다.

 아직 한 시간가량 남아 있으니 진통제를 챙겨 가면 농성에 참석할 수 있겠다는 생각이 들었다. 다시 자리에 누웠다. 거실의 정물들을 물끄러미 바라다봤다. 누레진 행운목 나뭇잎 두 개가 빙글빙글 돌며 바닥으로 떨어지더니 연이어 사각사각, 소리를 냈다. 며칠 전 늦은 밤, 연필로 유서를 쓸 때 내던 소리와 많이 닮았다. 이 몸으로 농성장에 가다니 무슨…… 안 가 봐도 돼, 무엇인가가 속삭였다. 눈을 굴려보았다. 그렇게 주장하는 귀신 또는 혼의 속삭임이 사물에 투영되어 나타나고 있다. 째깍째깍, 제법 앙칼진 벽시계가 발원지다. 신혼 초부터 저렇게 소리내고 있었을 텐데도 몇 번 의식하지 못하고 살아왔다. 나는 독거하면서부터 주변의 소리들이 귀신들의 의사 전달 방식의 하나라고 여기게 되었다. 자세히 들어보니 현재 시간이 아닌 이 세상에서의 남은 시간을 알리고 있었다. 어디선가 휴대전화가 이물질처럼 진동음을 냈다. 나는 물끄러미, 휴대전화 화면 위의 발광판을 바라다봤다.

 집회와 시위는 이승에서의 마지막 과제다. 거의 중증환자라고 불러도 좋을 집회자들을 만나봤자겠지만 내 몫은 하고 싶다. '투자'니 '단기이윤 최대'니 하는 말에 속지 말아야 했다. 투자 건이 사기극이라는 사실이 밝혀지고 투자금이 날아가게 되자 더 살아야 할 이유를 모르겠는 거였다. 아니, 의욕을 박탈당한 것이다. 앞으로도, 혼자 살더라도 좀 더 그럴듯한 전세라도 구하고. 아내에게 경제적으로 좀 더 보태주고자, 그렇게 해서라도 마음을 진정시키고 말꼬라도 트고 싶은 마음에 서두르다가 그만 발을 헛디딘 것이다. 결국 이렇게 끝날걸. 세상에, 말 그대로 백주 대낮에 그런 사기가 횡행하다니. 귀신들은 안팎으로 괴롭혔다. 더 이상 기댈 곳도 없고, 어딘가에 기대고 싶지도 않다. 내 한목숨 사라지면 다 그만이다. 고독이 곰팡이들 뒤에서 멀뚱멀뚱 몸을 최대한 숨기고 내 눈치를 보고 있다. 희망과 의지조차도 그 분위기에 눌려 구석구석 빛이 들어가지 못한 곳에서, 내가 뿜어대는 색다른 살기에 숨을 죽이고 있을 터. 정말이지 내가 밉고 녀석들이 밉다.

텔레비전을 켜고 이리서리 채닐을 둘러봤다. 별거 없어서 리모컨을 소파 위에 던져 버렸다. 버튼이 눌렸는지 텔레비전이 자동으로 꺼졌다. 며칠 전 읽다가 만, 이승우의 단편 소설 '사람들은 자기 집에 무엇이 있는지도 모른다'를 발끝으로 끌어당겼다. 첫 페이지에 "카프카는 자기의 작품 한 곳에 사람들은 자기 집에 무엇이 있는지도 모른다고 썼다. 옳은 말이다." 나는 내 집에 무엇이 살고 있는지 안다. 이승우의 소설에서처럼 귀신이 살고 있다. 어렴풋이 보이는 데 연기 같기도 하며, 기묘한 소리를 낸다. 주변을 얼어붙게도 하고, 제법 온화한 분위기를 연출하기도 한다. 어쩌다, 꿈인가 싶게 그 형체가 보이기도 하고, 스윽슥 사악삭 스윽삭, 발을 끄는 소리로 나돌아 다니기도 했다. 그 귀신은 주로 벽과 천정에 모습을 드러냈다.

당뇨병 환자가 당이 부족해 덜덜 떨 때처럼, 외롭다고 느끼면, 경계 없이 내려와 내 육신과 마음속을 헤집고 다녔다. 정신을 차리고 눈을 부릅떠서야 녀석들은 눈앞에서 사라지곤 했다. 그래봤자 가위눌리는 밤이 다 지나, 자연스럽게 찾아오는 새벽 햇살에 녀석들이 쫓겨 숨는 것일 테지만.

휴대전화가 다시 떨기 시작했다. 조금 전보다 짜증스러워했다. 김민희일 거다. 어디 있는지 확인하려고 전화하는 것이겠지만, 그녀를 집에 들이기 싫었다. 젖은 물수건 같은 몰골 따위 문제도 아니었다. 이제 그녀에 대해 몸과 마음을 일으킬 자신도 의지도 없었다. 그래도 어디서 걸려 온 전화인지 확인이라도 해야 하지 않을까 망설이고 있는데 진동이 제풀에 그쳐 버렸다. 그동안에도 유독 그녀에게서 오는 전화는 받으려고 마음먹는 사이에 먼저 끊어지기 일쑤였다. 그녀가 며칠 전에 택배로 부쳐준 인스턴트 호박죽과 잣죽이 생각났다. 점심을 대충 해 치웠더니 그거라도 데워 먹을까 했지만 입맛이 따라주질 않았다. 집 안에 기어다니던 바퀴벌레가 입 안에서 마른침을 빨고 있는 듯했다. 짜장? 카레… 다른 것들도 마찬가지였다.

휴대전화 발신자는 김민희였다. 마음 한구석으로는 조수경이라는 이름이 찍혀 있기를 바랐다. 그녀라면 내가 일부러 전화라도 걸어 만나자고 할 텐데. 정신적으로 내게 힘이 되어준 여자가 분명했다. 보고 싶은 여자는 떠나고 마음 떠난 김민희만 성화를 부렸다. 그래도 내게 실질적인 위로가 되었던 여잔데 언제부턴가 왠지 마음이 가질 않았고 관계가 깊어질수록 공허해지고 불편해지기만 했다. 김민희와 조수경, 아내 사이에서, 김민희와의 육체적인 탐닉이 시들시들해지면서부터 그랬을까, 김민희와는 학교 아이들과의 관계처럼 아주 구체적으로 데면데면해지고 있다. 둘 다 결코 호락호락하지 않았다. 주머니 속에서 다시 휴대전화의 진동이 느껴진다. 진동은 착잡함으로 이어졌다.

4

개교기념일이어서 아침부터 집에서 늘어져 있었다. 휴일이니, 휴대전화도 구석에 던져 놓았다. 메시지와 전화가 여러 통 걸려 왔지만 받지 않았다. 나는 쉬고 있지만 평일이니 밖은 여전히 업무 중이었다. 한참을 지나 조용해지자 화면을 들여다보았다. 그새 조수경으로부터 부재중 전화와 문자메시지가 각각 하나씩 들어와 있다. 마음이 착잡하지 않다면 비정상적일 것이다. 대안학교 면접이 있어서 지방으로 가고 있어요. 그동안 고마웠어요. 조만간 술 한잔해요. 조수경 드림. 그리움에 버튼을 누를 뻔했지만 자제하기로 했다. 그것도 잠시 결국 버튼을 누르고 말았다.

"이렇게 통화하니 새롭네."

"그러게요, 떠나가는 길에…."

"아주 떠나… 는 것도 아닌데."

"…?"

예정대로 침묵이었다. 내가 물꼬를 틀 수밖에 없었다.

"운전 중이겠네?"

"휴게소에서 커피 마시고 있어요."

"경수는?"

"나름 심각하기도 하고, 짐을 벗어버린 듯해 보이기도 해요."

나는 담배를 피워 물었다.

"엄마가 잘 해줘야지…."

"괜찮아요. 서로에게 준 선물이라고 여기기로 했어요."

"다녀와서 연락해요."

머릿속으로는 선물? 하면서도 그만 인사를 끝냈다. 담배가 떨어진 날 재떨이를 뒤져 찾은 꽁초에 불을 붙여 한 모금 한껏 들이 마신 듯한 느낌이었다. 그렇게라도 한 모금 피우고야 마는 만족감과 피우고 난 후의 자책감 혹은 후련함, 아니, 다시 한번 자책감. 그런데 그 짧은 순간, 그녀의 말이 이어질 것 같다는 예감이 들었다. 그녀도 한 모금 피우고 싶었던 모양이다. 그녀의 목소리는 목마를 때의 생수 한 모금이었다.

"근데, 저 그때 떨었어요?"

마치 여진처럼 떨림이 느껴졌다. 그때와 동일한 파장이었다.

"언제, 교무실에서?"

"네, 도장 찍기 전후해서."

"아니, 전혀 못 느꼈는걸."

"그랬군요."

떨지 않았다면 이상한 일일 것이다. 그러기가 겁나서 모두들 외국으로, 외고로, 자립형사립고로 향하는 것일 터. 다행히 대안학교로 가는 발걸음이 가벼웠으면 좋겠다 싶은 바람을 가져보았다.

"그래, 잘 다녀오시고…."

"연락드릴게요."

눈물이 찔끔, 흘렀다. 소파 옆 구석진 벽에 비스듬히 등을 기대고 앉아 다시 텔레비전을 켰다. 식품 광고 방송이 진행 중이었다. 머릿속에서는 다시 호박죽과 잣죽이 아른거리는데, 속이 쓰렸다. 채널을 돌렸다. 영어 회화 광고가 이어졌다. 그저, 영어, 영어, 영어. 세상은 영어다. 나는 리모컨을 집어 던졌다. 영어라니. 하긴, 내가 보기엔 영어도 귀신이었다. 이미 수십 년 지속된 일, 그러면서도 여전히 그 진부한 문제나 잡고 늘어지고 있는, 아니 벗어나지 못하고 있는 나 자신도 그런 존재에서 멀리 떨어져 있지 않을 터였다. 내 아이들은 호주에 있고 김민희 아이는 외고에 다닌다. 런던에서 공부하다가 특례 입학했다. 영어로 된 옷을 입지 못해 난리다. 오늘, 조수경은 그건 길이 아니라고 결연히 외치고 아이와 함께 대안을 찾아 나섰다. 떨고 있지 않느냐고 물으면서. 삶은 떨면서 진행되는 것이라는 사실이 자각됐다. 이 영어 지상주의 세상에서 그 떨림은 필연이다. 그 떨림이나마 있어 산소를 공급해 주고 있는 거 아닌가. 외국으로 내보낸 내 아이들이나 외고에 다니는 김민희의 아이는 괜찮고 자퇴하고 미래에 대해 곰곰이 생각을 해보겠다는 아이와 그 에미는 나부터도 못마땅하게 여겨진다. 나는 정상인가? 가족이 해체되자 수경은 결연히 자퇴의 길을 택하지 않았는가. 내 가족은 두 눈 뜨고 망가지고 있지 않은가. 나는 그 떨림에 동참할 생각조차 못 하고 있다.

5

재떨이에서 일어난 연기가 제 칸에 꽤 매웠다. 나는 재떨이에 대고 수건을 짜냈다. 창문을 열 요량으로 커튼을 젖혔다. 초록 나뭇잎들이 반가워하며 창밖을 가득 메우고 있었다. 일 층 담벼락 밑에서 올라온 목련나무다. 휴대전화 진동음에 뒤돌아보는데 나뭇잎이 푸른 새 떼처럼, 스크린 같은 벽에 앉아 있는 게 눈에 들어왔다. 나는 새

떼들의 진로를 터주느라 창가에서 비켜섰다. 녹색 나뭇잎은 그림자도 연초록으로 물들인다는 게 신기했다. 비켜서서 밖을 내다보니 동산에서 이쪽 창으로 축 늘어진 나무들이 목련과 손을 잡고 춤을 추며 몸을 한껏 부풀리고 있었다. 겨우내 못 잡고 있다가 이제 한철 그들은 손을 잡기 시작한 것이다. 나뭇잎의 흔들림은 그 자체로 환호였다. 아내와도 저렇게 삭삭 소리를 내며, 손을 마주 잡을 수 있을까. 집과 동산 사이에는 차 두 대가 겨우나마 다닐만한 길이 나 있었지만 멀리서 보면 숲과 집 사이에 나 있는 길은 신비스럽게 숨겨져 있다. 길은 없으면서도 있다. 동산 너머 운동장에서는 주말을 맞아 체육대회를 하는지 사람들의 고함끠 호가 소리가 간혹 산 아래로 넘어왔다. 진정한 만남의 계절은 이미 지나갔다. 동네는 이미 재개발로 찢어져 서로를 뭉개고 있으니까.

다소 비장한 마음이 들었다. 산으로 올라가 봐야겠다는 충동에 머릿속엔 산책로가 펼쳐졌다. 저 위쪽으로 작은 운동장이 하나 있고 그 너머로는 2차선 간선 도로가 가로질러 나 있는데, 그 도로를 넘어서면 산으로 향하는, 뻘건 흙이 묻는 길이다. 그 길로, 이 작은 동산은 모락산으로부터 잘려 섬이 되었다. 나는 이 섬 같은 숲을, 텃밭이라는 단어에서 차용하여 '텃숲'이라고 불렀고, 내가 사는 집은 그 숲 끝에 매달리듯 놓여 있다. 나는 휴대폰과 지갑을 주머니에 쑤셔 넣었다. 현관을 나서 베란다에 나서니 오줌을 누고 났을 때처럼 몸이 한번 부르르 떨렸다. 그리고 보니 좀 춥게 잠을 잤나 싶다. 그나마 남아 있던 이빨들이 짧게 너덜댔다. 혹은 그런 느낌이었다.

휴대전화가 다시 진동했다. 화가 나 있다. 며칠 전 그녀에게서 왔던 전화의 진동음이 되살아났다. 공교롭게도 다시 집회가 있는 날이다. 다시 물었다. 가야 하나? 대문을 나서는데 큰 길가에 자동차 한 대가 골목 입구에 정차한 채 한쪽 깜빡이를 켜고 있다. 나는 순간적으로 산 쪽으로 난 연립주택 담벼락 모퉁이에 숨었다. 은색 아우디. 그녀의 자동차다. 담벼락 뒤에서 빠꼼이 고개를 내밀며 동정을 살폈다. 역시, 그녀가 한 손에 전화를 들고 있다. 전화를 받지 않으니까 무턱대고 집으로 쳐들어온 모양이다. 조용하던 골목길에 퍼지는 엔진소리 같은 그녀의 화난 얼굴이 클로즈업되었다. 말다툼한 지 보름 동안 그녀와 전화 통화도 피하고 지냈다.

급한 동작에 피가 빨리 돌았는지 턱에서 귀밑으로 이어지는 신경에 미미한 통증이 느껴졌다. 내친김에 담벼락을 따라 길도 없는 덤불을 헤치고 걸어갔다. 그래봤자 불과 이삼 분 남짓한 거리다. 길이 없다고 길이 없는 것도 아니다. 곧 숲이 끝나자 건널목이 길을 가로막았다. 맞은편에 빨간 점멸등이 가물거렸다. 급히 건널 필요가 없으므로 나는 깜빡이는 신호등을 바라보며 한참 서 있었다. 방금 지나온 숲은 분명 섬이다. 나는 건널목 앞에 선 채로 고개를 들어보았다. 동네 너머로 산이 시작되어 있다. 뒤를 돌아다보는데, 그녀를 피해, 길도 없는 숲을 잘도 지나왔다는 생각이 들자 오히려 길 앞에서 멈칫거리던 자신이 생각났다. 길은 없어도 된다는 생각이 뇌리를 스쳤다. 특히 과거와의 연결을 완전히 지워 버리는 길이 그렇다. 오히려 이 간선 도로로 몇 년 전만 해도 텃 숲에서 큰 숲으로 나 있던 추억, 오솔길 같던 기억은 이미 가물가물했다. 길, 그것은 이미 단절이다.

간간이 이빨과 턱뼈에서 통증이 맥박처럼 이어지지만 참을 만했다. 건널목을 지나 산 쪽으로 발걸음을 옮겼다. 산으로 나 있는 길은 어느새 포장되어 있었다. 아스팔트가 까맣게 반짝이는 것으로 보아서는 공사가 끝난 지 얼마 지나지 않아 보였다. 산 위쪽을 보니 길 끝자락 입구는 땅굴처럼 여전히 검은 입을 벌리고 있다. 산허리를 가로지르는 도로를 내면서 위아래를 연결하라고 내준 터널이다. 도로 위로 오가는 차량이 동물의 울음소리처럼 웅웅거린다. 도로를 떠받치고 있는, 화강암과 시멘트로 쌓아 올린 좌우 수십 미터 길이의 축대는 성처럼 뻗어 있고, 뼈다귀처럼 수직으로 솟은 송전탑은 감시 초소처럼 산과 마을을 향해 눈을 부라리고 있다. 그곳으로는 산이 아래로 내려올 수 없을 것 같다. 조금 전에 투덜거리며 지나쳐 온 건널목이 차라리 그리워졌다.

이제 산을 등지고 동네를 내려다보며 자리를 고쳐 앉았다. 그러고 보니 지난겨울 이래로 한 번도 올라오지 않았었다. 그전에는, 적어도 보름에 한 번씩은 식구들이 철을 가리지 않고 와서 한두 시간이고 놀며 가끔씩은 도시락을 까먹던 곳이었다. 색이라고는 없는 겨울에 제일 먼저 노랗게 꽃을 피워내던 산수유나무들에 왜 그리 정이 갔던지. 반나절 이상 냉이와 쑥을 캐느라 옷을 걸어놓았던 물푸레나무도, 싸 온 김밥과 삶은 감자를 먹다가 산에서 내려오는 개울물에 손을 담그며 춥다고 손을 비비곤 했는데.

김민희. 나는 멍하니 산과 터널과 중성의 빛을 내는 하늘을 오랫동안 바라다보았다. 그녀에게 전화를 걸기로 했다. 피한다고 될 일도 아니었다. 좋다. 그러나 나와의 동행이 좋지만은 않으리라. 나 혼자 가기도 두려웠는데, 네가 황천길 동반자가 되어주면 좋겠다. 산 아래로 돌린 발걸음이 가볍게 느껴졌다. 그럼 그럼, 그래도 예까지 찾아온 손님인데 그냥 보낼 수는 없는 일이지. 전화기 버튼을 눌렀다. 집 앞에 차를 주차하고 카페에 가 있다고 했다. 옷을 갈아입고 그녀가 기다리는 카페로 갔다. 그녀가 조금 놀란 듯이, 그러나 태연하게 물었다.

"어디 아파요?"

"좀 피곤해서."

"얼굴이 쪽 빠졌네요."

"대학원 과제물 내느라고…."

"영어, 참 끝이 없죠?"

만남이 영어로 시작되자 개운치가 않았다. 그러나 내가 유도한 말이고, 게다가 마지막인데, 연인에게 방긋 웃어 보이기로 했다. 그녀가 커피를 주문했다. 나는 냉온수기가 있는 곳으로 가서 더운물을 섞어 진통제를 삼켰다. 손으로 주머니 속의 전화기를 만지작거리며 돌아와 보니 어느새 그녀의 커피잔이 비어 있다. 내가 자동차 키를 집고, 내가 운전할게, 하자 그녀가 고개를 끄떡했다. 내가 말했다.

"나, 지금 일산 가야 하거든."
"오래 걸려요?"
"가봐야 알겠는데."
"같이 가도 돼요?"
"나가지."

내 몫의 커피를 한 모금 마시고 먼저 출입구로 향했다. 그녀가 오늘 유난히 짙은 화장을 한 게 어색해 보였고, 나는 겨울 같은 얼굴을 하고 있으리라. 허접스러운 사고와 말들이 머릿속에서 내 의지와는 상관없이 번식했다. 그래도 말이라도 번드르르하게 하고 싶었다. 나는 잠시 목을 가다듬고 말했다.

"오늘 유난히 예뻐 보이네."

김민희가, 이 친구 뭘 잘못 먹었나, 하는 표정을 짓더니 슬쩍 웃어넘겼다. 골목길에 들어서자, 삐빅 그녀의 자동차가 응답했다. 운전석에 앉으니 더 깍듯했다. 그녀를 안고 있을 때처럼 상큼했다. 역시 좋은 자동차는 기분을 전환해 주는 데 인색하지 않았다. 운전을 하면서 오늘 모임 대표에게 계속 전화를 넣었지만 통화로 이어지지는 않았다. 토요일 오후인데도 외곽순환도로는 별 막힘이 없었고, 중동에서도 비교적 원활했다. 삼십 분여 더 달리자 자유로 입구가 나왔다. 차창 왼쪽으로 넓은 하늘이 펼쳐져 시원했다. 새삼 자유로워지고 싶어졌다. 그래서 자유로인가? 스스로에게 물으면서도 유치하다는 생각이 들어 우스웠다. 아직 시간이 남아 있을 터, 일산으로 들어가지 않고 직진했다. 속도를 늦추고 이십여 분을 더 달리자 오른쪽 산 위에 흰 돛단배가 걸려 있는 게 눈에 들어왔다. 산에 놓인 배가, 길이 막혀 갈 수가 없다고 하소연하고 있었다. 괜찮다, 너그러워지자. 산수유나 물푸레처럼 산뜻해지자꾸나. 그런 생각들이 중얼거림으로 삐져나왔는지 그녀가 나를 바라다보곤 했다. 나는 우측 깜빡이를 켜놓고 차에서 내려 그 배를 바라다보며 휴대전화를 꺼내 전화를 걸었다. 집회 때문에 바쁜지 역시 전화를 받지 않았다. 담배 한 대를 천천히 다 피웠다.

 나는 다시 차에 올라탄 뒤 천천히 차를 몰았다. 구석구석 작은 길까지도 여기저기 탐색했다. 어디가 좋을까. 한 번에 끝내야 한다. 깊은 물 속에 처박히거나 높은 벼랑에서 추락하면 그만이다. 조금 가다 보니 임진강이 한눈에 내다보이는 언덕이 있다. 막상 올라가 보니 그리 높지 않아 실망했다. 차에서 내려 그 발치로 다가가며 담배 한 개비를 입에 물었다. 뒤로 전진했다가 전속력으로. 실수가 있어서는 안 된다. 담뱃불을 붙이려는데 바람이 강해 잘 붙지 않았다.

 어느새 그녀가 다가왔다. 그녀가 코트의 단추를 풀고 양

손으로 코트 자락을 붙잡았다. 그 사이에서 내가 담뱃불을 다 붙이자, 기다렸다는 듯이 그녀가 내게 안겼다. 연기가 목에 걸렸다. 그녀가 오른손으로 나의 목과 가슴을 쓰다듬었다. 뒤꿈치를 들어 목덜미에 입술까지 가져다 댔다. 담배를 입에 문 채 나는 어정쩡하게 그녀를 한 손으로 안았다. 그녀가 더 깊숙이 내 몸을 파고들었다. 나는 얼떨결에 그녀를 양손으로 껴안아 보았다. 푸근하고 아늑했다.

"끝나면 바로 집으로 가요."

"거긴, 가기 싫어."

"어디 갈 데 있어요?"

나는 겸연쩍어서 가만히 있었다. 자동차 매연 연기가 매콤했다.

"집에 가요."

"잠깐 내버려 둬."

"아이들처럼."

"그래. 나도 자퇴하고 싶어. 아이들처럼. 학교 다니기 싫어. 가능하면 이 세상에서."

그녀가 피식 웃었다. 나도 슬며시 웃음을 지었다. 나를 보고 그녀가 더 크게 웃었다.

"아이들 앞에서 그래 보시지요."

"그랬지. 아이들도 배꼽 잡고 웃더라니까."

나는 울지도 웃지도 못하고 있는데, 그녀가 자리를 떴다. 그녀가 어느새 운전석으로 갔다. 내가 포로처럼 조수석에 가 앉자, 그녀가 뒷자리에 놓여 있던 종이가방에서 포장지로 곱게 싸인 상자 하나를 건넸다.

"풀어봐요."

"웬?"

"런던에서 사 온 거예요."

"만년필? 시계? 라이터? 핸드폰?"

풀어보니 파이프였다. 색상과 사이즈, 디자인에서 공을 들인 게 역력했다. 커다란 알밤만 한 헤드가 오므린 손안에 꽉 잡혔다. 길이는 엄지와 검지 한 뼘쯤, 빨아 보니 시원하게 빨렸다. 그녀가 고개를 돌려 내 표정을 살폈다. 내가 마음에 쏙 들어 한다는 걸 알아차렸다. 그녀가 눈짓으로 종이가방 안을 가리켰다. 깡통이 하나 들어 있다. 아마 연초 통일 것이다. 그 옆에 스카치테이프로 연결된 면 주머니가 하나 더 달려 있다. 그것을 떼어내 내용물을 꺼냈다. 그녀가 풀어보라고 채근했다. 은박지를 풀다가 그게 무언지 알아차리고 나는 긴장하기 시작했다. 그녀가 턱짓을 했다. 나는 어물거렸다. 파이프를 받았을 때 기뻐하는 반응을 보였던 것과는 달리.

"지금 피우라고?"

"뭐, 누가 안 된대요?"

나는 헤드에 엽초를 채워 불을 붙였다. 두어 번 불을 꺼드리지 않으려면 연속해서 빨아댈 수밖에 없다. 그다음엔 연속해서 연기를 빨아 마시고 입을 다물었다. 호흡도 멈췄다. 입안의 알싸함과 폐부의 둔중함, 짙은 연기와 마른 풀잎 냄새, 머리가 핑 돌았다. 그녀가 차창을 올리고 내 얼굴 앞에 코를 들이밀었다. 나는 파이프를 그녀에게 건넨 뒤 눈을 감고 의자에 깊숙이 기댔다. 그녀가 한 모금 연기를 들이켠 뒤, 숨을 참았다. 내게 건네려는 파이프를 다시 그녀에게 밀었다.

"나는 운전해야지요."

"좀 더 있지."

그녀가 내 손에 파이프를 쥐게 해 주고 차를 출발시켰다. 그녀가 나를 주시했다. 그녀의 눈치를 의식하고 있다가 나는 몇 모금 더 들이마신 다음에 눈을 감았다. 그녀가 조금 더 달리다가 차창을 열었다. 차가우면서도 시원한 공기가 들이닥치자 우리를 태운 자동차가 통째로 행글라이더처럼 천천히 하늘을 날아오르는 듯했다. 어떤 새로운 욕망이 울렁울렁 차올랐다. 나는 그녀를 힐끗 쳐다보았다. 좀전에 그녀가 나를 바라보던 눈빛을 떠올렸다. 그녀를 안고 싶어 달아오르는 몸과 마음을 그냥 내버려둘 수가 없었다.

전화가 걸려 왔다. 약속했던 게 불현듯 떠올라 정신이 없는 가운데 나는 대뜸 전화를 받았다. 그녀가 길가에 차를 세웠다.

"바빠서 전화 못 받았어요. 어디세요? 오고 계신 거지요?"

"일산 다 왔어용."

입 밖으로 나오자 말이 비틀거렸다. 일…산다…와따니

까요…용.

"장소가 바뀌었어요. 우리 지금 서울 시내로 가고 있어요."

"네, 뭐요, 어디로용?"

"강남. L건설사 주총 회장이에요. 시위에 돌입하려고요."

"조금 있다가 다시 전화할게용."

그러고 보니 사람들의 목소리가 컸다. 고함과 외침이라는 게 자각되었다. 전화는 끊겼지만 마음 아파하는 사람들의 표정이 어른거렸다…. 비명 소리가 귓가에 쟁쟁했다. 나는 다시 눈을 감았다.

"무슨 소리예요?"

이 여자 참 귀도 밝았다. 나는 혀 꼬부라지는 소리를 냈다.

"기업어음 사 둔 게 있었거등. L건설사라데."

"PF 관련된 거네요. 선상님, 정말 눈뜬장님이시네요. 얼마나 물렸어요?"

"사천만 원… 나가봐야 하는뎅."

"어쩌자고 그런 사기에…."

말줄임표를 느끼면서 나는 까무룩 잠 속으로 미끄러져 들어갔다. 사기 소식을 접했을 때처럼 약 기운에 나자빠진 듯했다. 장님이니, 눈을 감는다고 면죄가 될까마는, 생각하다가. 후후, 나 혼자 실실 웃는 게 느껴졌다.

"다 왔어요."

나는 잠에서 깨 눈을 비볐다. 그녀가 차를 주차하는 동안 나는 멍하니, 넋을 놓고 허수아비처럼 대문 앞에 서 있었다. 바람이 싱그러워, 하늘을 보았다. 하늘은 부시도록 파랬다. 그리고 잇몸이 근질거렸다. 그녀가 집으로 앞장서고 나는 쭈뼛거리며 뒤따라갔다. 두 차례 그녀가 내 겨드랑이에 손을 넣고 부축해 주었다. 나는 여전히 히죽히죽, 웃었다. 거실에 들어서자마자 나는 자리에 누웠다. 옷 벗을 기운도 없었다. 그녀가 파이프에 불을 붙여 잠깐씩 틈을 두고 몇 모금 들이마셨다. 신음 같은 숨쉬기가 이어졌다. 그녀가 내 팔을 가져다 베개 삼았다. 벽은 노란 산수유와 푸른 물푸레나무 이파리 색으로 착종 되어 있었다. 뭔가 뒤통수를 간질였다 궁금해서 고개를 뒤로 돌리려고 하는데 그냥 영상이 전달되었다. 벽과 천정이 노랗고 연푸르게 출렁댔다. 환호가 이어지기 시작했다. 그녀가 호호, 깔깔대더니 신음을 길게 내뱉었다. ■

부록

교사들의 방학숙제

*이 소설은 중편소설 「꽃잎, 또 지는데」를 단편소설로 새로 엮어서 계간 『작가들』(2020년 가을, 통권 74호)에 게재했던 작품입니다.

교사들의 방학숙제

교감이 모는 배가 몇 차례 제자리에서 맴을 돌았다. 민대머리가, 안개가 심한데 하고 짧게 외마디 신음처럼 내뱉었다. 민대머리가 외쳤다.
"어이, 어딨어?"
"어어어, 여기이….."
저쪽 배에서 털보가 말을 받았지만 어둠 속이었다. 바로 옆, 털보의 배에서 나는 엔진소리와 목소리만 아득했다. 잠시 뜸을 들인 후 털보가 소리를 지르다시피 물었다.
"어이, 어딨어? 빨리 오지 뭐해?"
이번에는 털보가 민대머리의 목소리를 압도했다.

"어어, 금방 갈게."

민대머리가 약간 언성을 높여 응답했다. 10여 초 지났을까, 서로 음파로만 의사를 타진하는 상황이 연출되었다. 민대머리가 급히 교감과 교대해서 운전석에 앉았다. 교감은 구겨지듯 민대머리가 앉아 있던 곳으로 기어왔다. 몇 분 되지도 않아 운전석에서 쫓겨난 게 속이 상했는지 더 이상 말이 이어지지 않았다.

다시 민대머리가 근처에 있을 저쪽 배에 대고 물었다.

"어이, 왜 안 따라와?"

"어어어, 가고 있어!"

몇 차례고 같은 대화가 간헐적으로 반복되었다. 그러더니 느닷없이 민대머리의 배 바로 옆에서 털보의 배가 솟아나듯 나타났다. 민대머리가 놀라서 물었다.

"아니, 어디서 나타난 거야!"

털보가 투덜댔다.

"제기럴, 반갑지도 않다는 투네!"

"어이쿠, 참, 반갑고 자시구 할 참이 아니지!"

민대머리가 어이없어했다. 그것도 잠시 털보의 배가 좌, 우, 앞, 뒤 할 것 없이 나타나며 민대머리의 배와 교차했다. 때론 가볍게, 때론 제법 둔중하게 스치기도 했다. 이미 안개보다 조금 더 짙은 검은 물체들에 불과했다. 서로를 탐색하는 것은 이미 본능적인 감각이 되어 버렸다. 삽시간이었다. 존재를 잃은 허무 사이로 불안한 고성만이 간간이 뭉툭하게 메아리쳤다. 이제 식당으로 되돌아갈 엄두조차 내지 못할 상황이 되어버렸다. 두 배에 각각 나눠 타고 있는 일행, 다섯 명과 네 명, 모두의 탄식과 한숨조차 단말마로 녹아 사라졌다.

금요일 정오쯤, 방학식이 끝나자마자 유진만 일행은 대부도로 향했다. 모두들 그곳에서 김경호 일행과 만나 함께 배를 타고 근처의 섬으로 가기로 되어 있었다. 섬 여행은 지난번 김경호가 학교에 찾아왔을 때 이미 이야기되었다. 2박 3일 섬에서 푹 쉬다 오기로 되어 있었다. 김경호가 학부모로서 교사들을 대접하겠다면서 현재 용일이의 3학년 담임인 김기현과 지난해 2학년 담임인 유진만을 초내했다. 유진만은 현재 3학년 부장을 맡고 있다. 마침 1학년 때 담임인 최상현에게도 연락했더니 흔쾌히 동참 의사를 밝혔다. 용일이 담임 세 명이 한자리에 모이는 진풍경이 벌어질 터였다. 용일이가 그동안 무던히 담임들 속을 썩인 일은 학교가 다 아는 일이었다. 가출, 무단결석, 왕따, 수업 일수 부족 등등. 김경호는 그저 용일이가 졸업만 해주기를, 또 지방대학이라도 진학할 수 있다면 더 바랄 게 없다고 했다. 다음 주 월요일부터 여름 보충수업이 시작되기는 하지만 방학은 이미 시작된 것이었다. 진작부터 기다리던 방학의 해방감을 맛보기 위해 학교에서 직접 바다로 직행했다. 선생들만이 누릴 수 있는 방학, 그 해방감의 바다가 마음을 설레게 하고 있었다.

김기현은 이 여행에 교감을 동행하도록 주선했다. 중간에 다리를 놓았던 김기현 본인은 정작 갑자기 급한 일이 생겨 여행을 포기해야 했다. 오늘은 여기까지 배웅하는 것으로 만족해야 했다. 현재 3학년 부장인 유진만은 그 대신 박윤수를 집어넣었다. 그러자마자 교감으로부터 바로 연구부장 박동훈을 명단에 추가하라고 지시가 내려왔다. 유진만은 그 사실이 거북했지만 어쩔 수 없었다. 사실, 양쪽을 이간질하는 박동훈을 조심해야 했다. 유진만 앞에서는 고개를 끄떡여 놓고는 교감 앞에 가면 다른 얘기를 하는 위인이었다. 그는 비록 허접스러웠지만 박윤수에게는 없는 노련함을 지니고 있었다. 박동훈과 박윤수가 끼어들면서 오히려 두 진영 간의 암영이 더 도드라져 보였다. 그리고 뒤늦게 용일이가 동참하게 됐다.

  방학 기념 여행이 교감과 협상을 하는 자리로 틀어졌다. 유진만은 불시에, 그동안 교감이 쥐고 있던 칼자루를 빼앗아 올 계획을 세웠다. 교감에게 지금 추진 중인 일에서 손을 떼라고 들이댈 것이다. 마침 좋은 건수가 있었다. 교감이 기간제 여선생을 성추행한 사건은 시퍼런 칼날이었다. 눈치 빠른 김기현이 그 먹이를 유진만에게 물어다 주었다. 없었던 일로 덮으려던 윤 선생이 마음을 돌려 교감을 응징하겠다는 방향으로 선회하자 사태는 급물살을 타기 시작했다. 유진만은 지난 두 달여 직간접적으로 윤 선생을 설득하거나 다른 선생들에게 그 일을 해달라고 부탁하면서 무진 애를 썼다. 다른 사람의 불행을 빌미로 전환점을 만들어 보고자 하는 시도가 석연치 않은 면도 있었지만 꼭 그렇게 생각할 일만은 아니었다. 이 사건은 학부모에게서 뒤로 받은 찬조금, 학교 재단과 손을 잡고 물밑에서 벌이는 비자금 조성 등등과 더불어 교감의 입지를 축소하는 기회가 될 것이다. 교감은 유진만 일행이 그 사건을 계기로 단단히 벼르고 있다는 것을 모르고 있는 듯했다.

"선생님, 빨리 오세요!"
최상현을 부르는 용일이의 목소리가 하늘과 바다처럼 푸르렀다. 최상현은 조금 전부터 용일이를 응시하고 있었다. 완전히 다른 녀석이었다. 저런 목소리와 표정, 제스처를 가지고 있었으리라고는 상상조차 하지 못했다. 성적과 진로에 가려져 있던 속살이라는 생각을 잠시 했다. 용일이도 마침 자기를 바라다보는 최상현에게 텔레파시를 보냈는지도 몰랐다. 최상현은 웃으며 대답했다.
"어, 그래!"
최상현은 대답부터 해놓고는 그것에 대해 생각을 이어갔다. 녀석도 내 속살을 보고 의아해하고 있는지도 모르지. 그는 녀석이 띠고 있는 것과 같은 표정과 설렘이 자기 얼굴에도 담겨 있기를 바라는 자신을 자각했다. 여행 계획에는 없던, 또 동행에 대해 별로 내켜 하지 않던 용일이가 아니었다. 처음에는 고3이 공부해야지 가긴 어딜 가냐고 했다가, 분위기상 김기현이 없으면 김경호와 서먹서먹하기도 해서 머리도 식히게 할 겸 용일이를 데리고 가는 쪽으로 굳어졌다. 그는 스스로 이번 여행에서 녀석을 돌보고 선생들과 교감 사이를 왔다갔다 하며 분위기를 맞춰주는 역할을 맡았다고 여겼다. 딴 생각하느라 늑장을 부렸다고 눈총을 주는 일행에게 최상현은 씨익, 웃으며 배에 올라탔다. 한쪽 배에는 털보와 김경호가 짐을 잔뜩 싣고, 다른 한쪽 배에는 배를 운전할 민대머리 외에 나머지 여섯 명이 타고 드디어 섬으로 향했다.

오랜만에 공기 좋고 광활한 바다로 나와 일행들은 흥분을 가라앉히지 못하고 있었다. 두 척의 배는 지척의 사이를 두고 천천히 이동했다. 출발한 지 얼마 안 돼 가끔씩 부표에서 게와 망둥이, 소라 등을 건져 올리는 기쁨은 색다른 여행의 맛을 주고 있었다. 민대머리가 말했다.

"요즈음에는 녀석들이 잘 걸리질 않아요. 이제 이 짓도 못 해 먹겠어요. 인건비도 안 나오니… 바다가 다 죽었어요… 다…."

배는 본격적으로 속도를 내고 나서도 생각보다 오래 달렸다. 털보의 배가 주로 앞장을 섰고 민대머리가 그 뒤를 쫓아갔다. 삼십 분가량 지나자 일행은 이제 바다 위를 달리고 있다는 기쁨에 둔감해지면서 설렘을 조금씩 바다에 흘려보냈다. 간간이 보이던 섬들도 많이 드물어졌다. 이제 섬이 나타날 때마다 일행은 자기들이 내려야 할 섬이 이 섬일까, 저 섬일까 하고 궁금해하며 민대머리에게 묻곤 했다. 그도 가끔은, 앞에 달리고 있던 털보 배를 향해, 더 가야지? 하고 큰소리로 묻곤 했다. 털보는 그저, 뒤돌아 보고 손을 높이 들어 흔들어주는 것으로 응답했다. 한참을 달려도 여전히 희뿌연 바다였다. 지쳐가는 목소리들이 두런댔다.

"서해 물은 계속 이렇게 뿌연가요?"

"좀 더 가야 해요. 파란 바다를 보려면. 오염이 심해서."

그 오염을 벗어날 만큼 달려야 한다는 얘기로 들렸다. 배는 벌써 한 시간은 달려왔을 것이다. 배는 마치 오염의 끝을 측정하는 관측선인 것처럼 지루하게 달려 나갔다.

최상현은 머리가 복잡했다. 용일이를 보고 있으면서도 자꾸 학교 일이 머릿속을 헤집고 다녔다. 그는 그동안 학년체제에 동의해 놓고, 뒤늦게 속았다는 생각을 하는 교감을 달래느라 혼자 애쓰고 있었다. 사실 교감이 학년체제의 용단을 내린 일은 쉽지 않은 일이었다. 그건 학년별로 교무실을 갖게 해 교감의 권력을 분산시키는 일이었기 때문이다. 그러니 그 결정을 철회하지 않도록 계속해서 교감을 얼러야 했다. 최상현은 교사들이 교감과 교장에게 감사하고 있다는 찬사의 말을 꽂꽂이하듯 교감 책상 위에 수시로 올려놓는 일을 꾸준히 했다.

또 이 일 덕분에 교감이 차기 교장 자리에 올라갈 수 있도록 교사들이 적극 추천하게 되었다는 말을 간간이 전했다. 최상현을 위시한 교사들이 바라는 건 게임이지 승부가 아니었다. 관리자와 선생 사이의 빅딜이 이루어지면 그것으로 족했다. 그것이야말로 민주적인 학교 운영을 위한 초석이었다. 1학기 내내 교감은 반 학년체제 정책을 내밀하게 추진해 왔지만 마침 윤 선생 사건이라는 예민한 사안 앞에서 주춤할 것이고, 결국 칼자루를 내놓게 될 터였다.

박윤수는 모자를 눌러쓴 채 별말이 없었다. 교감은 내내 그의 눈과 마주쳤다. 덤덤한 얼굴로 받아쳤지만 마음이 편치 않았다. 교감은 요즘에서야 박윤수의 존재감을 의식하기 시작했다. 과묵하면서도 한 마디 한 마디가 짧고 함축적이었다. 유진만이 주로 최상현과 일을 도모했기 때문에 박윤수를 경계하거나 공격할 틈을 확보하지 못했다. 교감은 박윤수의 불같은 성격을 뒤늦게 파악해가고 있었다. 호락호락한 성격이 아니었다. 학년체제라는 작품은 유진만이나 최상현이 연출했지만 행동 대장은 박윤수였다.

그나마 안개가 약간 끼어 있어서인지 햇살은 뜨겁지 않았다. 가끔 이슬비가 내렸다. 어느덧 벌겋게 익은 얼굴들이 그 비를 반가워하고 있었다. 물색이 비로소 점점 푸르게 짙어지고 있었다. 용일이가 팔을 뻗어 손에 물을 적시면서 말했다.

"이제 물이 파래지고 있어요!"

최상현은 다시 한번 오랜만에 밝게 웃는 아이의 모습을 봤다고 여겼다. 교복을 벗은 덕분이리라. 일행은 다시 활기를 되찾았다. 파란 바다에 섬이 있다고 했던 것이다. 드디어 민대머리가 섬을 가리켰다. 나무가 많아 짙은 녹색을 띤 섬은 파란 바다와 푸른 하늘과, 또 하얀 구름과 허연 갈매기와 멋진 하모니를 이루고 있었다. 환상적으로 보이는 섬은 보기만 해도 목마름을 적셔주고 있었다.

배가 완만한 경사 사이, 시멘트로 처리해 놓은 선착장으로 미끄러져 들어갔다. 언덕 위에 식당인 듯한 작은 건물만 한 채 있을 뿐 한산해 보였다. 털보와 민대머리가 선착장에 내려 배를 묶었다. 두 사람은 곧이어 식당 주인인 듯한 사람과 잠시 이야기를 나눈 다음에 다시 배로 돌아왔다. 그러더니 그들은 가지고 온 라면과 음료수 박스를 들어다 식당 가건물 앞에 부려 놓았다. 주문받은 물품인 듯했다. 용일이가 아빠, 여기 내려요? 하고 묻자, 김경호는 글쎄다, 하는 표정을 지어 보였다. 그 얘기를 들었는지, 털보가 물건을 부리고 배로 다가오면서, 섬 반대편으로 가야 한다고 했다. 두 사람, 털이 너무 없거나 너무 많거나 해서 대조를 이루는 두 선장이 모는 배는 그 섬을 끼고 왼쪽으로 돌아갔다.

잠시 후에 배는 통통대며 앞서거니 뒤서거니 섬을 반바퀴가량 돌아 반대편 해안인 서안西岸을 향해 갔다. 그곳으로 가는 도중에 보인 해안가는 크고 작은 바위들로 이루어져 있어서 어느 곳이든 쉽게 내릴 수 있을 것 같지 않았다. 그 바위 해안가를 지나 잠시 더 지나가자 신기하리만큼 하얀 백사장이 나타났다. 백사장이라야 이삼십 미터밖에 되지 않았고 그다음엔 또 절벽이어서 그런지 아늑하고 다정해 보였다. 일행은 햇살이 강렬하게 내리쬐고 있는 백사장 한편에 배를 대고 섬에 내렸다.

 한쪽 사람들은 텐트를 쳤고, 또 한쪽 사람들은 크고 작은 돌 위에 솥을 앉혔다. 예상보다 햇살이 강하게 내리쬐었다. 그늘에서 시원한 음료를 마시며, 쉬거나 배를 타고 나가서 낚시라도 할 생각이었지만 아무것도 할 수가 없었다. 대충 짐을 부리고 뜨거운 태양을 원망하며 일행은 모두 서둘러 동안東岸으로 향했다. 배를 타고 아까 왔던 길을 따라 돌아, 아까 배를 댔던 선착장에 도달했다. 십 분도 채 안 걸리는 거리였다. 그늘이 있는 식당 앞마당은 휴식을 취하며 술잔을 기울이기에 충분히 좋았다. 너나 할 것 없이 모두들, 식당 주인이 삶아 놓은 고동과 소라, 별도로 몇 접시에 한 움큼씩 베어놓은 멍게 등을 간이 식탁으로 실어 날랐다. 식당 주인이 조금 있다가 수육도 올 예정이니 천천히 많이 드시라고 친절하게 말해주었다. 다들 술에 달려들었다. 시원한 그늘에서 들이켜기 시작한 술은 그들에게서 육지의 찌꺼기를 열심히 밖으로 털어내게 했다. 털어내기 위해 그들은 술을 마셨다. 교감도 무척 기분이 좋은지 학교에서와는 다른 표정을 지었다. 햇살에 익은 데다 술기운이 더한 얼굴이 불콰했다.

 주거니 받거니 하는 술잔과 함께 왁자지껄하는 소리가 시끄럽긴 해도 해안은 한껏 고즈넉했다. 오랜만에 사람들이 내는 육성의 대화를 별다른 잡음 없이 들을 수 있었다. 두런대는 사람들의 목소리가 들리고, 음악인 듯 파도 소리 새 소리 바람 부는 소리가 잔잔히 깔리고 있었다. 술자리가 깊어졌지만, 식후 디저트와 커피 한잔 마시면 여유롭게 돌아갈 수 있으리라 믿었다. 서안에 가서야, 솥도 걸쳐놓았겠다, 본격적으로 술을 마실 거라고 보았다. 그런데 털보와 박동훈이 소주 서너 병을 마시느라 30여 분을 끌었다. 민대머리노 홀짝홀짝 몇 잔 들이켜면서 30분가량 더 끌었다. 결국 김경호가 핏대를 올리면서 재촉하고, 유진만들과 용일이까지 합세해 자리를 접게 하고 나서야 자리를 털었다. 늑장을 피우던 사람들이 배에 올라탔다. 유진만, 박윤수, 최상현, 용일이가 한배에 탄 채 민대머리를 기다리고, 다른 배에선 교감이 옆으로 비켜 앉으며 털보에게 선장석을 내줬다. 그러나 털보는 박동훈과 더불어 이미 짐이나 진배없어서 김경호가 털보 대신 운전대를 잡고 떠날 준비를 끝냈다. 김경호는 용일이에게 이쪽 배로 옮겨 타라고 하고 싶었지만 자제했다. 이미 오래전부터 시동을 걸어 놓은 데다 연기가 빠져나갈 틈이 없었던 탓에 매캐한 매연 냄새가 진동했다. 민대머리가 운전하는 배가 출발하려는데 용

교사들의 방학숙제 273

일이가 김경호의 배로 가려고 했는지 갑자기 일어났다가 배가 기우뚱거리자 중심을 잡으며 그냥 주저앉았다. 곧이어 교감이 일어났다 앉았다. 배가 몹시 기우뚱했다. 다른 배로 이동하기 쉽지 않다는 것을 용일이에게서 알 수 있었을 텐데 푼수 없는 짓을 저지르고 있었다. 유진만은 교감이 움직이는 것을 보고 꼼짝하지 말라고 목소리를 높였다. 교감은 그러나 안하무인이었다. 외형적으로야 털보의 배에는 짐이 많아서 교감이 민대머리의 배로 옮겨 타는 게 무리가 없어 보였다. 아마도 저쪽 배의 키를 잡고 직접 운전해 보고 싶은 마음이 더 컸을 테지만. 교감이 민대머리의 배로 옮겨 타다가 배와 배 사이에 한쪽 다리를 빠뜨렸다. 박윤수가 잽싸게 일어나 겨드랑이를 붙잡고 건널 수 있도록 도와주었다. 유진만도 일어나 도왔다. 교감이 당황해서 박윤수와 유진만의 어깨를 강하게 움켜쥐었다. 유진만은 잡힌 어깨가 아픈데다가, 조금 전에 소리를 질렀는데도 교감이 무리수를 둔 일까지 떠오르자 그만 화가 나고 말았다. 그는 교감에게 뭐라고 하려다가 박윤수가 손을 잡으며 참으라는 듯한 표정을 짓자 입을 다물었다. 말린다고 말을 들을 위인이 아니었다. 제대로 된 사람이면 용일이부터 아빠에게 보냈겠지. 유진만은 교감을 그대로 번쩍 들어 물속에 처박고 싶었지만 이따가 학교 문제를 놓고 타협을 벌여야 하니 참아야 했다. 역시나 교감은 배에 옮겨 타자마자 다른 사람들은 아랑곳하지 않고 곧바로 운전석으로 다가

갔다. 민대머리는 운전대를 잡게 해주어도 좋은지 잠깐 망설이는 듯하더니 결국 자리를 내주었다. 거절해도 통하지 않을 것이라는 판단이 앞선 데다 이미 몇 잔 술을 마신 탓에 자신감이 결여되어 있었다. 그러면서도 한마디 해두는 걸 잊지 않았다.

"교감 선생님 괜찮으시겠어요?"

"걱정 붙들어 매시게나. 한두 번 몰아본 게 아니니까."

교감은 목적을 이루었다. 워낙 강경해서 다른 사람들도 더 이상 토를 달지 않았다. 먼저 김경호의 배가, 뒤이어 교감이 모는 배가 출발했다. 삽시간에, 기다렸다는 듯이 어둠과 안개가 두 배를 덮쳤다. 서로 알아보는 건 둘째 치고, 존재조차 감지할 수 없었다.

"에라, 시팔!"

난데없이 털보의 목소리가 들렸다. 목소리와 동시에 쿵, 쿵, 쿵 소리를 내면서 민대머리의 배가 뭔가와 충돌했다. 사람들은 모두 처음엔 그게 바위라고 착각했다. 불안과 짜증, 희망이 뒤섞인 목소리가 난무했다.

"어이쿠, 결국 부딪히고 마네!"

"바위하고 부딪히면 어쩌라고!"

"어, 바위가 아닌데, 근데 저게 뭐야?"

"아니, 저쪽 배 아냐?"

"아빠!"

용일이가 용케 아빠를 알아본 모양이었다. 동시에 털보의 욕설과 고함이 이어지고 폭발 같은 진동과 시퍼런 불꽃이 함께 일었다. 연속적으로. 이쪽 목소리와 저쪽 목소리가 섞였다. 용일이의 목소리가 도드라졌다.

"아악, 아파, 아빠! 아아악-"

"어어, 용일아! 꽉 잡아라."

용일이가 아빠를 불렀지만 김경호는 멀리 있었다. 박윤수가 냉큼 귀퉁이로 달려가려 했지만 서두를 수도 없었다. 움직이면 배가 더 기울 수도 있을 것이라는 두려움, 배 밖으로 튕겨져 나가지 않은 데 대한 우선적인 안도감이 동시에 일고 있었다. 순간 온몸으로 땀이 흘렀다. 다른 사람들도 몸을 추스르느라 정신이 없기는 매한가지였다. 박윤수가 조심조심 포복하듯이 한 손으로 용일이를 잡고, 다른 손으로 뱃전을 움켜쥐었다. 손을 움직여 잡을 곳을 찾고 바른 자세를 취해보려고 애썼다. 그 순간 뾰족한 못 같은 것이 손바닥 안으로 쑤욱, 파고들었다. 그러더니 통증이 손바닥 전체를 갈랐다. 박윤수가 비명을 질렀다. 오른쪽 손목이 끊어질 듯 아팠다. 비린내가 퍼졌다.

"야아… 이! 이 시팔 새끼들아, 처먹어라! 어느 자식이 나한테 술 먹인 거야!"

욕설이 먼저였고 거의 동시에 저쪽 배가 이쪽에 쿵, 다시 부딪쳤다. 순간 불꽃이 몇 차례 더 튀었다. 최상현이 합세해서 미끄러진 용일이를 안고 그를 잡은 손에 힘을 주었다. 용일이는 죽을지도 모른다는 생각을 한 걸까. 용일이가 다시 기함을 토했다.

"아하앙! 아빠아…."

"어, 이게 뭐야, 저 새끼가 어떡하려고 그래!"

다시 배가 뒤뚱거렸다. 털보가 다시 운전대를 잡기라도 한 걸까.

"아아악."

이번에는 교감의 목소리였다. 교감이 미끄러져 머리와 팔만 배 위에 올려놓은 채 허우적거렸다. 박윤수가 교감의 목덜미를 꽉 움켜쥐었다. 오른손 통증이 팔과 어깨까지 마비시키는 듯했다. 박윤수의 몸이 교감이 있는 쪽으로 자꾸만 끌려갔다. 순간 유진만이 골키퍼처럼 슬라이딩하면서 박윤수와 교감에게 손을 뻗었다. 그는 겨우 두 사람의 옷을 움켜쥐었다. 유진만이 오십 센티미터쯤 교감에게 더 딸려 나갔다. 유진만은 양쪽 팔이 일직선으로 벌어진 채 어깨가 빠질 듯했지만 어느 것 하나 놓을 수가 없었다. 그 순간 박윤수는 손을 놓아버려야겠다는 생각을 했다. 기회가 찾아왔다. 이 사람만 없어지면! 이 사람을 없애자고, 없어져 주길 바라고 바라지 않았던가. 그렇지 않은가. 놓지 않을 도리가 없기도 했다. 자칫하면 자신도 교감과 한 몸뚱이가 되어 물속으로 빨려 들어가고 말지도 몰랐다. 그러면서도 그는 차마 손을 놓지 못했다. 놓기만 하면 된다는 생각이 집요한데, 어느 틈에 달려온 용일이가 양팔로 박윤수와 교감의 팔을 동시에 붙잡았다. 유진만은 그 순간 용일이의 양 무릎 밑에 깔려버렸다. 유진만은 용일이의 무릎이 덮쳐오던 순간의 충격과 짓눌림으로 허리가 끊어질 듯이 아팠다. 용일이의 발이 얼굴을 짓이겼다. 코가 감각을 잃었다고 느끼는 순간 코피가 터졌는지 비릿한 냄새와 함께 뜨거운 액체가 쏟아져 눈을 뜰 수가 없었다. 피비린내가 진동했다.

 모두들 한쪽으로 몰린 탓에 배가 또 기우뚱했다. 그 순간 유진만도 교감을 제거할 기회가 찾아왔다고 느꼈다. 그 느낌은 예감 같은 것이었다. 유진만의 마음에도 기우뚱기우뚱 파문이 일었다. 배가 또 용트림하면서 용일이가 잠시 교감을 잡고 있던 손을 놓쳤다. 그게 선명하게 보였다. 신기한 일이었다. 이제 자기 손만 놓으면 되는 일이었다. 그러나 마음과 달리 차마 손을 뿌리치지 못하고 있었다. 용일이가 다시 손을 뻗으며 그 광경을 빤히 지켜보고 있었다.

 유진만이 거친 숨을 새근거리며 얼핏 고개를 돌렸는데 용일이의 얼굴이 바로 코앞이었다. 녀석의 눈빛이 빨갛게 빛났다. 용일이가 엉거주춤 일어나며 교감의 겨드랑이와 목덜미를 움켜쥔 손에 힘을 주었다. 교감은 힘겹게 배 위로 올려졌다. 교감은 배에 누워 식식거리는 소리만 내뱉을 뿐 미동도 하지 않았다.

 유진만은 내동댕이쳐진 용일이를 안아준 다음 구명조끼를 입혔다. 조금 전까지는 그것이 옆에, 아니 배 어딘가에 있을 것이라고는 생각지도 못했다. 눈을 뜨고 있었지만 이미 모두 장님이 된 지 오래였다. 박윤수는 비로소 숨을 내쉬었다. 사지는 굳어 있고, 오로지 호흡기관만이 살아 겨우 움직이는 것 같았다.

그 순간 시커먼 망토 같은 물체가, 배가, 털보의 배가, 통째로 민대머리의 배에 올라탔다. 다음 순간, 털보의 뱃머리가 박윤수의 머리를 때렸다. 박윤수는 손바닥에서 느꼈던 통증을 이제 머리에서도 느꼈다. 머리가 깨졌나 싶어서 뒤통수를 만지는데 격통과 함께 뜨거운 피가 손을 타고 흘러내렸다. 구역질이 났다. 박윤수는 정신마저 혼미해졌다. 남은 사람들이 십여 분 넘게 작업을 해서 겨우 민대머리의 배를 다시 바다에 내려놓았다. 서로의 배는 다시 시서히 멀어졌다. 그들은 원수가 되어 이별하기 위해 잠시 만난 것이었다.

털보와 김경호는 튕겨 나가지 않으려고 배의 난간에 매달려 말문조차 잃어버렸다. 김경호는 엉엉, 울던 용일이 목소리가 귀에 쟁쟁했다. 그는 눈을 감았다. 아무것도 보이지 않으니 얼마나 시간이 흘렀는지 어디쯤 와 있는지 도통 감을 잡을 수가 없었다. 털보는 그저 실루엣처럼 보였다. 술기운에 퍼질러졌는지 미동조차 없었다. 김경호에게서 조금 전까지 새어 나오던 신음 소리가 이제 큰 목소리로 터져 나왔다. 부질없는 짓이라는 것을 알면서도 김경호는 아들을 불렀다.

"용일아아아, 용일아아아아, 용일아아아아…"

용일이가 아빠— 하고 부르는 소리가 저편에서 들린 듯해서 맞고함을 질러봤지만 헛수고였다. 무슨 일이 일어났다고 해도 달려갈 수도 없으니 그것도 발악에 불과했다. 한참 고함을 질러대던 김경호도 기진맥진했다. 더 이상 말이 필요 없었다. 빨리 날이 밝고 안개가 걷히기만을 기도하는 게 상책이었다. 배는 어림잡아 학교 운동장 댓 개 크기의 섬 주변을 표류했다. 누군가가 두 시 삼십 분이 넘었다고 했다. 아무도 시간에 반응하지 않았다.

박동훈은 술에서 깨긴 했지만 아직 혼미했다. 조금 전의 일이 지금의 일이고 지금 일어난 일은 꿈속 같았다. 어둠보다는 불안 때문에 몸과 마음이 굳어갔다. 꽤 한참 지난 것 같은데 목표 지점 주변만 맴돌고 있는 게 귀신에 홀린 듯했다. 존재감이 없던 그가 두 손으로 간신히 라이터 불길을 살려 그것을 나침반에 가져다 댔다. 그렇게 해서 어렵사리 알아낸 방위는, 지금 배의 방향이 서쪽이 아닌 것만을 확인하는 데 그쳤다.

침묵이 흘렀다. 아주 짧은 것이었지만 꽤 오랜 시간이 흘러간 듯했다. 김경호는 박동훈이 더욱 미웠다. 하마터면, 바보새끼, 술주정뱅이라고 면박을 줄 뻔했다. 학교에서도 교감의 수하가 되어 학교를 말아먹는 짓이나 한다고 하더니. 유진만 일행이 하는 표현대로라면, 시계바늘을 거꾸로 돌리는 수구 꼴통들인 것을. 하는 짓이라곤 여기 와서도 변함이 없었다. 술 처먹고 세상모르고 뻗어 있다가 기껏 방위나 확인하고 있었다. 저런 사람들한테 새끼를 맡긴 게 한스러웠다. 차라리 물속에 밀어버리는 게 더 낫겠다는 생각이 들었다. 그런 생각을 하다 보니 바닷물은 그 자체로 아가리였고 녹조, 그 야광 띠는 마치 이빨 같았다. 물결이 출렁일 때마다 이빨은 배가되고 있었다.

　박윤수는 말 없는 일행들을 차례차례 둘러보았다. 얼마나 시간이 흘렀을까. 시간은 모두를 외면하고 있었다. 아니 시간뿐이 아니었다. 배를 타고 세상 밖으로 흘러나왔을 것이다. 충돌하면서 툭, 튕겨져 어쩌면 이미 요단강을 건너고 있는지도 모르겠다. 학교를 탈출한 것이 아니다. 단지 무대가 바뀌었을 뿐이다. 그나마 시간과 공간조차 잃어버렸다. 그러면 그렇지, 어디로 탈출한단 말인가. 탈출은 환상일 뿐이다. 그래, 아직 학교에 갇혀 있는 것이다. 모두의 얼굴이 그립다. 교장의 얼굴, 잃어버리며 살고 있는 그림들을 덩그마니 벽에 이고 있는 아파트들, 그 단지에 둘러싸인 교정, 교감 의자에 앉았다 일어섰다 하는 부장들, 사고뭉치 녀석들, 아이들이 담임 없다고 신나게 담배를 피워 물고 있었다. 몇 녀석은 이미 술과 방학에 취해 얼굴이 발그레했다. 녀석들 군대 가기 전까지는 A/S 해줘야 하는데. 인석들아 이제 내버려둘 테니까, 그렇게 급하게 피우지 말거라, 그렇게 피우면 고추가 안 서서 장가도 못 간단다, 술도 어른하고 마셔야 하는 거란다. 알았냐… 모두들 잘 있거라….

　담뱃불을 붙이느라 켜든 라이터 불에 김경호의 얼굴이 가물거렸다. 김경호가 구수한 담배 연기를 뿜어내며 담뱃갑을 내려 놓는 소리가 희미하게 들렸다. 박동훈은 한숨을 내쉬며 담뱃갑 있는 곳을 더듬었다. 요행히 갑이 손에 겨우 닿을 듯했다. 의리도 없는 새끼, 같이 피우자고 하면 어디가 덧나기라도 한다더냐, 하면서 그걸 집어 들려고 했지만 삭신이 쑤셔 마음먹은 대로 할 수가 없었다. 그래도 순간적으로는 기분이 좋았다. 한 대 꺼낸 다음에 그걸 숨겨 놓을 거다 요 새끼야, 하고 생각하며 갑을 주위들었다. 담뱃갑은 구겨져 있었다. 육시랄 놈, 마지막 담배를 저 혼자 피우다니. 녀석을 그냥 물속에 처박고 싶었다. 담배가 제일 간절할 때 한 모금 빨 수 없는 좌절감이란, 아사 직전까지 물속에서 허우적대는 느낌이 들었다. 그는 몸을 질질 끌어 김경호 옆으로 다가갔다. 손을 뻗어 김경호가 쥐고 있던 꽁초를 낚아채려 했다. 김경호가 그의 손을 탁, 쳤다. 다시 욕이 튀어나올 뻔했다. 바보 같은 게, 담배꽁초 가지고 재긴… 이런 식으로 담배를 구걸하는 자신이 부끄러웠다. 자존심도 구겨져 화가 나서 엎드려 있는데 김경호가 어깨를 톡톡 쳤다.

김경호에게서 건네받은 꽁초는 이미 침에 젖고 몽당연필처럼 짧아 손가락에 뜨거운 느낌이 전해졌다. 박동훈은 담배를 두 손가락 끝으로 겨우 잡고 빨아 삼키다가 주르륵 눈물을 흘렸다. 담배 불꽃은 이미 사그라지고 있었다. 아쉬워하며 더 피우고 싶은 마음에 애달아하며 한참을 멍하니 누워 있었다.

털보가 갑자기 일어나 시동을 걸었다. 뭔가를 감지한 사냥개 같았다. 박동훈도 순간 도약이라도 할 것 같은 자세를 취했다. 배는 강하게 출발하면서 매캐한 매연을 뿌렸다. 야생적인 동작이었다. 모두들 뒤로 몸이 젖혀졌다. 그것도 잠시, 매캐한 연기가 코를 찌르자 손으로 입과 코를 막기에 바빴다. 저쪽에서 갑자기 모터 소리가 들렸다. 투, 투, 투, 안개에 갇혀서 그런지 둔탁했다. 물살을 헤치는 소리가 이어졌다. 일행은 긴장했다. 어둠 속에서 불쑥, 고래 같은 물체가 나타나자마자 고함을 질렀다.

"야아아아아, 씨팔, 이 새끼들아!"

아주 구체적인 목소리였다. 그뿐, 바로 옆에서 물체의 형상을 한 어둠이 모터 소리와 함께 서서히 멀어졌다. 두두두두두. 같은 박자를 타고 제법 고즈넉하기까지 했다. 김경호가 담배를 피워 물었다. 박동훈은 깜짝 놀랐다. 아니, 분명히 빈 갑이었는데. 담배가 없으니 구겨서 버렸을 게 아닌가.

"멍청한 걸로 치자면… 선생들이라고 순수한 게 아니라 순진한 거지."

박동훈은 속이 뒤틀렸다. 마지막 담배를 빼앗기기 싫어서 빈 갑인 듯 구겨서 버린 거였다. 자기를 노려보는 게 느껴졌는지 김경호가 순순히 피우던 장초를 넘겼다. 투덜거릴 틈이 없었다. 박동훈은 바로 받아서 몇 모금 빨았다. 살 것 같았다. 조금 전의 수치는 다 날아가 버린 듯했다. 그러나 바로 모터 소리가 다시 났다. 거무튀튀한 물체가 모습과 방향을 바꿔가면서 나타났다 사라지곤 했다. 두 배의 선장들은 눈을 부릅뜨고 충돌을 막기는커녕 오히려 그걸 부추기고 있는 듯했다.

 결국 일은 벌어지고 말았다. 목소리가 먼저였다. 조금 전에 바로 그 목소리였다. 더 악에 받쳐 있었다.

 "야아아아아, 씨팔, 이 새끼들아, 처먹어라!"

 욕으로 그치지 않았다. 최상현은 같은 고함을 다시 듣고 나자 비로소 의도된 설정이었다는 생각이 들어 오싹해졌다. 결코 우연이 아니었다. 그러기엔 속도도 너무 빨랐고 움직임도 예측 불가능했다. 계측된 목표대로 타격이 가해졌다. 몸이 충격을 받았다는 인식은 충돌하고 난 뒤에 찾아왔다. 불과 2, 3초였다. 쿵, 쿠궁, 쿵, 쿵, 둔중한 물체가 들이받는 소리가 나면서 한 쪽 배가 다른 쪽 배에 올라탔다. 민대머리의 배가 털보의 배 위에 올라타면서 마찰로 인해 불꽃이 연속적으로 일었다. 바다에서는 녹색의 칼날이 배 위에서는 시퍼런 칼날이 출현했다가는 사라졌다. 용일이가 뱃전에 매달려 소리를 질렀다. 반쯤 비어져 나온 채.

 "아악, 아빠아아아…."

 김경호가 잽싸게 용일이에게 달려가려 했지만 머리 옆으로 올라탄 민대머리의 뱃머리에 이마를 얻어 맞았다. 그는 비명과 함께 고개를 푹 숙였다. 다른 비명들이 튕겨나오는 불빛에 호응했다. 그는 용일이가 아래로 더 미끄러져 내리는 것을 보다가 까무룩 의식을 잃었다. 남은 사람들이 십여 분 넘게 작업을 해서 겨우 민대머리의 배를 다시 바다에 내려 놓았다. 서로의 배는 다시 서서히 멀어졌다.

 무대 위의 커튼이 열리면서 어둠이 서서히 걷히고 있었다. 박동훈은 몸에서 기운이 다 빠져나가고 있는 듯했다. 악령이 이렇게 빠져나가는 거라면 좋겠다 싶었다. 그러나 안개는 그대로여서 짙은 황사가 몇 겹 포개져 있는 듯했다. 동이 트면 섬을 찾을 수 있을 것이라고 생각했는데, 이건 백야였다. 환한데도 앞을 볼 수 없다는 것과 휴대전화가 무용지물이었다는 사실은 배반감이 들기에 충분했다. 어둠 가신 안개 앞에서조차 더듬이를 삭동시킬 수밖에 없었다. 멀지 않은 곳에서 목소리가 들려왔다. 확성기에 대고 소리를 지르는 듯했다. 설사 근처에 와 있다 해도 프로 수색대원들조차도 멈칫대고 있을 것이었다. 이제는 사태가 저쪽 수색대와 표류하고 있는 이쪽 배 사이의 문제로 전환되고 있는지도 몰랐다. 두 배가 서로 나뉘어 생사를 확인하지 못하고 몇 시간이고 흘렀듯이 수색대도 귀신에 홀린 듯 숨바꼭질을 하고 있을 수밖에 없었다. 그래도 이젠 버티면 되는 것이었다.

 드디어 섬이 발견되었다. 아니 섬은 창조되었다. 섬이라는 확신은 들지 않았다. 온통 희뿌연 가운데 거대한 물체가 희미하게 저 앞에 모습을 드러냈는데 그건 섬이 아닐 수 없었다. 구름 한가운데 선으로 빈 곳을 그려놓으면 그건 영락없는 달이었다. 선이 곧 섬이 되었다. 안개와 비와 바람, 어둠 다음에 이 세상에 창조된 것은 본능과 예감이고 그것은 선이자 섬으로 불렸다. 배가 갑자기 툭, 가다가 멈추었다. 움직이질 않았던 거다. 모래사장이었다. 조금만 덜 미쳤더라면 절벽에 닿았을 터였다. 서안의 진지에 되돌아오는 데 십여 시간이나 걸렸다. 어쩌면 다른 섬을 찾아온 것은 아닐까. 신기루는 본다기보다는 느껴지고 있을 터였다. 아니면 그 섬은 그대로인데 그것을 대하는 사람들의 감정이 변해 있었을지도 모른다. 다른 사람들의 침묵은, 어쩌면 다른 세상에 도달해 있는 것은 아닐까, 하는 의아심을 대변하고 있는 것인지도 몰랐다. 박동훈은 내리자마자 그대로 퍼질러졌다. 안도감이 몰려왔다.

"바로 옆인데. 우리가 텐트 쳐 놓은 곳이. 요 너머야. 백 미터도 안 될걸. 불시착한 거야."

털보는 생생했다. 텐트를 쳐 놓은 곳에 다녀온 그의 싱그러운 언어가 다소 경쾌한 분위기를 일으키기 시작했다. 김경호가 이 섬이 맞긴 맞네, 하고 응수했다. 퉁명스러움과 장난기가 섞인 어투였다. 털보가 김경호의 이마에서 피를 닦고 수건으로 싸매주었다. 김경호는 그를 몇 차례 쳐다보며 무슨 말이고 할 듯했지만 결국 아무 말도 하지 않았다. 그가 등을 보이고 텐트 쪽으로 갔다. 털보가 뒤를 따랐다. 김경호가 속삭였다.

"용일이 배 위로 잘 올라탔겠지?"

생사를 모르게 하던, 제거할 수 없는 지난밤의 고통이 묻어났다.

"탔겠지는 무슨, 잘 올라탔지!"

그렇지? 중얼거리며 김경호가 수육 냄비를 불 위에 올렸다. 털보가 고춧가루통을 들고 옆에 가 앉았다. 소주도 한 병 챙겨왔다. 금방 탄내가 났다. 김경호가 뚜껑을 열어보더니 바로 물을 가져와 부었다. 털보가 말했다. 몸까지 들썩이며.

"자 한잔씩들 하십시다. 살아 돌아왔는데 분위기가 이렇게 침울해서야…."

박동훈은 머리를 끄떡이다가도 혀를 내둘렀다. 그 술 때문에 일어난 사고가 아니던가. 그들만을 탓할 수는 없었다. 아니 오히려 자신이 더 문제였다는 사실을 자각했다. 조금만 더 정신을 차렸어도, 조금만 일찍 출발했어도 그 고통은 피해갈 수 있었을 것이다. 두 사람은 이미 작정한 듯했다. 털보와 김경호가 서로 눈을 맞추더니 번갈아 말했다.

"지난밤에 내가 너무 설쳐서… 어이, 박 선생 얼른 한 잔."

"아닌 게 아니라 살아 돌아온 축배도 들어야 하고…."

"이럴 때 들이키는 술맛이 그만이지."

"지금 돌아간다고 달라질 것은 아무것도 없지."

김경호가 잔을 높이 들면서 박동훈에게 재촉했다. 털보가 소주와 그릇을 들고 박동훈에게 다가왔고, 김경호

도 털보 뒤에 와서 섰다

"……"

"자, 형님, 이리 오셔, 응?"

"자, 자 한 잔씩 하시고… 안주 좀 더 드시고…."

박동훈은 김경호가 입고 있는 옷에 시선이 갔다. 어제 대부도에 도착하자마자 자기들이 건네준 여름 셔츠였다. 섬에 오기 전에 선생들끼리 비용으로 쓸 돈을 갹출해서, 그 일부를 용일이 부모님 옷을 한 벌씩 사 가자는 데 동의해서 사 온 옷이었다. 이제 옷이라 부를 수 없을 만큼 더럽혀져 있었다. 불시착이라는 단어, 술 한 잔 더 하자는 기습 제안, 그러고는 다시 벌어지는 이 술판. 처음에는 당황스럽다가, 이왕 이렇게 된 거 뭐 어쩌겠나 싶었다. 박동훈은 잔을 받아 마셨다. 다들 바로 얼근해졌다. 박동훈이 털보에게 물었다.

"용일이 마지막 상황이 어땠지?"

"하마터면 미끄러질 뻔했는데 잘 올라타더라고."

"확실하지?"

"그럼, 그럼."

김경호가 안도의 숨을 내쉬었다. 다 타버린 듯하던 숯에서 파란 불꽃이 꼼지락거렸다. 표정이 밝아지면서 목소리도 환해졌다.

"데려오지 말자니까, 괜히 고집들을 피워서는."

서너 잔씩을 더 걸친 다음 세 사람은 넘어온 햇살을 피해 응달진 곳으로 옮겨 앉았다. 안개는 좀 더 있어야 걷힐 것이었다. 지난밤에는 햇살이 없어 쩔쩔매더니 이제는 그게 너무 강렬해 난처했다. 박동훈은 다 말라 버석버석해진 옷을 벗어 털었다.

바다 쪽에서 마이크나 확성기에서 나오는 듯한 고함소리와 함께 보트 두 척이 섬으로 다가왔다. 김경호가 몸을 일으켜 그쪽으로 다가갔다. 바람에 날리며 옅어져 가는 연막탄 같은 연무를 헤치고. 뭐라고 하는지는 명확하게 들리지 않았다. 더 멀리 커다란 배 한 척도 보였다. 얼추 수십 톤은 되어 보였다. 구조선? 그 구조선은 직접 섬에 다가오지 못하고 수색대인 듯한 해경들이 작은 보트로 갈아타고 다가왔다. 김경호는 원망의 눈초리로 그들을 멍하니 바라다보고만 있었다. 이쪽으로 손을 흔들고 있는 사람은 바로 김기현이었다. 하기야 근처까지 왔다가 다가오지 못하고 구조대와 함께 밤을 새웠을지도 모른다. 야속함과 반가움이 동시에 일다가 마음이 놓이는 쪽으로 기울었다. 김기현이 뭐라고 소리를 질렀다. 뭐라고 하는 소리뿐, 명확한 의미는 전달되지 않았다. 김기현이 타고 온 배가 모래사장에 닿았다. 김경호가 한걸음에 김기현에게 달려 나갔다. 두 사람은 부둥켜안았다. 털보와 박동훈도 벌건 얼굴로 다가와 김기현을 반겼다. 처음부터 동행했더라면 느끼지 못했을 감격이었다.
김경호가 김기현에게 물었다.
"용일이는?"

김기현은 뜨끔했다. 예감이 좋지 않았다. 1년 동안 담임을 하면서 둘 사이에서 형성된 결속감 한쪽에 금이 가는 느낌이 진했다. 어떻게 답해야 할지 너무 벅찼다. 설마 무슨 일이야 벌어졌겠는가. 김기현은 침착하자고 스스로에게 다짐했다.

"다들 무사해요."

"그렇지? 저쪽에 들렀다 오는 길이지?"

"아, 그럼요."

"가만, 이럴 게 아니라 나도 함께 가지."

해경 한 명이 손사래를 쳤다. 김기현이 말했다.

"자, 제가 얼른 가서 이쪽도 아무 일 없다고 전할게요."

"할 수 없지. 아, 조금 있다가 저기로 넘어가도 돼지."

김경호가 산등성이를 가리켰다. 김기현은 알았다고 손짓을 하면서 서둘러 물가로 가 배에 올랐다. 별일 없어야 할 텐데. 용일이, 저쪽 배를 타고 있었으리라. 김기현은 김경호에게 둘러댄 게 거짓말이 아니길 빌었다.

민대머리가 먼저 동안에 발을 디뎠다. 지난 저녁에 미로 속으로 빨려 들어갔던 바로 그 출발 지점이었다. 식당 건물이 버젓이 자리를 차지하고 있는 엄연한 사실이 신비하게 느껴졌다. 그는 내리자마자 시멘트 바닥 위에 널브러졌다. 유진만이 박윤수를 부축하고, 최상현도 교감을 업고 배에서 내리려고 했다. 유진만과 최상현도 각각 비틀비틀했다. 민대머리가 자리에서 벌떡 일어나 일행에게로 다가와 교감의 안색을 살피더니 고개를 가로저었다. 그는 최상현과 유진만에게 다가와 우선은 둘 다 그냥 놔두는 게 좋을 거라고 조언했다. 두 사람은 교감과 박윤수를 다시 배에 내려놓았다. 민대머리가 교감에게 나무토막으로 베개를 만들어 주었다. 잠시 숨을 고르고 나서 그는 식당에서 물을 가져다가 수건을 적셔서 두 사람 얼굴을 닦아주었다. 유진만과 최상현은 빼앗듯 물병을 쥐더니 성급하게 물을 마셨다.

식당 주인이 따끈한 수프와 함께 두툼한 옷가지를 내왔다. 그는 밤새 난리가 났다고 호들갑을 떨었다. 휴대전화와는 달리 국선은 제대로 통화가 됐는지 식당은 식당대로 해경은 해경대로 발을 동동 굴렀다 했다. 같은 학교 선생이라는 양반이 밤새 전화를 걸어 별다른 소식이 없느냐고 성화였다고도 했다. 그는 생각을 집중하느라 안간힘을 썼다.

"이름이 뭐라고 했더라…?"

그는 중얼거렸지만 끝내 그 이름을 떠올리지 못했다. 최상현이 김기현일 것이라고 말해주자, 주인은 그 이름이 맞는 것 같다고 응수했다. 밤새 내심 무척 안타까웠다고 덧붙였다. 최상현이 물었다.

"근데 배… 또 한 대는 어딨어요? 무사해요?"

주인이 고개를 위아래로 흔들었다. 별생각이 없이. 안쓰러움과 안도감이 묘하게 배합된 얼굴로 말했다.

"이제, 둘 다 상륙했네요."

"악몽을 꾼 거 같아요."

"왜, 아니겠어요. 근데 괜찮아요?"

최상현이 고개를 위아래로 흔들더니 곧이어 좌우로 흔들었다. 주인은 그가 지금 좌우와 상하를 헷갈리고 있다는 것을 직감했다. 주인과 최상현을 번갈아 보고 있던 유진만이 주인에게 물었다.

"저쪽은?"

"네. 지금 다들 산 너머에 있대요."

대답하고 급히 돌아서 가는 주인의 등에 대고 최상현이 말했다.

"식당에 두 양반 누일 곳을 좀 마련해주세요."

주인은 고개를 끄떡였다. 민대머리가 주인을 쫓아갔다. 최상현은 멍했다. 바다는 아직 동트기 직전처럼 희붐했다. 달리 생명이라고 부를 수 있는 선도 없었다. 너무 어두워, 또는 너무 밝아, 안개는 아직 멈칫대고 있는 적군이었다. 다행히 휴전 중이었다. 잠시라도 주저앉아 휴식부터 취하는 게 상수였다. 그는 다시 물을 마신 뒤 식당으로 갔다. 민대머리가 챙겨온 옷가지로 박윤수를 덮어주고 파라솔을 펴 햇빛을 차단해 주었다. 민대머리는 역시 현지인답게 복원이 빨랐다.

교감은 대충 몇 모금 마신 다음에 모포로 몸을 말고 다시 누웠다. 박윤수도 중상이어서 생각과는 달리 몸을 움직이기 쉽지 않았다. 어차피 구조대가 올 때까지는 기다려야 했다. 박윤수는 힘겹게 고개를 조금 들어 주변을 둘러보았다. 멀리서 왁자지껄하는 소리가 아득하게 들렸다. 소리만큼 시야가 확보되지 않아 답답했다. 그렇다고 사람들에게 갈 수 없었다. 저쪽에서 박윤수가 고개를 드는 것을 지켜보던 유진만과 최상현이 다가왔다. 뭔가 심상치 않은 표정이었다. 서로들, 하룻밤 사이에 폭삭 늙어버린 얼굴에 눈빛만 살아 움직였다. 박윤수가 유진만에게 물었다.

"용일이는요?"

"여긴 없는데!"

"어떻게 된 거지요?"

"서쪽 배로 옮겨 타지 않았나?"

"아무려나!"

박윤수가 심드렁하게 말했다.

"무슨 일이야 있겠어? 죽을 고비도 넘겼는데."

박윤수는 틈을 주지 않고, 노골적으로 비아냥댔다.

"여기까지 데리고 와서 확인 사살한 거나 아닌지."

"참, 사람 말뽄새하고는!"

유진만은 화가 나서 얼굴을 돌려 최상현 쪽을 바라봤다. 박윤수가 아랑곳하지 않고 다시 핏대를 올렸다.

"교실에서 안 죽으니까 여기까지 데려와서 죽는 거 확인한 거잖아요!"

"사람, 쉽게 안 죽어!"

유진만은 박윤수가 교감에게 치댈 때는 시원하더니, 막상 자기에게 들이대자 속에서 부아가 치밀었다. 유진만이 뭐라고 한마디 하려는데 박윤수가 먼저 치고 나왔다.
"안 죽어요?"
"그럼. 안 죽지."
너는 나와 공범 아니냐, 이 자식아?
"죽지 않고 배기겠어요?"
너는 깨끗하다고 나한테 이 지랄을 떨고 있는 거지?
"나한테 하는 말이지?"
"누구라고 예외겠냐고요? 다들 미쳐 죽어가고 있기는 매한가지지요…."
 유진만은 급히 몸을 돌렸다. 박윤수는 통증 때문에 얼굴을 한 번 찡그렸다 폈다. 물끄러미 유진만의 뒷모습을 보며 속상해 하고 있다가, 확성기에서 나는 듯한 소리에 고개를 돌렸다. 보트 두 척이 선착장을 향해 있었다. 해안에 바짝 붙어서 오는 걸 보니 절벽 쪽 모퉁이를 돌아왔으리라. 뭐라고 하는지는 들리지 않았다. 그 뒤에, 저 멀리 커다란 배 한 척도 보였다. 이제 나타나는 꼬락서니 하고는, 하는 생각이 치밀어 올랐다. 아, 그래도 좋다, 용일이가 많이 다쳤어도 좋으니 살아 있다는 소식만 전해준다면. 누군가 손을 흔들었다. 호들갑스럽게 다가오고 있는 사람은 바로 김기현이었다. 어서 오라, 빨리 와서 용일이가 살아 있다고 말해 다오.
 박윤수는 천천히 배에서 걸듯이 내려왔다. 보트는 바람과는 달리 아주 천천히 다가왔다. ■

작품 해설

삶의 딜레마, 소설의 미적 구원

전상기

"서울이 언제부터 들썩들썩했지?"
"들썩거리면서 웅덩이가 생기고…. 흔들흔들, 결국 떨어져 나갈 텐데."
"그 강도가 점점 더 세지고 있는데. 그거 UFO 흔적이라고 하는 사람들도 있다던데. 유행을 타나, 그것도? 멀쩡하던 서울이 물바다가 된다고 떠들어 댈 때도 있었잖아. 근데 그 서울하니 그 일덩어리 누구한테 가져다준다디?"
"다국적 금융기업들이겠지."
"근데 슈퍼맨이 언제 쟤들 편이 됐지?"
"개종했나 봐."
"물이 채워진 서울 웅덩이, 아니 동그란 수몰지 낚시터."
완전한 어둠 속에서 정호길의 옆모습이 쌀포대 같았다. 금촌에서 시작한 바늘 얘기가 새삼스러웠다. 바늘은 그 어디에도 없지만 어디에나 있었다. 나는 대를 거둬들여 바늘을 만지작댔다. 삶은 바늘투성이다. 그 바늘에 온갖 게 달라붙었다. 싱크홀, 바늘길, 사패산 터널, 슈퍼맨, 떡밥, 봉헌 등등이 쇠붙이처럼 자석에 홀리듯.

—이용준,『피시스케이프』(아시아, 2020) 312~3쪽.

1

 중편소설 「붕어찜 레시피」로 2014년 '심훈문학상'을 수상하면서 문단에 데뷔한 자칭 '인터발(interval)' 이용준의 늦깎이 소설 행보는 자못 흥미로운 점이 있다. 수상작에 대한 심사위원들의 평을 보면, '구태의연한 이야기를 정공법으로 돌파' 하는 가운데 '군더더기 없는 문장과 삶과 인간에 대한 깊이 있는 천착'이 돋보인다는 얘기도 그렇지만, 정확히 11년 만에 첫 소설집을 내는 보폭도 느긋하고, 그 사이에 펴낸 장편소설 『피시스케이프』(2020)의 존재를 대하면 아하, 1958년 파주 금촌 태생 작가의 삶과 이력, 혼자 궁구하고 열망하며 좌절했던 창작의 전 과정이 일목요연하게 이해된다.

 이용준은 오랜 고등학교 독일어, 영어 선생님 생활에서 물러나 제2의 새로운 삶을 소설가로서 시작해 오고 있다. 독일 낭만주의 시인 노발리스의 작품을 번역하고 독일 낭만주의 문학에 관련된 책을 한국어로 옮기는 한편, 동화와 신화에 깃든 인류 보편의 원형상징과 그 현대적 현현, 그 가치에 관한 탐구를 계속하는 소설가 이용준은 첫 소설집 또한 장편 『피시스케이프』와 중편 「붕어찜 레시피」가 그렇듯이, 서로 합쳐진 듯하면서도 교묘하게 다르고 또 연결되면서도 새로이 변주되는 양

상의 6편의 작품을 싣고 있다.

　장편과 중편, 단편의 분량과 주제, 구성이 다르다는 것은 누구나 알고 있으나 거기에 각각 들이는 집중도와 예리한 시각, 단면을 통한 전체에 대한 예측 가능성 제고, 유추의 적확성 제공은 단편의 질과 작가의 적공積功이 얼마나 정비례하느냐를 가늠케 해준다. 삶과 소설이 다르고 삶의 핵심적이고 상징적인 이야기가 허구와 상상력으로 구조화된 서사체가 소설인 바와 같이, 삶이 재료가 되고 삶의 경험과 사유가 소설의 깊이와 논리를 결정짓는다. 이용준의 소설이 딱 거기에 부합한다. 나이를 먹든 먹지 않든 자기 중심을 갖고 주변을 성찰하는 가운데 내가 맞딱뜨리는 상황을 똑바로 주시하고 대처하려는 실행의식으로 긴장을 늦추지 않고 살아가야 한다는 것.『붕어찜 레시피』는 문학이 입지를 찾지 못하고 게토화되어 가고 있는 상황에서 갑자기 불어닥친 내란과 탄핵정국의 조마조마한 시기에 어떤 의미를 갖고 있는지를 생각게 하는 작품집이다.

　아마 그 자신도 이에 대해 의식하고 두렵고 설레는 마음으로 첫 소설집 발간을 맞이하고 있을 것이다.『피시스케이프』의 주인공인 소설가 지망생 이현태가 소설을 생각하듯 얼마나 조바심 나고 얼마나 긴장할지는 누구보다도 훨씬 더 예상을 하고도 남는다. "내 가슴에 박혀 있는 너에 대한 열등감, 그 화신"(『피시스케이프』 383쪽)처럼 "끈질긴 인내"로서의 "재능"(『피시스케이프』

378~9쪽)을 발휘하고 있는 이용준의 첫 소설집은 삶의 딜레마에 빠진 중년들과 문학을 사랑하는 독자들에게 소설로써 미적 구원의 한 방도를 제시하려 한다.

2

 이용준 소설의 대부분의 주인공은 중년 남성으로 삶의 거대한 위기를 맞은 월급쟁이의 이야기가 주를 이룬다. 표제작「붕어찜 레시피」의 '나'와 나기호,「드라이브스루」의 소설가 '나',「틀니」의 독일어 교사 '나',「꽃잎, 또 지는데」와「교사들의 방학숙제」의 선생님들,「뮤즈의 나날」의 소설가 '그' 등 우리 주변에서 흔히 볼 수 있는 소시민들이다. 보증 서준 친구와 더불어 파산을 하고 월급을 차압당하며 부인과도 별거 내지 이혼의 위기에 몰려 있는가 하면, 매번 써 내야 하는 소설의 소재와 주제에 반신반의와 좌절을 느끼며 자신의 재능에 대한 회의와 이성문제까지 이중 삼중으로 얽히고 꼬여 도대체가 대책없는 총체적 난국에 빠져 있다.

나는 왔던 길을 그대로 되짚어 곧 좌대로 돌아갔다. 잠시였으나 많이 놀란 것 같았다. 옷을 입고 나서 나는 무안해하면서 중얼거리듯 말했다.
"잠깐 물에 들어갔다 나온다는 게."

"거기 처녀귀신 있지요?"

"만나기로 했는데 바람 맞었어."

"밝으면 얘기해주세요. 전 한잠 더 잘래요."

"충분히 환하구먼."

"아직 선생님이 맞는지 확신할 수가 없어요. 그러기엔 너무 어두운걸요."

나는 씩, 허탈하게 웃었다. 다영이 방으로 들어갔다. 순간 공허감이 밀려왔다. 나는 다시 대를 던지고 싶었다. 그 충동을, 나는 내가 원하는 대로 들어주고 이해해 주리라 마음먹었다. 입맛을 다셨다. 텁텁했다. 스스로도 참 멋쩍었다. 내 심리를 드러내듯, 벌써 물안개가 자욱이 몰려다녔다.

- 「붕어찜 레시피」 72~73쪽

제자이자 파산해 자살한 친구 나기호의 '세컨드'인 문다영과 낚시터 좌대에서 친구를 추모하고 나서 자신도 의식 못하는 사이에 불거진 야비한 욕망을 잠재우기 위해 차가운 물 속에 들어가 다른 좌대에 피신했다 돌아와 나누는 대화에서 스스로 곤혹과 미혹에 빠진 중년의 사내가 오롯이 드러난다. '물안개'가 대변하듯이 역시 파산하여 컨테이너 박스 생활을 하면서도 선생님의 허세를 차리고 젊은 여성에 대한 성적 욕망 또한 억누르며 별거하는 부인과 다영에 대한 착잡한 죄의식에 텁텁한 입맛을 다시는 오리무중의 의식, 이 좌표는 이용준 소설의 인물들이 대다수 처한 정서적·심리적 상황을 대변

한다.

  그것은 비단『피시스케이프』의 이현태가 떡밥-물고기-낚시바늘-살림망을 아우르는 '피시스케이프', '낚시와 자본이야기', "우리는 호모-머니인 거지요. 다들 싱크홀에 빠지거나 심장을 빼앗긴 뒤 도륙당하겠지요. 기껏, 봉헌될 테지요. 목을 옭아맬 밧줄은 이념 혹은 외자지요. 이제 그 외자가 남한을 평정하고 휴전선을 넘으려 하고 있는 건가요?"(『피시스케이프』372쪽, 389쪽.)라며 장하준식의 다국적 자본의 노예로 전락한 IMF 사태 이후의 한국인의 삶과 한반도 상황에 대해 피력한다고 하더라도, 정치적 식견의 수준과는 무관하게 소설 창작의 실제에서 부딪치는 유형 무형의 내적 딜레마에 직면한다.

  그녀가 내 손에 파이프를 쥐게 해 주고 차를 출발시켰다. 그녀가 나를 주시했다. 그녀의 눈치를 의식하고 있다가 나는 몇 모금 더 들이마신 다음에 눈을 감았다. 그녀가 조금 더 달리다가 차창을 열었다. 차가우면서도 시원한 공기가 들이닥치자 우리를 태운 자동차가 통째로 행글라이더처럼 천천히 하늘을 날아오르는 듯했다. 어떤 새로운 욕망이 울렁울렁 차올랐다. 나는 그녀를 힐끗 쳐다보았다. 좀 전에 그녀가 나를 바라보던 눈빛을 떠올렸다. 그녀를 안고 싶어 달아오르는 몸과 마음을 그냥 내버려둘 수가 없었다.

                                                -「틀니」257쪽

「틀니」의 정부 김민희와 손절하려던 결심을 '나'가 결행하지 못하고 물질과 육탄공세에 무너져버리는 행태랄지, 「드라이브스루」의 삶에 제대로 대응하지 못하고 어눌하게 쫓겨만 다녔다는 몸파는 여자의 "−제가 좀 그래요."를 자신의 취재 결과로 받아 안아 피력하는 의견 표명이나, 「교사들의 방학숙제」에서 박윤수가 교내에 만연한 권위주의와 성적成績 우선 출세주의에 대해 울분에 가득차 외치는 "누구라고 예외겠냐고요? 다들 미쳐 죽어가고 있기는 매한가지지요…." (「교사들의 방학숙제」 294쪽)하는 무기력한 고백, 「꽃잎, 또 지는데」에서 제정신이 아닌 박윤수의 행태("뭐 하는 줄도 모르고… 이리저리 배를 몰다가 헤경에게 끌려나온 거지. 용일이 생각이 앞을 가렸을 테니." −「꽃잎, 또 지는데」 196쪽), 「뮤즈의 나날」의 "안기고 싶을 때도, 그가 그녀에게 물어보도록 암시할 뿐, 그녀는 절대 직접적으로 의사 표시를 하지 않으므로, 그녀가 고개를 끄떡이도록 항상 명분을 만들어 주어야 했다." (「뮤즈의 나날」 220쪽)는 '그녀'의 태도 등이 그렇다. 사회의 부조리와 편법, 성적性的 일탈, 비리와 불법에 적당히 눈감고 타협하는 중년의 소설가는 "아, 나는 무엇인가에 홀린 것 같았다."「붕어찜 레시피」 67쪽)라고 고백한다. 그도 그럴 것이, 자신 역시 끊임없이 흔들리고 스스로를 의심하고 주위의 권력과 금력, 성적 유혹에 빠지기도 하면서 제대로 된 생활을 영위하지 못하기 때문이다. 소시민의 삶은 그만큼 온갖 이슈와 트렌드, 미디어 주도의 루머와 상징, 직장의 위계질서, 국가와 행정부의 통치술에 지대한 영향을 받는 까닭이다.

「뮤즈의 나날」의 '그'가 알레고리 내지 신비화하는 '그녀'의 존재는 예술적 영감의 대상이랄 수 있는데 호락호락하지 않는 '그녀'는 '그'에게 애간장을 닳게 하고 끝내 마음을 주지 않으며 육체 접촉만을 허락할 뿐이다. 그러면 그럴수록 몸과 마음이 환장을 하고 초조하기 이를 데 없어져 '그'는 안절부절하지못하고 드디어 미쳐만 간다. '그녀'는 마침내 결별을 선언하고 '그'와의 만남을 끝내려 한다. 어찌할 것인가. '그'의 딜레마는 여기에 있다. 소설이 그렇듯이.

3

「뮤즈의 나날」은 '노구소老嫗沼 전설'을 소설화한 이용준의 개인상징이랄 수 있다. 다른 소설도 그렇지만 그는 특히 이 작품에서, '그녀'와 '소설'의 존재가 문학(소설)의 위상과 가치에 대해 굳건한 믿음과 대중적 관심에서 멀어지고 있듯이, "사랑은 사라졌다. 그의 애정 결핍이 애무와 섹스로 이어지다가 그게 습관이 되어 버렸다. 루틴이 되어 상한 냄새가 나는 섹스를 하느라 가정을 버리고 싶지는 않았다." (「뮤즈의 나날」 227쪽)

는 '그'와 '그녀'의 사정과 속마음이 표백表白되어 있다. 더 솔직하게 말하면 소설가 자신의 전지적 시점에서의 고백이기도 하다.

하지만 그럴수록 작가 이용준은 '그들만의 격려'와 위안이 결속하는 연대의식, 문학인의 소수자화와 문학의 게토화에도 불구하고 더욱 힘을 얻어 창작의 원동력이 될 수 있는 '뮤즈'와의 연애는 피할 수 없는 숙명임을 스스로 너무도 잘 알고 있다. 사회적으로 용인되지 않는 불륜과 더욱더 금지되어 있는 영혼(의 교류/저당)까지 감당하고서라도 일생일대의 모험을 건 예술적 기투企投 의지는「붕어찜 레시피」의 '나'나「틀니」의 '나' 역시 마찬가지이다. 내표적으로 중년의 '속물남'이라는 점에서 동일하다고 하겠는데 '틀니'의 상징성과 '붕어찜'의 내공이 제목으로, 주제로 초점화되고 풍부한 깊이로 음미케 한 것은 분명 치열한 예술적 기투의 결과라고 평할 수 있을 것이다.

이처럼 이용준의 소설은 2014년 심훈문학상 소설부문 심사위원들의 심사평에 담겨 있듯이 "조금은 구태의연할 수 있는 이야기를 그는 정공법으로 돌파한다. 군더더기 없는 문장과 삶과 인간에 대한 깊이 있는 천착 앞에서는 뻔한 이야기라도 끝까지 읽을 수밖에 없다."[1] 내 이빨 같지 않고 내 뼈 같지 않음에도 불구하고 그것이 없으면 음식물을 저작하고 생존의 에너지를 흡입할 수

---

[1] 남정현·방현석·하성란, 「2014년 '심훈문학상' 소설부문 심사평」, 『아시아』(2015년 봄호) 212~3쪽.

없는 '틀니'가 이물감과 친물감의 경계를 맞춤맞게 표상하고 있다면, '김민희'의 존재는 어떠한가를 대비적으로 성찰케 한다. 그녀의 존재가 없었던들 '나'가 살아갈 수 있었을까? 나의 현실감각을 항상 일깨워주는 동시에 성적 위안과 기쁨을 주는 대상은 경수의 어머니 조수진이 아니라 김민희였음을 아는 것이 중요하다. 그녀의 속물성과 별거하는 아내를 대체하는 역할은 조수진이 할 수 없을 뿐만 아니라, '나'의 '현실감각' 결여를 채워주고 더 이상의 나락에 떨어지는 것을 방지하게 한다. 더욱이 그녀의 역할은 소설가로서의 '나'의 균형감각을 잃지 않도록 하는 일상인의 감각을 갖춰주게 한다는 점에서 아무리 강조해도 모자람이 없을 정도이다.

'붕어찜' 역시 허름한 매운탕집 노파의 산전수전을 다 겪은 삶에 대한 웅숭 깊은 성찰과 통찰력을 여지 없이 드러내준다. 하우스 낚시터에서 일하는 '나기호'와 '콘테이너 박스'에서 사는 '나'를 찾아오는 '문다영'의 손을 잡아주는 행위를 통해 조용한 응원과 위로를 전해주는 상징물이 붕어찜이다.

문다영의 고독과 슬픔, 고통을 옛날 스승이었던 '나'나 연인관계인 '나기호'는 아무리 헤아린다 해도 알 길이 없을 것이다. '나'와 '나기호'가 처한 상황과 심리상태가 그렇기도 하거니와 '세컨드'임을 감수하면서까지 자신의 재산을 다 팔아 '나기호'의 빚을 갚는 그 마음을 어떻게 위로해줄 것인가. 매운탕집 노파만이 오랜

세월 살아오면서 익히고 익혔을 (인생) 요리법과 (마음) 치유법으로 '레시피'를 완성했으리라. 그 노파가 끓여주는 '붕어찜'의 맛은 얼마나 따듯하고 맛있을 것인가.

「붕어찜 레시피」와 『피시스케이프』가 삶에 대한 철학적 가치 탐구와 삶을 지배하는 거시적 세계에 대한 정치경제학적 탐구로 그 규모와 주제의 예각적 조명이 행해지고 있다면, 「교사들의 방학숙제」와 「꽃잎, 또 지는데」도 짝패로서 같은 듯 다른 초점화와 주제가 피력되고 있다. 이들 소설은 문제학생 김용일의 사고와 죽음이 각각의 교사들에게, 그리고 교사들 간의 갈등과 파벌 싸움으로 인하여 어떻게 해석되고 문제화하는가를 실험적으로 형상화한다. 교사 사회의 알력과 견제, 권력 싸움이 어느 집단에서나 일어나는 조직사회의 실상을 비판적으로 조망하게 해주는 한편, 무례하고 파렴치한 교감의 권위주의와 위계질서, 자율성과 독립성을 꾀하고자 하는 교사들의 계획과 의지가 대비·갈등을 일으켜 모처럼 놀러온 대부도의 비극을 야기케 하고 파국을 향해 치닫는 양상을 드러냄은 의미심장하다.

이용준의 뚝심은 새로운 시작임을 알린다. 앞으로 그는 좋은 소설을 더 많이 쓸 것이다. 그리고 더욱 분명해지는 것은 "소설은 우리를 이 천한 자본으로부터 지켜줄 수 있는 슬로우푸드이자 보루"[2]라는 점을 그가 실행

---

2 이용준, 「당선소감」, 『아시아』 (2015년 봄호) 258쪽.

해 나갈 거라는 사실이다. 삶의 딜레마를 소설을 통해 형상화함으로써 어떻게 돌파해 나갈지는 그의 소설미학이 얼마나 깊어지고 넓어질 것인가를 지켜보면 알 터, 그의 역량이 맘껏 발휘되어 이 환란의 세상에 빛을 발할 수 있도록 응원하고 주시한다면 그는 우리 문학사에 뚜렷한 성과를 이루지 않을까 한다.

작가 후기

지난 4년, 의왕과 횡성 사이에서 갈팡질팡했다. 두 곳을 오가는 두어 시간은 때론 열패감의 연속이었다. 도시에서 집 한 칸 마련하지 못하고 시골로 간 것이니 좋지 만은 않았다. 가능한 한 긍정적으로 생각하기로 했다. 내가 있는 곳이 중심이고, 이제부터 새 삶을 시작해 보리라. 좋은 공기, 마을 사람들의 정겨움, 싸고 맛있는 음식들…. 그렇기는 해도, 모르는 게 너무 많았다. 텃밭을 가꾸고, 장작을 들여놓는 것까지 모두 벅찼다. 특히 겨울이 어려웠다. 전원생활을 누리며 집필해 보자는 계획과 희망은 나를 유혹할 때와는 달리 저 멀리 광속으로 도망가 버렸다. 또 다시 허전한 마음, 가누기가 쉽지 않았다.

이런 상황은 소설도 마찬가지였다. 돌이켜보면, 난데없기는 소설이 더 했다. 괜히 발을 들여놨다고 후회하다가 소설이 있어 다행이라는 생각을 하게 되기까지 많은 시간이 필요했다. 횡성행과 소설은 닮아있으니. 애당초

둘 다, 무리였지만. 나는 왜 이토록 무모한 삶을 살고 있단 말인가. 그것도 계속해서. 육체와 마음, 자연과 정신, 망설임과 결연함, 불안과 안정 사이의 틈은 마냥 이리도 넓기만 하더란 말인가. 횡성 오가는 길에 '초월터널'이라고 있다. 지나칠 때마다 주술을 걸어본다. 복권 사듯. 초월이여!

지금은 나름 감회가 새로운데, 이건 아주 귀한 감정이었다. 살아남아 여기서 후기를 쓰고 있으니 말이다. 몸과 마음이 오랜만에 만나 술잔을 기울이며 회포를 푸는 밤이다. 처음엔 소설집을 내는 게 두려웠으나, 그동안에 잘못된 것들을 고치면서 새삼 숙연해지기도 했다. 삶이 비루했으니 소설인들 별 수 있겠는가만. 소설이 괜찮으면 남루했던 삶도 어느 정도 위안을 받을 수 있는 걸까. 글쎄, 그것 역시 막연하기만 해서, 다음 작품 나올 때까지는 더 열심히 살며 집필해 보겠다는 다짐으로 대신하련다.

이번 인생, 카오스에서 마냥 헤매지 않게 해준 고마운 이들이 있다.

세 분의 스승님, 전성태, 방현석, 김남일 소설가님들에 대한 감사의 마음을 잊은 적이 없다. 이 소설들이 묘목이었을 때부터 손질하며 작품으로 키워주신 스승 같은 이들에게도 심심한 인사를 올린다—장수현, 김진용, 강경래, 장윤기 선생님, 또 조석제 교장선생님, 또 사랑하는 김선희 제수씨도 빼놓을 수 없다. 어려운 여건에서도 책을 내주신 <문학과 행동> 이규배 대표님과 과분한 해설을 써주신 전상기 평론가님께 고마운 마음을 전한다. 예버덩문학의집에서 소설을 다듬기 시작했으니, 조명 원장님과 김기환 셰프께도 감사드린다. 나름 좋아하는 일로 돈벌이를 하고 있는 아들이 대견스럽다. 아들, 사랑한다. 먹을 거, 입을 거 챙겨주고, 또 언제나 내 글의 최초와 최후의 독서자로서 애써주는 아내에게 감사한다.

2025. 2. 20
월현리 서재에서